Rabenherzen

Hedwig Neven DuMont engagiert sich im Sozialbereich, besonders für chancenlose Kinder und Jugendliche aus Köln und Umgebung. Für ihre Arbeit als Schirmherrin und Vorsitzende des Vereins »wir helfen« vom Kölner Stadt-Anzeiger wurde sie 2006 mit dem Großen Verdienstkreuz des Verdienstordens der Bundesrepublik Deutschland geehrt. Ihr erster Kriminalroman »Backgammon« erschien 2011.

HEDWIG NEVEN DUMONT

Rabenherzen

KÖLN KRIMI

emons:

Bibliografische Information der Deutschen Nationalbibliothek
Die Deutsche Nationalbibliothek verzeichnet diese Publikation in der Deutschen Nationalbibliografie; detaillierte bibliografische Daten sind im Internet über http://dnb.d-nb.de abrufbar.

FSC
www.fsc.org
MIX
Papier aus verantwortungsvollen Quellen
FSC® C083411

Umschlagmotiv: schnee von gestern/photocase.de
Umschlaggestaltung: Franziska Emons-Hausen, Tobias Doetsch
Gestaltung Innenteil: César Satz & Grafik GmbH, Köln
Druck und Bindung: CPI – Clausen & Bosse, Leck
Printed in Germany 2018
ISBN 978-3-7408-0199-1
Köln Krimi
Originalausgabe

Wo keine Liebe ist, ist auch keine Wahrheit.

Ludwig Feuerbach

Donnerstag, 22. Januar

Jetzt hocke ich schon seit zwei Stunden hier rum. Ätzend. Aber Papa wird vielleicht doch so gnädig sein und noch einen Moment Zeit für mich finden ... Ich muss mit ihm reden, bevor er morgen früh zu seiner Hochzeitsreise aufbricht. Ich brauche ihn nicht. Und diesen ganzen Luxus hier, den brauche ich genauso wenig. Dass ich nichts allein hinbekomme, weil er mich immer zu sehr verwöhnt hat, das weiß ich. Dass ich nur Shopping und sein Geld im Kopf habe, nichts auf die Beine gestellt und nur mittelmäßige Schulnoten habe, das weiß ich ebenso. Und jetzt muss ich heute Abend noch mit auf so eine beschissene Snob-Party im Maritim. Ich hasse diese Gesellschaft. Robert ist der größte Lügner und Angeber, den es gibt. Papa findet jedoch, dass er für mich die richtige Gesellschaft ist und nicht meine »Straßenköter, die nur was von dir wollen«. Aber das ist ja klar, Robert ist schließlich der Sohn seines Freundes.

Fünf Wochen wollen die beiden morgen früh in die Karibik verschwinden, und da komm ich mit meinem knappen Taschengeld nicht aus. Falls er streikt, muss ich sie noch einmal um Geld anhauen. Sie ist nett zu mir und hat mir schon öfter etwas gegeben, ohne mich bei Papa zu verpetzen.

Ich muss meinen Frust loswerden. Mein Tagebuch geht niemanden etwas an. Papa wollte es gerade unbedingt haben. Warum, verstehe ich nicht, er hat sich doch nie wirklich für mich interessiert. Spielzeug hat er mir geschenkt, und das mehr als genug, nur mich in den Arm genommen, mit mir geredet, wirklich geredet hat er nie. Immer nur dieses konventionelle Blabla und dann seine Vorwürfe, warum ich nicht Tennis spiele, nicht golfen will ...

Warum bin ich plötzlich so sauer auf ihn? Ungerecht sauer.

Ist das vielleicht Eifersucht? Bin ich nicht mehr seine Hauptperson …?

Auf meine Bitte nach mehr Taschengeld kam nur: »Für dich wird hier weiter gut gesorgt, demnach kommst du mit deinem Taschengeld bestens aus.« Als ich dann vorschlug, arbeiten zu gehen und mein Abitur zu vergessen, ist er ausgeflippt und hat deshalb akzeptiert, dass ich nach der Party heute Abend noch zu Richi zum Lernen und Schlafen darf. Mein Lichtblick. Und Papa denkt, Richi sei eine Sie. Zeit zum Kennenlernen hatte er noch keine. Vielleicht besser so! Richi hilft heute seiner Großmutter beim Umzug, und dort haben wir uns verabredet. Ich muss mich fertig machen …

***

Jugendliche, die sich gegenseitig abknallen mit der neuen Devise: Cool, warum nicht? Dann ist man den Idioten doch endlich los.

Das waren ihre letzten Gedanken vorm Einschlafen gewesen. Ein echter Alptraum. Und das Läuten ihrer Türglocke hörte nicht auf.

Clara Ahrweiler tastete nach dem Schalter ihrer Nachttischlampe. Ihr Handy lag stumm daneben. Sie hatte vergessen, es aufzuladen. Die Funkuhr zeigte null Uhr fünfzehn. Benommen rollte sie aus dem Bett und stolperte über ihre Pantoffeln zum Fenster. Sie sah, wie ihr Kollege Jörg Schmorn gerade wieder in den Dienstwagen steigen wollte und einen letzten Blick nach oben warf.

Clara öffnete das Fenster und winkte ihm, doch er schüttelte nur den Kopf und klopfte auf seine Armbanduhr. Clara seufzte. Es schien eilig zu sein.

Sie kramte die Wolljacke und die Jeans aus dem Wäschekorb im Badezimmer und zog sie über ihren Pyjama. Das fiel nicht weiter auf, da sie in letzter Zeit stark abgenommen hatte und mit ihren ein Meter zweiundsiebzig nur noch achtundfünfzig

Kilo wog. Sie schüttelte kurz den Kopf, um die wildesten Locken aus ihrem Gesicht zu vertreiben. Ihre dunkelbraune Naturkrause war eines der Dauerthemen mit ihrem Ehemann. Das letzte Mal vor nicht einmal zwei Stunden, als sie nach einem langen Tag auf dem Weg ins Bett gewesen war und ihn noch einmal angerufen hatte.

»Wann hast du das letzte Mal richtig in den Spiegel geschaut?«, hatte Hoby, eigentlich Hubert August von Strack, sie am Telefon angebrüllt. »Du wirkst immer so ungepflegt. Sehr peinlich. Das ersparst du mir an diesem Wochenende. Ich erwarte dich mit dem Morgenflugzeug. Fahrer Rocke holt dich ab und bringt dich zum Friseur. Dort hast du bereits einen Termin. Ich möchte, dass du bei dem Dinner in der französischen Botschaft wenigstens halbwegs wie eine Dame aussiehst, oder hast du unsere Einladung schon vergessen?« Dann hatte er aufgelegt und war weiter seinen Geschäften in Berlin nachgegangen.

Clara ärgerte sich. Diese Gedanken waren im Moment wirklich grotesk. Auf gar keinen Fall würde sie am Wochenende zu Hoby nach Berlin fliegen und sich von seinem Fahrer Rocke zum Friseur bringen lassen, um dann schmückendes Beiwerk für Hoby zu sein. Sie hatte Wichtigeres zu tun.

Seit vier Jahren arbeitete sie als Kommissarin bei der Kripo Köln in der Polizeiinspektion 1 in der Stolkgasse und war dort zuständig für die Ermittlung und Vorbeugung im Jugendbereich. Hoby sah sie nur am Wochenende. Clara wollte weder ihre Arbeit in Köln aufgeben noch nach Berlin ziehen, weshalb die Konflikte mit ihrem Ehemann in letzter Zeit immer schlimmer wurden.

Sie liebte das Leben in Köln, dieser charmanten Stadt am Rhein, deren typische Fünfziger-Jahre-Häuser oftmals mit Kacheln statt mit Stuck verziert waren. Doch darüber sahen die Kölner nur allzu gern hinweg, denn das kölsche »Hätz« und die kölsche »Siel« strahlten dafür in umso schönerem Glanz. Auch die vielen Touristen konnten sich davon überzeugen, und zwar nicht nur an Karneval oder auf dem Weihnachtsmarkt: An normalen Tagen blieb man in Veedelskneipen an der Theke nie lang allein. Clara war es egal, wenn die neue Freundschaft dann doch nur einen Abend lang andauerte. Denn was Hoby für kölsche Oberflächlichkeit hielt, empfand sie als Offenheit. Schließlich konnte man nicht mit jedem befreundet sein, und die Berliner waren auch nicht gerade das herzlichste Völkchen auf dieser Erde. Nein danke, sie wollte Hobys Drängen nicht nachgeben und vom Rhein an die Spree ziehen. Wenn sie ganz ehrlich zu sich selbst war, musste sie zugeben, dass sie und Hoby sich auseinandergelebt hatten und ein klärendes Gespräch dringend vonnöten war.

Clara ärgerte sich. Die Gedanken an ihre gescheiterte Ehe hatten im Moment nichts in ihrem Kopf zu suchen. Eilig schlüpfte sie in ihre schwarzen Turnschuhe, und beinahe hätte sie ihren Wohnungsschlüssel auf dem Garderobentisch am Eingang vergessen.

Jörg war nicht gerade bester Laune. »Macht sich gut, unerreichbar zu sein«, schimpfte er.

»Ach komm, Jörg, sei nicht beleidigt. Heute ist doch mein dienstfreier Tag.«

»Das mag sein, aber mir und unserem Chef Hans ist das herzlich egal, und deshalb habe ich beschlossen, dich abzuholen. Es gab eine Schießerei unter Jugendlichen. Wir haben einen Toten, einen Schwerverletzten und eine Bewusstlose.«

Clara wurde blass und fing an, auf ihre Unterlippe zu beißen. »Einen Toten?«

»Ja, einen Toten. Clara, du arbeitest bei der Kriminalpolizei – da sollten Tote nichts Ungewöhnliches für dich sein.«

»Hör auf. Ein Jugendlicher ist tot, und das nicht infolge eines Unfalls. Vielleicht hat mein Ehemann recht, und ich bin wirklich ungeeignet für diesen Job.«

Jörg ging nicht weiter darauf ein, sondern gab Gas. Er bemerkte nicht, wie nahe seiner Kollegin der Tod des Jugendlichen ging.

Schon in ihrem zweiten Ausbildungsjahr bei der Bereitschaftspolizei war Clara immer wieder gemeinsam mit Jörg Schmorn eingeteilt worden. Sie hatten sich noch nie wirklich leiden können. Er war einer von den Besserwissern und machte auch im Team keine gute Figur. Stattdessen setzte er alles daran, bei ihrem Chef Hans in gutem Licht zu stehen – zur Not auf Kosten der Kollegen.

Sie fuhren aus Braunsfeld, wo Claras Wohnung lag, über die Aachener Straße und durch die für einen sehr frühen Freitagmorgen noch immer belebte Innenstadt. Clara wunderte sich über die Kondition mancher Studenten, die schon donnerstags auf die Partymeile am Ring zogen und die Clubs erst in den frühen Morgenstunden verließen. Sie selbst hätte das mit Anfang zwanzig nicht geschafft und heute mit ihren vierzig Jahren erst recht nicht. Nur schwer konnte sie ein Gähnen unterdrücken und wünschte sich einen starken Espresso.

Sie fuhren über die Deutzer Brücke, und Jörg bog rechts in die Siegburger Straße ab. Ein scharfes Bremsen riss Clara aus ihren Gedanken: Fast wäre Jörg mit einem Notarztwagen kollidiert, der aus der Teutonenstraße schoss, in die sie gerade links abbiegen wollten.

»Die kommen bestimmt von unserem Tatort«, sagte Jörg. »Immerhin ein gutes Zeichen, wenn sie noch mit Blaulicht fahren, dann scheint unser Schwerverletzter noch zu leben.«

Sie hielten am Bebelplatz vor einem vierstöckigen Wohnungskasten mit Dachgeschoss aus den Sechzigern. Vor der Eingangstür des Hauses parkte ein silbergrauer Porsche.

Clara fragte sich, was so ein Auto in dieser Gegend – zwischen einem alten Ford und einem klapprigen Kleinlieferwagen – zu suchen hatte.

Die Haustür war nur angelehnt, und als Clara Jörg ins Haus folgte, trat sie im Hausflur in eine Wasserpfütze, die zwei fehlende Fliesen ersetzte.

»Weißt du zufällig, wann es heute Nacht geregnet hat, Jörg?«

»Ich glaube, gegen acht Uhr abends, kann auch halb neun gewesen sein.«

Das Treppenhaus war öde und sauber. Sie mussten in den vierten Stock. Vor der letzten Wohnung auf der rechten Seite warteten zwei Kollegen vom Streifendienst. Einer kam Clara und Jörg entgegen.

»Gut, dass ihr da seid. Wir müssen los, auf dem Ring ist mal wieder eine Vor-Wochenendsause.« Er zeigte auf die Gestalt, die neben der halb offenen Tür lag. »Sie wollte abhauen, nur so zugedröhnt kommt man nicht weit. Wir wollten mit ihr reden – ein sinnloser Versuch. Sie ist immer wieder weggenickt. Hab mich gefragt, ob sie schon achtzehn ist. Ausweis haben wir keinen gefunden, aber dafür diese Pistole. Die war aus ihrer Kleidung gerutscht, als ich sie zum Reden wach rütteln wollte. Mini, aber mit einem starken Kaliber.«

Clara bemerkte das schwarze, mit silberfarbenen Pailletten bestickte Abendkleid, das das Mädchen unter ihrem schwarzen Seidenschal verbarg. Beides sah sehr teuer aus und passte nicht in dieses Haus – aber zum Porsche, der vor der Tür stand.

»Der Notarzt hat das Mädel erstversorgt und einen zweiten angefordert. Für einen der zwei Jugendlichen, meinte er, sehe es noch ganz gut aus. Bei dem, der noch hier ist«, der Polizist nickte mit dem Kopf in die Wohnung, »war nichts mehr zu machen. Die Spurensicherung ist schon informiert. Und den Krankenwagen habt ihr sicher noch gesehen.« Er deutete auf das Mädchen. »Das Ganze ist mehr als eindeutig, wenn ihr mich fragt, und wir müssen –«

»Ihr müsst los«, unterbrach ihn Jörg. »Aber wir benötigen mehr Einzelheiten – so viel Zeit muss sein.«

»Und wieso soll das Mädchen eindeutig die Täterin sein?«, fragte Clara.

»Sehr viel mehr gibt es eigentlich nicht. Wir waren in der Gegend. Ein älterer Nachbar aus dem dritten Stock hat über die 110 Alarm geschlagen. Er hat einen Schuss gehört, war aber so durcheinander, dass er zweimal aufgelegt hat. Er war stinksauer, als wir bei ihm klingelten, und hat uns einfach die Tür vor der Nase zugeknallt. Josef Kupper heißt er übrigens«, fügte der Polizist an und sagte dann: »Wir haben das Mädchen mit der Waffe hier in der halb offenen Tür gefunden.«

»Ob das Mädchen wirklich die Täterin ist, können wir erst sagen, wenn wir wissen, was geschehen ist«, sagte Clara mit einem Seitenblick auf Jörg, der gar nicht zu zweifeln schien.

»Bringt mich bitte zu dem Mann, der den Notruf abgesetzt hat. Vielleicht quetsch ich doch noch was Wichtiges aus ihm raus.« Jörg drehte sich zu Clara. »Ist doch okay? Du kannst mich hier jetzt eh nicht gebrauchen.«

Clara nickte und beugte sich zu der regungslosen Gestalt hinunter. Wilde dunkle Locken verdeckten das sehr blasse Gesicht der höchstens Achtzehnjährigen. Clara strich ihr die Haare etwas zur Seite.

»Hallo, kannst du mich hören?«

Keine Reaktion. Clara hockte sich neben sie und schüttelte sie leicht an den Schultern. »Komm, ich muss wissen, wie du heißt, um deine Familie zu verständigen.«

Verschwommene blaue Augen öffneten sich für eine Sekunde, dann versank das Mädchen wieder in Bewusstlosigkeit. Sie musste definitiv in ein Krankenhaus. Ein Bluttest würde Aufschluss über den Grund ihrer Benommenheit geben. Clara hoffte, dass der zweite Notdienst endlich käme.

Aus der geöffneten Wohnungstür strömte der metallische Geruch von Blut. Zwei volle blaue Mülltüten, drei große und sechs kleinere Umzugskartons und davor ein zusammengerollter Teppich. Dahinter lag die leblose Gestalt eines jungen Mannes. Sein wächsernes Gesicht war der Tür zugekehrt. Es anzuschauen tat weh. Schrecklich weh. Und Clara hasste ihre Hilflosigkeit. Sie spürte das Zittern, das sie in solchen Augenblicken überfiel und lähmte. Weglaufen, aufgeben? War es vielleicht wirklich der falsche Beruf für sie? In diesen Momenten half ihr nur eins: gedanklich in die heiß geliebten Korallenriffe abtauchen. Sich unter Wasser von einer unglaublichen Natur verführen lassen. Sich über die rosa-gold gemusterten Lutjanus, die mit ihr spielen wollen, freuen. Mit ihnen tauchte immer wieder der Wunsch und Wille nach Gerechtigkeit auf. Das blasse Gesicht des jungen Toten holte sie aus ihren Gedanken in die Wirklichkeit zurück.

Als Jörg wieder in den vierten Stock kam, wusste er kaum etwas Neues zu berichten. »Herr Kupper hat immer wieder von der Schießerei angefangen. Außer dem Namen der Wohnungseigentümer, Moster, konnte ich nichts aus ihm herausbekommen. Ich habe die Spurensicherung angefordert, die Kollegen sind unterwegs.«

In diesem Moment kam der Notarzt, und Jörg und Clara verständigten sich darauf, dass Jörg am Tatort blieb und Clara mit ins Krankenhaus fahren würde.

Die Bewusstlose wurde auf eine Tragbahre gelegt und festgeschnallt. Clara grübelte. Falls sie tatsächlich die Täterin sein sollte, warum fing so ein junges Wesen plötzlich an zu schießen? Womöglich spielten Drogen dabei eine fatale Rolle. Drogen, in die man sich verkroch, wenn man das Leben anders nicht in den Griff bekam. In diesem teuren Abendkleid und mit ihrer Schönheit leuchtete das nicht sofort ein, denn finanziell schien es dem Mädchen gut zu gehen. Doch Clara wusste aus anderen Fällen, dass ein finanziell abgesichertes Elternhaus kein Garant für eine glückliche und sorgenfrei verlaufende Kindheit und Teenagerzeit war. Was könnte das Mädchen zum Schießen getrieben haben?

Clara leistete sich ein Taxi von der Uniklinik nach Hause. Sie wohnte in Braunsfeld in einem der schönsten Viertel der Stadt. Die Gründerzeitbauten am Pauliplatz waren etwas Besonderes und ihre wunderschöne dreihundertneunundzwanzig Quadratmeter große Wohnung ebenfalls. Clara hatte dieses Traumzuhause von ihrer heiß geliebten Ersatzgroßmutter geerbt. An sie zu denken tat weh.

Zwei Jahre waren seit ihrem Tod vergangen, und Clara vermisste sie noch immer. Omi Jayja war eines gewaltsamen Todes gestorben. Hauptverdächtige und die Einzige, die für diese abscheuliche Tat damals in Frage gekommen war, war Clara gewesen. Sehr lange hatte es keinen anderen Tatverdächtigen gegeben. Eine Erfahrung, durch die Clara viel gelernt hatte, insbesondere, dass die ersten Eindrücke täuschen konnten.

Drei Uhr fünfundfünfzig. Clara schickte ihrer Mutter und ihrem Mann per SMS eine Absage für das am nächsten Abend anstehende Dinner in der französischen Botschaft und legte sich erschöpft in ihr Bett. Das Einschlafen wollte trotz extremer Müdigkeit nicht gelingen, obwohl das Mädchen jetzt gut aufgehoben auf der Intensivstation der Uniklinik war. Leider war sie noch immer nicht ansprechbar. Für den von Clara angeordneten Bluttest lagen in den frühen Morgenstunden noch keine Ergebnisse vor.

Das blasse Gesicht des jungen Toten ließ Clara auch im Bett keine Ruhe. In solchen Momenten tauchte immer Benedikt, ihr älterer Bruder, in ihren Gedanken auf. Er hatte sie als Fünfjährige einfach alleingelassen. War mit den Großeltern bei einem Autounfall angeblich im Himmel verschwunden. Das Chaos, für das sie bei der Trauerfeier in der Kirche mit den Kränzen und Kerzen gesorgt hatte, als sie versuchte, zu ihm in den Sarg zu klettern, hatte ihre Mutter ihr bis heute nicht wirklich verziehen.

Freitag, 23. Januar

Es war zwanzig nach sieben. Vera Horn stellte sich vor den Spiegel, den sie erst vor Kurzem besorgt hatte, und taxierte zum x-ten Mal ihren nackten Körper. Der Po war doch gut, und gegen ihren etwas fülligen Busen war genauso wenig einzuwenden.

Da donnerte schon wieder die Stimme ihres Vaters aus der Küche. »Vera, du bist doch fertig? Wir fahren in spätestens zehn Minuten.«

Nervig. Seit sie zu zweit waren, passte er auf sie auf wie ein Luchs. Ein Glück, dass er es nicht mitbekam, wenn sie sich abends aus dem Staub machte. In der Regel schlief er immer vor dem Fernseher ein.

Gestern war, wie alle vierzehn Tage, Fahrer-Abend gewesen. Die befreundeten Chauffeure trafen sich in einer Kneipe. Ihr Vater war, bevor er mit den Lastwagen anfing, zwei Jahre lang Chauffeur gewesen, und in dieser Zeit hatte er sich angeblich mit Willi Sebald, dem Fahrer der Schreugens, angefreundet. Deshalb nahm Herr Sebald Vera immer wieder mit. Natürlich ohne irgendeinen Schreugen.

Als ihr Vater gestern nach Hause gekommen war, war sie längst wieder zurück gewesen und hatte so getan, als ob sie den ganzen Abend zu Hause verbracht hätte.

Und jetzt war Kranksein angesagt. Vera zog ihren zerknüllten Pyjama an. Im Schauspielern war sie gut. Ihr Vater fiel darauf herein, und die Schule war für heute gestrichen.

***

Claras Handy meldete sich vom Nachttisch. Verschlafen nahm sie den Anruf an.

»Habe ich dich geweckt? Ich leg sofort wieder auf, und du schläfst weiter.«

»Schon gut, Michael.« Clara blinzelte auf ihre Uhr. »Es ist doch schon Viertel nach zwölf. Ich bin in einer Stunde in meinem Büro.«

Clara legte auf und entdeckte auf dem Display mehrere SMS und wütende Nachrichten von ihrem Ehemann. Sie löschte alle.

Während sie aufstand und sich anzog, dachte sie über Michael Weide nach. Seit drei Monaten war er der erste Mann der Mordkommission im KK11. Gewöhnlich verkehrte man mit den Kollegen zurückhaltend. Mit Michael und seiner Frau Maja war Clara schon lange befreundet. Die beiden liebten gutes Essen, und Clara brutzelte gern etwas Besonderes für sie. Im Gegenzug nahmen Michael und Maja sie immer wieder in exotische Restaurants mit.

Claras Magen knurrte. Sie hatte Lust auf Kartoffelgratin mit … auf keinen Fall mit Lammkeule. Die letzte, die sie vor vierzehn Tagen zubereitet hatte, war nicht auf dem Tisch gelandet, sondern noch kochend auf den Füßen ihres Ehemanns Hubert, genannt Hoby.

Einmal im Monat kam er für eine Nacht von Berlin nach Köln. Die übrigen Wochenenden flog Clara nach Berlin. Hobys Eifersucht auf Michael, der Clara in der Küche geholfen hatte, empfand sie als grotesk. Eine Liebesbeziehung mit Michael war lächerlich und undenkbar.

Was für Gedanken. Clara schämte sich bis ins Innerste und fürchtete, dass sie sich langsam eine nicht zu durchdringende Lederhaut zulegte. Eine solche stellte sie immer wieder bei einigen ihrer Kollegen fest.

Sie fuhr mit ihrem Audi ins Präsidium. Das Privileg, nicht mit den meisten anderen Kollegen in den Großraumbüros zu sitzen, verdankte sie Kriminalkommissar Stein. Als frischgebackene Kommissarin war sie seine Assistentin geworden. Stein war ein strenger Boss, ein vorbildlicher Kriminologe und ein bekannter Kommissar. Von ihm hatte sie eine Menge gelernt. Und er hatte darauf bestanden, sie in seiner Nähe zu haben. So war sie in diesem Vorzimmer mit zwei Aktenschränken, einem länglichen Tisch, der aus Altersgründen die Stütze der Wand benötigte, einem ebenso alten gelbfleckigen Resopal-Schreibtisch mit PC und drei ausrangierten Stühlen gelandet.

Nach Steins Pensionsbeginn war Kommissar Holz in dessen Büro gezogen und hatte irgendwann darauf bestanden, die Zwischentür, die von Claras Büro in den Büroraum von Kommissar Holz führte, zuzumauern. Ein Glück, dass das Ekel vor zwei Wochen in den Ruhestand gegangen war. Der neue Nachbar war für Ende des Monats angekündigt.

Die Espressomaschine, das Geschenk eines Italieners, dem sie mit seinen zwei Kindern hatte helfen können, war das einzige Bemerkenswerte in Claras Vorzimmerbüro im fünften Stock des Hintergebäudes des Präsidiums in der Stolkgasse.

Michael holte sie auf dem letzten Absatz der Treppe ein. Sie machte ihm einen Espresso und sich einen Cappuccino. Stechend durchleuchteten sie seine dunkelbraunen Röntgenaugen.

»Du siehst mitgenommen aus. Jörg hat mir schon einen kurzen Überblick gegeben.«

Clara riss sich zusammen und beschrieb ihm weitschweifig die letzte Nacht inklusive der Ereignisse in der Uniklinik.

»Identitäten haben wir gestern Nacht keine feststellen können«, schloss sie ihren Bericht, »aber ich bin mir sicher, der Porsche vor der Tür gehört –«

»Ja, zur Täterin. Das haben wir schon eruiert, denn inzwischen haben die Kollegen die Namen herausgefunden. Ein paar weitere Fakten scheinen ebenfalls so weit klar zu sein: Der Verletzte heißt Richard Moster und war mit dem Opfer, seinem Freund Max Happ, in der Wohnung seiner Großmutter, um die letzten Sachen für deren Umzug zu packen. Die Großmutter lebt jetzt im Seniorenstift ›Cunam‹. Das bewusstlose junge Mädchen heißt Julia Schreugen und ist anscheinend mit den beiden befreundet. Sie soll einige Male in deren WG übernachtet haben.«

Clara schien die Ausführungen ihres Kollegen kaum mitzubekommen. Gedankenverloren schlürfte sie an ihrem Cappuccino.

»Alles okay mit dir, Clara? Du darfst dir die Sache bitte nicht so sehr zu Herzen nehmen. Die Geschichte scheint dich wirklich mitzunehmen –«

»Hör auf«, unterbrach ihn Clara.

Michael schaute auf seine Uhr. »Du brauchst offenbar wirklich eine Pause. Ich muss sowieso los – heute fängt mein neuer Mitarbeiter Ludwig Kostak an. Wir werden uns um diesen Fall kümmern.«

»Michael …« Clara stellte sich vor ihn. »Ich möchte, nein ich will und muss noch einmal mit Julia Schreugen sprechen.«

»Deinen Dickschädel«, Michael konnte ein Grinsen nicht unterdrücken, »kann ich eh nicht umstimmen. Du hast mein Okay, aber nur für diesen einen Besuch. Bei allem anderen, was mit dem Fall zu tun hat, hast du nichts mehr verloren. Wir warten erst einmal auf die Ergebnisse der Blutuntersuchung und der Spurensicherung. Wenn die Schmauchspuren bei Julia findet, ist die Sache klar. Das ist dann Sache von Kostak. Ich bin schon neugierig, wie er arbeitet. Er wird dir, glaube ich, gefallen. Er ist ein Verführer, und Maja hat ihn verschlungen wie die Blätterteigapfeltaschen, die du manchmal für uns zauberst. Nur pass bitte auf, sonst wird dein Ehemann plötzlich auch ein Fall für uns.«

Clara wurde blass und wandte sich ab Richtung Fenster. Michael drehte ihr Gesicht wieder zu sich. »Clara, das habe ich doch nicht so gemeint. Sag mir, was los ist. Das ist nicht nur die letzte Nacht, die dir zu schaffen macht, oder?«

»Nein, nicht jetzt …«

Michael ließ von ihr ab. »Okay. Es hilft eh nichts, wenn ich jetzt weiterbohre. Am Sonntagabend erwarten wir dich übrigens bei uns. Wird bestimmt eine gemütliche Runde. Oder hast du schon etwas anderes vor?«

»Nein.«

»Super. Dennoch bestehe ich auf einem kleinen Lächeln. Du

bist doch meine positive Seite, quasi der Good Cop von uns beiden.«

Clara hatte sich zu einem kurzen Lächeln durchgerungen. Als Michael verschwunden war, kramte sie noch einen Moment lang in dem Papierberg auf ihrem Schreibtisch. Die E-Mails, die in ihrem PC auf sie warteten, wollte sie erst gar nicht öffnen.

Frustriert schob sie den Schreibkram zusammen und machte sich auf den Weg nach Lindenthal in die Uniklinik. Sie grübelte. Hatte sie von ihrem Ehemann jemals zu hören bekommen, seine positive Seite zu sein? Und warum fiel ihr jetzt nur das Negative ein: seine Dominanz, seine Rechthaberei, sein Nichtzuhören und die totale Ablehnung ihrer beruflichen Tätigkeit?

Das Mädchen war von der Intensivstation in den fünften Stock des Bettenhauses der Uniklinik verlegt worden. Die Stationsschwester machte einen gestressten Eindruck.

»Sie finden sie im letzten Zimmer links. Sie ist meistens weggetreten. Nur zwischendurch beklagt sie sich über Kopfschmerzen. Ich gebe Ihnen ein Mittel für sie mit, falls es noch nicht besser geworden ist.«

Ein Mann vom Bereitschaftsdienst hockte muffig dreinschauend vor dem Zimmer des Mädchens und motzte, als er Clara sah: »Hier ist kein Besuch erlaubt.«

Clara kramte nach ihrem Ausweis und hielt ihn dem Kollegen unter die Nase. »Damit werden Sie mich hoffentlich reinlassen, oder?«

Julia Schreugen lag im hinteren der beiden Betten. Als sie die Tür hörte, drehte sie sich zu Clara um.

»Kennen wir uns?«, wollte sie wissen. Ohne auf eine Antwort zu warten, fuhr sie stöhnend fort: »Mein Kopf tut weh, und ich weiß noch immer nichts, einfach nichts.«

»Ich bin Kriminalkommissarin Clara Ahrweiler und kümmere mich um Jugendliche, die in Kriminalfälle verwickelt sind. Gestern habe ich dich hierherbegleitet.« Clara musterte das

Mädchen. »Die Schwester hat mir etwas für deine Kopfschmerzen gegeben, möchtest du das jetzt haben?«

»Gern, danke.«

Am Waschbecken fand Clara einen Plastikbecher. Sie spülte ihn, füllte ihn mit Wasser und brachte ihn dem Teenie, dessen blaue Augen aufmerksam jeden ihrer Schritte beobachteten. Clara zog sich einen Hocker, die einzige Sitzmöglichkeit im Raum, neben das Bett.

»Möchtest du noch mehr Wasser?«

»Nein. Nur meine Handtasche brauche ich. Die ist weg.«

»Deine Handtasche?«, fragte Clara.

»Ja, da ist mein Tagebuch drin. Ich schreibe regelmäßig Tagebuch, und dann fällt mir hoffentlich beim Schreiben ein, was wirklich passiert ist. Es erschreckt mich, dass ich nichts mehr von gestern weiß.«

Unweigerlich musste Clara an den jungen Toten denken. Schnell verdrängte sie den Gedanken. Die Abneigung, die sich daraus gegen die mögliche Täterin in ihr zusammenballte, würde mit Sicherheit nicht bei dem Gespräch helfen.

»Wie sieht deine Tasche aus? Wo kann ich danach schauen?«

»Die Tasche ist grün mit Pink, so ein in sich verwobenes Muster, ziemlich auffallend und groß.« Julia überlegte einen Moment. »Ich habe sie zu der Party ins Maritim mitgenommen, obwohl es keine Abendtasche ist. Mein Vater fand sie gar nicht passend. Ja und dann«, sie schüttelte verzweifelt den Kopf, »dann erinnere ich mich an gar nichts mehr.« Sie hielt kurz inne, bevor sie irritiert weitersprach. »Nein, so stimmt das nicht. Irgendwann wurde mir schlecht und …« Sie überlegte eine Weile. »Da gibt es Momente, von denen ich mir nicht einmal sicher bin, ob sie stattgefunden haben oder ob ich sie nur geträumt habe. Gegen Ende der Party wurde mir plötzlich … komisch … Ich kann es nicht beschreiben, es war nicht wie normale Übelkeit … mir war schlecht … nein, mir war eher schwindlig …«

»Hattest du vielleicht zu viel getrunken?«

»Nein. Das weiß ich sicher. Ich wollte doch noch zu Richi, und der hasst das, wenn ich getrunken habe.« Julia schwieg einen Moment, bevor sie fortfuhr. »An meinem Tisch fanden mich deswegen alle komisch. Sie wollten dauernd mit mir anstoßen. Erst am Schluss habe ich das Champagnerglas vom Empfang ausgetrunken.«

»Dann werden wir zunächst einmal schauen, wo deine Tasche ist. Ich werde jetzt Kontakt mit dem Hotel aufnehmen und in deinem Auto nachsehen lassen. Das ist der silbergraue Porsche, richtig?«

»Ja, silbergrau und erst vier Monate alt. Hab ich zu meinem achtzehnten Geburtstag bekommen.«

»Wie und wo erreiche ich deine Eltern, Julia?«

»Mein Vater ist mit seiner neuen Frau heute Morgen in die Karibik geflogen. Hochzeitsreise. In seinem Büro wissen sie bestimmt Genaueres. ›Schreugen Immobilien‹. Ich … ich glaub, ich muss jetzt wieder schlafen …«

Clara fuhr von Lindenthal aus zum Hotel Maritim am Heumarkt. An der Kreuzung Kerpener und Universitätsstraße überlegte sie kurz, ob sie links oder rechts abbiegen sollte – seitdem die Zülpicher Straße auf Mensahöhe für die Pkw-Durchfahrt gesperrt war, mussten die Autofahrer über die Bachemer oder Luxemburger Straße ausweichen. Clara war froh, hier nicht im Berufsverkehr entlangfahren zu müssen, und entschied sich für rechts und den Weg über die Luxemburger. Um die Zeit konnte man es wagen, mit dem Auto den Barbarossaplatz zu kreuzen. Und sie hatte noch einmal Glück und fand einen Parkplatz in der Nähe des Maritim.

In dem Hotel fanden immer wieder große Feiern statt. Vor allem für stilvolle Karnevalssitzungen und -partys war es eine beliebte Adresse. Vor Jahren war Clara selbst einmal mit Freunden dort gewesen, und sie hatten das Hotel erst in den frühen Morgenstunden wieder verlassen.

An der Rezeption wurde sie in den Festsaal geschickt, der gerade vom Reinigungspersonal aufgeräumt wurde. Clara sprach einen Mann mittleren Alters an.

»Guten Tag. Ich suche eine Handtasche. Haben Sie zufällig eine gefunden? Sie ist ziemlich auffällig in Pink und Grün und wurde bei der Veranstaltung gestern Abend hier vergessen.«

»Handtasche, nein. Zwei Handys und einen Schuh. Kein Wunder. Mit dem kann man wirklich nicht gehen. Außerdem ein Armband, kein wertvolles, und diese Krawatte.« Der Mann deutete auf einen der Tische, auf dem die erwähnten Gegenstände fein säuberlich aufgereiht worden waren. »Handtasche war keine dabei. Vielleicht ist die schon heute Nacht gefunden und abgegeben worden.«

Clara bedankte sich und ging zurück zur Rezeption. Der für Fundsachen zuständige Hotelmitarbeiter konnte ihr mit der Tasche allerdings auch nicht weiterhelfen.

Clara besorgte in einem Zeitungskiosk am Heumarkt ein als Tagebuch benutzbares Heft und fuhr trotz ihrer Müdigkeit noch einmal zu Julia in die Uniklinik.

Endlich wieder zu Hause in Braunsfeld, landete Clara todmüde mit dem letzten Stück ihrer Lieblingsschokolade auf dem Sofa. Sie schaffte es nicht einmal, die Fernsehnachrichten zu Ende zu schauen, so schnell schlief sie ein. Aufgeweckt und in ihr Bett getrieben wurde sie erst um zwanzig vor elf, und zwar von der Schießerei eines Krimis, der im Fernsehen lief und den sie im Moment wirklich nicht gebrauchen konnte.

***

Bin noch oft weggetreten und gerade erst mit dem Heft unter meinem Kopf aufgewacht. Die Kommissarin hat es mir gebracht. Ist extra zurückgekommen. Ich will und muss schreiben. Mein Trick. Seit ich schreiben kann, gibt's Tagebücher, die ich vollgekritzelt habe. Und schon immer half es mir. Ist die beste Art, etwas loszuwerden.

Jetzt nur nicht wieder heulen, das hilft sowieso nichts. Was ist mit mir? Auf jeden Fall ist es nicht wie vor einem halben Jahr. Da war ich schon mal so zu. Das war nach einem Heroin-Trip, den ich eigentlich gar nicht wollte. Wo mich aber alle mal wieder als Spielverderberin fertiggemacht haben. Robert hat mir dann noch eine Flasche Marc de Bourgogne reingezwungen. Am nächsten Tag ging's mir nicht gut. Aber nicht zu vergleichen mit jetzt. Damals habe ich mir geschworen: nie mehr wieder. Klar, so ein bisschen koksen, das ist wie zu jeder Mahlzeit trinken. Vater trinkt zu jedem Abendessen seinen Rotwein, oft zur Vorspeise schon ein Glas Weißwein. Mit Gästen zusätzlich einen Champagner davor und danach einen guten Cognac.

Anscheinend gab es eine Schießerei, und die Schusswaffe fanden sie bei mir. Ausgerechnet bei mir. Ich hasse Schusswaffen – ganz im Gegensatz zu Papa. Der hat mir doch schon immer das Schießen beibringen wollen. Tontaubenschießen bloß, doch selbst das fand ich grauenhaft …

***

Vera Horn zog ihre neuen hochhackigen Schuhe aus, umging die knarrende Fliese im Eingang und schlich sich leise in ihr Zimmer. Es war Viertel nach zwei in der Nacht, und ihr Vater würde toben, wenn er mitbekäme, dass sie schon wieder so spät nach Hause kam. Er kapierte nicht, dass man mit neunzehn Jahren ausgehen wollte.

Dabei hatte es sich überhaupt nicht gelohnt. Und das trotz ihrer geilen neuen Schuhe. Das Geld dafür hatte sie in regelmäßigen Abständen aus der Brieftasche ihres Vaters geklaut. Wenn er das wüsste, würde er sie umbringen.

In seinen Augen war sie sowieso eine Totalversagerin. Trotzdem bestand er darauf, dass sie ihr Abitur machte. Behauptete immer wieder, dass er dafür schon so viele Opfer gebracht habe, sich nie wie andere Kollegen einen besonderen Urlaub gegönnt, sondern immer alle Fahrerdienste übernommen habe, und alles nur, um ihr diese lange Schulzeit zu ermöglichen.

Es war zum Kotzen. Alles. Jetzt bloß nicht noch an deine Erzfeindin denken. Was hatte diese blöde Ziege, was sie nicht hatte? Waren es nur die Klamotten? Wütend raufte sich Vera ihre seit gestern blond gefärbten Haare vor dem Spiegel. Robert, der sie normalerweise ignorierte, hatte ihr im »Diamonds« am Hohenzollernring im Vorbeigehen zugezischt, warum sie sich ihre Haare nicht ganz abrasiere – das wäre doch wenigstens mal was Neues.

Samstag, 24. Januar

Claras Handy nervte und hörte nicht auf zu läuten. Sie trödelte trotzdem weiter im Bad vor sich hin und ging erst beim vierten Anrufversuch dran.

Es war ihre Mutter, die sofort wütend loslegte. »Unerreichbar sein, Clara, das ist wirklich nicht akzeptabel. Wir haben dich gestern in Berlin erwartet. Dein Ehemann hat sich mehrmals wütend bei uns gemeldet, und das mit Recht. Wieso hast du nicht auf seine Anrufe reagiert?«

»Mutter, ich habe dir und Hoby eine SMS geschickt. Ich arbeite gerade an einem dringenden Fall.«

»Was heißt hier ›dringender Fall‹? Hubert ist dein Ehemann, da muss man Kompromisse machen. Ihr habt das doch alles schon mal durchexerziert. Er ist so erfolgreich. Warum kannst – oder besser: willst – du nicht eine berufliche Pause machen? Oder in Berlin arbeiten? Ich kann seinen Ärger gut verstehen. Und einfach nicht zu erscheinen, und das zu einem offiziellen und gesetzten Dinner, ist wirklich ungehörig. Dafür gibt es nur eine vertretbare Entschuldigung, und die lautet, wirklich krank zu sein.«

Das reichte. Clara beendete das Gespräch, legte das Handy auf den Nachttisch und verschwand wieder im Bad. Was für ein Tagesanfang. Und niemand, bei dem sie sich ausweinen konnte. Michael wollte sie in ihre privaten Probleme nicht hineinziehen. Zu allem Überfluss gab es keine Schokolade mehr im Kühlschrank – gut für ihre Waage, obwohl ihr Gewicht im Moment sowieso stimmte. Hubert mochte keine pummeligen Frauen, das hatte er ihr schon vor der Hochzeit unmissverständlich klargemacht.

Clara seufzte, während sie Lippenstift, Mascara und einen blauen Lidstrich auftrug, der ihre blaugrünen Augen betonte. Jetzt machte sich Hoby schon wieder in ihrem Kopf breit, und das mit allen negativen Gedanken. Sein seltenes Zuhören. Und immer wieder mokierte er sich über ihre für eine Frau »unangemessene Arbeit«. Er wollte eine »Lady«, allerdings keine wie ihre heiß geliebte Omi Jayja oder ihre aristokratische Lieblingstante Marie in Bayern – beide waren wirkliche Damen vom Inneren ihres Herzens und nicht nur von außen. Doch die Lady, die ihr Mann sich wünschte, musste auf Cocktailpartys glänzen und sollte nur zierendes Beiwerk für ihren Mann sein.

Was zeichnet eigentlich eine gute Beziehung aus?, fragte sie sich, während sie schnell in Jeans und Pullover schlüpfte. Ihre Eltern waren seit sechsunddreißig Jahren verheiratet, und jeder ging seiner Wege. Gespräche gab es nur über Praktisches. Vater wollte jeden Morgen beim Frühstück routiniert Mutters Pläne wissen. Dass er bei ihrer Antwort wirklich zuhörte, bezweifelte Clara. Zusammen lachen, gab es das bei ihnen? Da war das Alleinsein wahrscheinlich die bessere Lösung.

Clara stopfte sich die Kopfhörer in die Ohren. Ihr Liebling Leonard Cohen passte nicht. Die kölschen Lieblinge und ihre bunte Popmischung ebenso wenig. Sie landete bei Tschaikowskys Violinkonzert. Mit der Musik tauchte das stille weiße Gesicht des jungen Toten auf.

Um diese Gedanken loszuwerden, gab es nur eins. Clara setzte sich in ihr Auto und fuhr über den Gürtel in die Uniklinik – der direkte Weg über die Kitschburger Straße war am Wochenende gesperrt. Clara hoffte, heute in einem Gespräch mit Julia weiterzukommen.

Das junge Mädchen hatte sich unter der Decke verkrochen. Clara schob diese etwas zur Seite.

»Was wollen Sie noch von mir? Ich weiß, ich komme ins Gefängnis. Ich … ich bin eine Kriminelle … ich …« Julia versuchte, wieder unter ihrer Decke zu verschwinden, doch Clara ließ das nicht zu.

»Lassen Sie mich bitte. Vielleicht bin ich sogar eine Mörderin … Grauenhaft. Und mein Vater …« Julia stockte. »Er … er wird dazu nur sagen …« Sie ballte ihre Hand zu einer Faust, ohne den Satz zu beenden.

Clara fragte sich, ob dieses junge Wesen nur eine gute Schauspielerin war. Sich von ihr einwickeln zu lassen kam nicht in Frage. »Was wird dein Vater sagen?«

»Ich … ich weiß nicht. Eins kommt bestimmt: ›Bei dem Umgang, den du gewöhnlich hast, wundert mich gar nichts.‹« Julia vergrub ihren Kopf unter ihren zitternden Armen. »Wenn ich wirklich die Mörderin bin …«, begann sie schluchzend.

Clara kämpfte mit sich. Das Mädchen berührte sie, und das war unprofessionell. Vor allem nachdem der Tatbestand definitiv war. Sie setzte sich auf den Bettrand und spürte Julias Verzweiflung. Sie nahm sie in den Arm, und Julias Tränen rannen in Claras Kragen.

Plötzlich vernahm Clara ein lautes Räuspern und schrak hoch. Ein großer Mann stand im Türrahmen.

»Darf ich fragen, wer Sie sind?«, fragte er Clara in scharfem Ton.

»Clara Ahrweiler, Kripo Köln. Und darf ich fragen, wer Sie sind?«, gab sie ebenso scharf zurück.

»Ludwig Kostak, Kripo Köln. Und soweit ich weiß, ist das hier mein Fall. Deshalb möchte ich Sie bitten, den Raum zu verlassen, damit ich die Zeugin vernehmen kann.«

Das also war der neue Kollege, von dem Michael gesprochen hatte. Von wegen Verführer – ein echter Kotzbrocken war das. Doch Clara nahm ihre Tasche und warf einen letzten Blick auf Julia, die sich wieder unter ihrer Decke versteckt hatte. »Bis bald«, sagte sie sanft. Hoffentlich würde er das Mädchen nicht zu sehr in die Mangel nehmen …

Sonntag, 25. Januar

Nach der Begegnung mit dem Kotzbrocken, wie Clara Ludwig Kostak nannte, war sie nach Hause in die Paulistraße gefahren und hatte sich ihr übliches Sonntagsschaumbad eingelassen. Regen peitschte gegen das Badezimmerfenster. Inzwischen war das Wasser kalt, nur Clara kochte noch immer innerlich vor Wut. Von Entspannung keine Spur.

Genervt verließ sie die Wanne und kuschelte sich in ihren Bademantel.

In der Küche gab es nichts, was sie aus ihrer deprimierend grauen Einsamkeit befreien konnte. Clara liebte gutes Essen und kochte leidenschaftlich gern, doch niemals nur für sich allein. Der Gedanke an Besucher schmeckte ihr heute aber nicht – von ihrem leeren Kühlschrank mal ganz abgesehen. Das Einzige, was sie in solch einer Situation immer von ihren eigenen Problemen ablenkte, waren Bücher mit noch aussichtsloseren, aggressiven und schrecklichen Geschichten.

Omi Jayjas einzige Leidenschaft waren Bücher gewesen, und ihre Bibliothek war außerordentlich. Clara strich durch die Regale, stöberte in den Bücherstapeln, die unbedingt – aber nicht heute – aufgeräumt werden mussten.

Sie nahm ein Nietzsche-Buch und begann zu blättern. Was wollte ihr der Philosoph mit dem Satz »›Ich bekomme mir nicht gut‹, sagte jemand, um seinen Hang zur Gesellschaft zu erklären. ›Der Magen der Gesellschaft ist stärker als der meinige‹« mitteilen?

Clara klappte das Buch zu und gab die Suche nach passender Lektüre wieder auf. Kein Buch wollte heute zu ihr. Bei dem Backgammonspiel, das sie daraufhin im Internet spielte, verlor sie dreimal. Das reichte.

Omi Jayja fehlte. Sonntags hatten sie immer zusammen Backgammon gespielt. Und dabei hatte Omi Jayja den nicht verarbeiteten Müll der vergangenen Woche aus ihr herausgequetscht. Das hatte gutgetan.

Clara ging zurück ins Bett. Rotwein musste her, und das schon jetzt und nicht erst heute Abend.

Am Nachmittag rief Clara bei Michael an, doch der wollte von ihrer Absage des geplanten Abendessens nichts wissen. »Dann kommen wir halt alle zu dir. Keine Sorge, wir bringen das Essen mit.« Das war das Letzte, was Clara wollte, deshalb versicherte sie Michael, am Abend pünktlich bei ihm zu sein.

Nur wenige Minuten später klingelte ihr Telefon erneut. Wahrscheinlich wollte Michael ihr noch etwas sagen. Als sie den Hörer abnahm, kam ihr lautes Geschimpfe entgegen.

»Clara, so geht es wirklich nicht weiter. Was fällt dir eigentlich ein? So benimmt man sich nicht. Das ist ein Verhalten, das ich auf keinen Fall akzeptieren kann und will. Ich verstehe dich nicht. Ich –«

Clara legte auf. Sie verstand auch nichts. Warum konnte Hubert ihr Leben nicht akzeptieren? Ein Leben, das sie nicht bereit war aufzugeben. Lange konnte sie ein Gespräch mit ihm nicht mehr aufschieben. Ob es ein Trennungsgespräch werden würde?

***

Sonntagabend?

Das Datum weiß ich nicht. Bin heute Morgen mit einem wahnsinnig grauenhaften Traum aufgewacht und muss laut geschrien haben. Sie sind zu zweit gekommen und haben mir ein Mittel gegeben, das mich wieder ganz dösig gemacht hat. Zum Glück konnte ich dann schlafen.

Jetzt geht es mir etwas besser. Mein Kopf wird klarer. Trotzdem habe ich noch immer einen echten Blackout, was den Donnerstagabend anbelangt. Richi hat mir von seiner Oma erzählt.

Bis zum Abendessen erinnere ich mich klar. Ich war nach der Schule bei Robert, in der Hoffnung, Richi dort zu treffen. Sie studieren beide im ersten Semester Jura, und Richi hilft diesem Dummkopf immer wieder. Leider war nur das Ekel Ralph Beltz, Roberts Sklave und Bodyguard, da. Ralph biedert sich total bei Robert an und macht alles für ihn.

Robert und ich haben uns in die Wolle bekommen. Er hat sich mal wieder über Richi lustig gemacht. »Wie der immer rumläuft. Nicht einmal ein paar anständige Schuhe hat er.« Schrecklich. Ich hasse diese neureiche Art und habe wütend versucht, ihm das klarzumachen. Das Einzige, was uns verbindet, sind unsere Väter. Die haben miteinander zu tun und sind angeblich befreundet. »Befreundet« heißt in diesen Kreisen, dass man in großen Villen mit Pool und Tennisplatz wohnt, Mitglied im Golfclub ist und zusammen auf die Jagd geht. Zweimal im Jahr. Weltweit.

Mit zwölf habe ich Papa auf einer solchen Jagd begleitet. Wir flogen nach Südafrika. Ich bekomme heute noch Gänsehaut, wenn ich daran denke, wie stolz man sich gegenseitig die geschossenen Antilopenköpfe zeigte. Ich wurde krank und musste nie mehr mit.

Vielleicht bin ich zu kritisch mit Papa und seinen Freunden. Finde meine Stiefmutter eklig, werde mit ihr nicht fertig, obwohl sie lieb zu mir ist. Das ist genauso eklig, wie wenn sich Robert über Richis Schuhe lustig macht. Warum ist es so schwer, Menschen positiv zu bewerten?

Der Gewehrschrank von Papa – an den hab ich nicht gedacht!! Es ist eine außergewöhnliche Sammlung. Berühmt sogar. Habe ich die Pistole aus diesem Schrank mitgenommen? Die Pistole auf dem Foto, das dieser Kommissar mir von der Tatwaffe gezeigt hat, sah der aus Papas Waffenschrank ziemlich ähnlich.

Montag, 26. Januar

Clara wachte mit einem brummenden Schädel auf. In der Küche standen eine leere und eine fast leere Rotweinflasche. An den Besuch bei Michael gestern Abend wollte sie nicht denken. Warum hatte sie nicht einfach einen Bogen um Ludwig Kostak gemacht, statt ihn aggressiv und sehr laut anzuschnauzen? Und mit diesem Theater hatte sie nicht aufgehört, bis Michael sie vor die Tür und in ein Taxi gesetzt hatte.

Regen donnerte gegen die Fenster. Die endlosen, vorwurfsvollen Nachrichten ihrer Mutter auf der Mailbox und auf ihrem Anrufbeantworter löschte sie, ohne sie anzuhören. Einen Moment lang dachte sie daran, den Dienst zu schwänzen, machte sich dann aber doch auf den Weg ins Präsidium.

Michael und Ludwig Kostak saßen schon am voll besetzten Ende des Konferenztischs, als Clara kam. Sie schienen den Rotwein besser vertragen zu haben. Hans Müller, der Leiter des KK11 und wie üblich in einen seiner besonderen Anzüge gequetscht, machte es kurz.

»Zunächst möchte ich euch euren neuen Kollegen vorstellen: Kriminalkommissar Ludwig Kostak. Herzlich willkommen im KK11.« Clara hatte zwar keine große Lust auf die Zusammenarbeit mit dem Kotzbrocken, stimmte aber in das Klopfen ihrer Kollegen auf den Tisch mit ein. Hans Müller fuhr fort: »Herr Kostak übernimmt die Ermittlungen im Fall Max Happ, weshalb ich das Wort an ihn abgeben möchte.«

Kostak erhob sich. Hoffentlich setzt der jetzt nicht zu einer langen Begrüßungsrede an, dachte Clara, und ihr Wunsch wurde erhört.

»Vielen Dank für die Begrüßung, ich freue mich auf die Zusammenarbeit. Womit wir schon beim Thema wären. Im Fall Max Happ liegen uns nun die Ergebnisse der Blutuntersuchung der Verdächtigen Julia Schreugen vor: Es wurden hohe Mengen an Morphin und Gamma-Hydroxybuttersäure, kurz GHB, festgestellt –«

»K.-o.-Tropfen«, fiel ihm Clara ins Wort.

»Genau, Frau Ahrweiler, K.-o.-Tropfen. Wenn ich dann weiterfahren dürfte?« Ludwig Kostak nahm den Faden wieder auf. »Ein gefährlicher Cocktail war das, und die junge Schreugen kann von Glück reden, dass sie mit einem Blackout davongekommen ist.«

»›Davongekommen‹ ist gut«, unterbrach Clara ihn erneut.

»Clara, wenn du weiter an der Besprechung teilnehmen möchtest, solltest du deine Bemerkungen lassen«, ermahnte Hans sie, und Michael trat ihr unterm Tisch gegen das Schienbein.

»Aua ... ich bin ja schon still«, gab sie klein bei und rieb sich die schmerzende Stelle.

»Ich habe mit Julia Schreugen in der Uniklinik gesprochen«, fuhr Kostak fort. »Da sie keine weiteren Angaben zu dem Abend machen konnte, sie jedoch mit der Tatwaffe, die übrigens auf ihren Vater Herbert Schreugen registriert ist, am Tatort gefunden wurde, bleibt sie vorerst unsere Verdächtige. Erst wenn klar ist, ob die Spurensicherung Schmauchspuren an ihren Händen gefunden hat, wissen wir mehr. Hat dazu jemand Infos?«

»Die Spusi ist dran«, meldete sich Michael, »wegen Krankheit und Unterbesetzung allerdings im Verzug.«

»Gut, dann informiere mich bitte, sobald du etwas hörst.« Kostak wandte sich wieder an alle. »Die Spurensicherung hat außerdem eine REWE-Plastiktüte an der Badezimmertür gefunden. Darin lag ein Zettel, auf dem stand: ›Wenn ich dich nicht haben kann, dann soll dich auch niemand anderer haben.‹«

»Irgendwelche Fingerabdrücke?«, erkundigte sich Hans.

»Leider keine eindeutig–«

»Und haben Sie schon die Handschrift mit Julias verglichen?«, fragte Clara.

»… der Text war mit dem Computer geschrieben«, fuhr Kostak mit seinen Ausführungen fort. »Julia Schreugen war angeblich im Maritim, bevor sie in die Wohnung Moster gefahren ist. Ich fahre gleich ins Maritim, um –«

»… sich hoffentlich auch nach Julias Tasche zu erkundigen.« Über sich selbst erschrocken verstummte Clara. Keinesfalls wollte sie rausgeschmissen werden, nur konnte sie einfach nicht anders.

»Frau Ahrweiler«, Kostaks Stimme klang zuckersüß, »nicht nur, dass Sie mich pausenlos unterbrechen – jetzt stellen Sie zudem noch eigene Ermittlungen an, statt diese der Mordkommission zu überlassen. Nun gut. Wären Sie vielleicht so freundlich und würden uns an Ihren Information teilhaben lassen?«

Clara spürte, wie sie errötete. Trotzdem berichtete sie, was sie von Julia erfahren hatte und von ihrer erfolglosen Suche nach Julias Tasche im Maritim.

Als Clara nach der Besprechung den Konferenzraum in Richtung ihres Büros verließ, warf Michael ihr böse Blicke hinterher. Doch eine Versöhnung mit ihm musste warten. Auf ihrem Schreibtisch türmten sich Zettel und Akten, die bearbeitet werden wollten.

Bis zum Mittag beschäftigte sich Clara mit anderen Fällen, in denen Jugendliche verwickelt waren. Doch Julia Schreugen ging ihr nicht mehr aus dem Kopf, und das trostlose Grau des Himmels steigerte ihre Konzentration nicht gerade. Ein Sonnenstrahl kämpfte sich durch die Wolkendecke. Clara schob den Papierkram zusammen und beschloss, ohne Rücksicht auf die Konsequenzen ins Krankenhaus zu Julia Schreugen zu fahren. Immerhin war sie für jugendliche Täter und Jugendschutz zuständig, und da sie nicht glaubte, dass Julia die Täterin war, wollte Clara sie vor Verdächtigungen schützen.

***

Datum? Interessiert mich nicht mehr …

Die Kommissarin ist die Einzige, die mir zuhört und glaubt.

Sie hat mich heute besucht und versucht, mit Papa Kontakt aufzunehmen. Sein Mobiltelefon geht nicht. Sein Büro war ebenso wenig in der Lage, ihn zu erreichen. Morgen besteigt er mit Gisela, meiner neuen Stiefmutter, das Schiff von Barbados nach Antigua und wird wieder erreichbar sein.

Bin noch in der Uniklinik, was ich auch der Kommissarin zu verdanken habe. Wir sind den Donnerstag durchgegangen, und der ist mir jetzt bis zum späteren Abend völlig präsent: Robert taucht am Nachmittag auf, um Frieden mit mir zu schließen. Eine Absage für den Abend wollte er auf keinen Fall akzeptieren. Ich machte uns einen Espresso in der Küche. Die Haushälterin Frau Jakobs kam und flippte aus. Die Küche sei ihr Reich. Gisela hat sie vor zwei Monaten eingestellt. Sie kann im Gegensatz zu ihrer Vorgängerin wirklich kochen. Grotesk, der Zirkus, den mein sonst so distanzierter Vater beim ersten Abendessen veranstaltete.

Ich gebe es ja ungern zu, aber Gisela hat hier wirklich alles zum Besten verändert und ist zu mir sehr nett.

Vor sechs Wochen war die Hochzeit. Obwohl er mir, als ich ihn mit vierzehn zum letzten Mal nach meiner Mutter fragte, geschworen hatte, nie mehr wieder einen solchen Fehler zu begehen. Keine feste Bindung. Die können nicht gut gehen.

Dienstag, 27. Januar

Der Konferenzraum im KK11 war bis auf drei Kollegen noch leer. Jörg tauchte auf und fixierte seine Armbanduhr. »Clara, du? Hast du hier übernachtet, um auch einmal pünktlich zu sein?«, stichelte er und schob den Stuhl neben Clara zur Seite, um sich zu setzen.

»Stopp, Jörg, hier nicht: Die beiden Stühle neben mir sind schon besetzt.«

»Seit wann brauchst du gleich zwei Plätze? Oder hat Michael sich verdoppelt?«

»Quasi Letzteres, und deshalb habe ich meinen Wecker so früh gestellt.« Clara hatte sich vorgenommen, die Wogen zwischen ihr, Michael und dem Kotzbrocken zu glätten. Dann solltest du ihn nicht mehr Kotzbrocken nennen, schalt sie sich innerlich.

Fünf Minuten vor Hans Müller betraten Michael und Ludwig Kostak den Raum. Clara stand auf, trat auf Ludwig Kostak zu und schaute ihm fest in die Augen, während sie ihre Hand ausstreckte. »Ich bin Clara und habe für dich einen Stuhl neben mir frei gehalten. Wenn du nichts dagegen hast, würde ich gern von zwei Profis eingerahmt werden.«

»Okay. Und Friede mit dir. Ich bin Ludwig.« Ludwig reichte Clara die Hand zur Versöhnung. Dann nahm er zu ihrer Linken Platz.

»Und bei dir«, Clara wandte sich an den noch immer stehenden Michael, »muss ich mich für den ruinierten Abend entschuldigen. Als Wiedergutmachung und um auf unsere gute Zusammenarbeit anzustoßen, wartet nachher ein Cappuccino auf euch.«

Michael nickte grinsend. »Ist okay. Setz dich, sonst bist du gleich wieder Gesprächsthema bei Hans.«

In der Besprechung berichtete Ludwig Kostak von seinen

gestrigen Ermittlungen im Maritim. Ein Mitarbeiter hatte sich noch gut an das Dreiergespann aus Vater, Mutter – wie er annahm – und Tochter erinnern können und Julia eindeutig auf dem Foto identifiziert.

»Ihm habe die Mutter sehr leidgetan, weil das Mädchen offensichtlich keine Lust auf die Veranstaltung hatte und ihre Eltern den ganzen Abend lang nur genervt fixierte«, fasste Ludwig die Befragung zusammen. »Kurz vor Mitternacht haben Mutter und die torkelnde Tochter zusammen den Festsaal verlassen. Später sei die Mutter allein zurückgekehrt.« Mit einem Blick auf Clara fügte er abschließend hinzu: »Eine Tasche ist allerdings noch immer nicht aufgetaucht.«

Beim gemeinsamen Cappuccino griff Clara das Thema Julia Schreugen erneut auf.

»Gewisse Tatsachen im Fall Max Happ lassen mir keine Ruhe. Morphin und dann noch die K.-o.-Tropfen? Da ist man zu einer solchen Tat doch gar nicht mehr fähig.« Clara schlürfte den letzten Rest ihres Cappuccinos. »Und übrigens: Das Morphin wurde laut Blutanalyse eindeutig später eingenommen.«

»Vielleicht hat sie ihre Tat so erschreckt, dass –«

»Das leuchtet mir nicht ein, Michael«, unterbrach ihn Clara. »Dann betäubt man sich doch nicht, sondern erschießt sich eher selbst.«

»Zunächst müssen wir erst einmal wissen, ob Julia überhaupt geschossen hat«, warf Ludwig ein. »Die Ergebnisse sind noch immer nicht da.«

Clara nickte und räumte die leer getrunkenen Tassen weg. »Noch eine Frage: Habt ihr etwas Neues aus Merheim gehört, wie es Richard Moster geht?«

»Er liegt noch im künstlichen Koma auf der Intensivstation. Die OP war nicht einfach, und er hat viel Blut verloren. Wir wollten jetzt hinfahren. Fahr du doch noch mal zu Julia Schreugen. Vielleicht kehrt ihre Erinnerung langsam zurück.«

»Heißt das Friede, und das Ermittlungsverbot ist aufgehoben?«

»Ausnahmsweise, allerdings nur inoffiziell, lass Hans nichts davon wissen.« Michael grinste. »Auf, auf, Ludwig, wir müssen los. Dieser Dickkopf von Frau ist gewöhnungsbedürftig, doch mit ihrem Instinkt hat sie immer wieder Fragezeichen gelöst.«

Clara hatte dem SKM, dem Sozialdienst katholischer Männer, versprochen, an einem Gespräch in Stammheim teilzunehmen. Die Mitarbeiterinnen und Mitarbeiter waren mit ihren Einsätzen für die Belange von Kindern, Jugendlichen und Familien immer wieder eine große Hilfe für Clara. Dieses Mal hatte es Ärger in der Jugendeinrichtung »Offene Tür St. John« gegeben. Die Sache ließ sich schnell klären. Zum Glück, denn Julia ließ Clara keine Ruhe. Immer wieder das Gleiche. Wenn es sie packte, konnte sie nicht loslassen. Egal, was da noch an wichtiger Arbeit wartete. Deshalb war sie froh, als die Sache für ihren Schützling im SKM schnell vorbei war und sie sich zu Julia nach Lindenthal aufmachen konnte. Der Verkehr auf der Mülheimer Brücke stockte mal wieder, und der Stau riss bis zur Universitätsstraße nicht mehr ab.

Ein Gutes hat die Kölner Verkehrsplanung, überlegte Clara. So laufe ich wenigstens nicht Gefahr, geblitzt zu werden. Wobei das die Stadt genauso wenig hinbekam. 2016 waren am Dreieck Heumar auf der A 3 vierhunderttausend falsche Knöllchen ausgestellt worden. Weil auf einer Länge von siebzig Metern entsprechende Schilder mit der Geschwindigkeitsbegrenzung wegen einer Baustelle gefehlt hatten, waren die Autofahrer zu Unrecht geblitzt worden und sollten nun ihr Geld zurückerhalten. Typisch Köln, dachte Clara und parkte ihren Audi in der Tiefgarage der Uniklinik.

Julia Schreugen hatte sich wie immer unter ihrer Decke verkrochen.

Clara zog die Decke etwas weg und strich kurz über die wilden Locken. Warum hatte sie ein so nahes Gefühl zu diesem jungen Mädchen? Blaue Augen blickten sie mit einem traurigen, einsamen und verzweifelten Blick an.

»Julia, komm. Lass uns ein bisschen miteinander reden. Überleg mal, gibt es jemanden, den ich für dich anrufen soll?«

Julia schwieg.

»Es gibt doch sicher eine Freundin, die …«

Julia biss sich auf die Lippen, runzelte die Stirn, und dann sprudelte es plötzlich aus ihr heraus. »Warum muss ich ausgerechnet jetzt an Zahra denken? Ich war schon in der Grundschule die blöde Zicke. Alle waren neidisch auf mich, und das hat sich leider bis heute nicht geändert. Ich trug immer die neuesten Klamotten und hatte den neuesten Spielkram, zum Beispiel fünfzehn Barbiepuppen, die ich nicht einmal mochte. So was spricht sich rum. Das wussten alle. Zahra verachteten sie. Sie hatte weder einen Schulranzen noch ein paar ordentliche Anziehsachen, doch am schlimmsten waren ihre Schuhe. Trotzdem war sie etwas Besonderes.«

»Und?«

»Wir waren Freunde, nur leider habe ich sie in letzter Zeit aus den Augen verloren.«

»Wen gibt es jetzt in deinem Leben?«, wollte Clara wissen.

»Ja, wen gibt es jetzt? Wenn ich die, die für mich was Besonderes sind, abgeknallt habe, dann …« Schluchzend sank Julia in sich zusammen. »Ich, ich kann nicht mehr … schlafen, schlafen, nie mehr aufwachen« war alles, was sie noch sagte, bevor sie die Bettdecke weit über sich zog.

Hatte Julia vielleicht doch in einer Affekthandlung geschossen? Das wollte merkwürdigerweise nicht in Claras Kopf. Deprimiert verließ sie das Krankenhaus und landete doch wieder mit einer Flasche Rotwein in ihrem Bett.

***

… ein schwarzes Loch ist in meinem Kopf. Nichts, nichts, nichts, was ich in meinem Tagebuch auskotzen könnte, und das gab es noch nie. Ich bin ein Nichts. Bin sehr wahrscheinlich wie meine Mutter – ebenfalls eine absolute Versagerin … Bei mir fehlen zwar die widerlichen Liebhaber, doch dafür bin ich anscheinend eine Mörderin.

Mittwoch, 28. Januar

Am nächsten Morgen schwor sich Clara beim Zähneputzen, mit ihren Rotweinorgien aufzuhören. Sie halfen nicht und brachten nur einen Brummschädel. Ihr war nach Krankmelden und Das-Weite-Suchen. Julia Schreugen, schuldig oder unschuldig, einfach vergessen. Aber dazu fühlte sie sich nicht in der Lage. Sie musste herausfinden, was an dem Abend geschehen war. Die Ermittlungen der Kollegen verliefen ihr viel zu langsam.

Bei einem kurzen Frühstück versuchte Clara, sich einen Plan zu machen, und schrieb eine Punkteliste:

1. *Tatort: Umfeld, Nachbarn?*
2. *Zu welcher Uhrzeit verließ Julia die Party im Maritim?*
3. *Pathologie noch einmal nach genauer Todeszeit fragen*
4. *Spurensicherung: Gab es fremde Spuren am Tatort? Gibt es Schmauchspuren an Julias Händen?*
5. *Kontaktaufnahme mit Richard Moster*
6. *(Regen-)Wasser im Hauseingang – wann war der Wolkenbruch?*
7. *Kontakt mit Wohnungseigentümer aufnehmen*

Clara beschloss, die morgendliche Besprechung zu schwänzen und stattdessen der Pathologie einen Besuch abzustatten.

Dr. Markus Niehoff befand sich gerade mitten in einer Obduktion und wimmelte sie ab.

»Frau Ahrweiler, ich habe leider gar keine Zeit für Sie. Gerade kam frische Kundschaft herein und will behandelt werden. Spätestens heute Nachmittag melde ich mich bei Ihnen.«

Clara war froh, als sie die Pathologie wieder verlassen konnte. Den Humor von Dr. Niehoff fand sie fast noch unheimlicher als dessen »Kundschaft«.

In ihrem Büro wartete schon ein neuer Fall auf sie. Es hatte einen Einbruch gegeben, und zwei Jugendliche waren als Verdächtige festgenommen worden.

Claras Blick fiel auf die beiden Namen in der Akte: Sigmar »Sigi« Peters und Kaspar »Kappe« Reuter. Ersteren kannte sie aus dessen letztem Prozess, in dem er zu sechs Monaten Jugendstrafe verurteilt worden war. Seit einer Woche war er auf Bewährung wieder draußen – und saß nun wieder im Vernehmungszimmer des Kommissariats.

Was war da schiefgelaufen? Clara machte sich auf den Weg.

Sigi sprang auf, als er Clara sah, und legte sofort los. »Wir haben mit dem Einbruch nichts zu tun. Wir wurden von echt schrägen Typen zusammengeschlagen. Die haben geklaut, und wir waren nur in der Nähe. Die Arschgeigen wollten, dass man uns erwischt. Das müssen Sie uns glauben.«

»Sigi, warum warst du überhaupt auf der Straße bei diesen Typen?«, fragte Clara.

»Bin nirgendwo untergekommen …«, sagte er verzweifelt und wischte sich die laufende Nase mit dem Ellenbogen trocken.

»Wer ist dein Bewährungshelfer?«

»Kenn ich nicht. Vorgestern war da so ein Typ, der hat mir eine Stunde lang eingeheizt, aber …« Sigi beendete den Satz mit einer abfälligen Handbewegung.

»Und du weißt nicht, wie er heißt?«, hakte Clara nach.

»Nee, Namen hat der mir bestimmt keinen gesagt. Der wusste noch nicht einmal, wie ich heiße, und eilig hatte er es und hat deshalb geredet, ohne Luft zu holen. Muss ich jetzt wieder zurück in den Knast?«

»Dazu müssen wir die Ermittlungen abwarten. Die Kollegen sind dran.«

Kaspar Reuters Aussagen deckten sich mit Sigis Ausführungen. Clara ärgerte sich. Das war keine Lösung für diese Jugendlichen. Sie brauchten Hilfe, rangen um ihre Identität.

Fehlten dann noch Zuspruch und Anerkennung, waren die alten Anbindungen wieder maßgebend und das Einzige, was sie hatten. Und damit landeten sie häufig schon nach kurzer Zeit zum zweiten oder dritten Mal in der JVA. Sie musste mit dem überlasteten Bewährungshelfer Kontakt aufnehmen.

Ihr Handy blinkte und machte sie auf eine SMS von Michael aufmerksam: »Wie wäre es mit einer Pizza bei ›Bepi‹? Wir sind in fünfzehn Minuten da.«

Ihr knurrender Magen verriet ihr, dass es Zeit für ein Mittagessen war, und der Blick auf die Uhr bestätigte es.

Bei »Bepi« war wie immer viel los, denn das Lokal erfreute sich vieler Stammgäste, was nicht nur an seiner prominenten Lage in der Breite Straße lag. Die Pizza schmeckte einfach zu gut. Ludwigs »Quattro Stagioni« verschwand innerhalb weniger Minuten bis auf den letzten Krümel, und Clara schob ihm ihre Hälfte zu.

Michael lachte. »Da ist doch was im Busch.«

»Stimmt. Habt ihr am Bebelplatz wirklich nichts Auffälliges –«

»Clara, nicht schon wieder«, unterbrach sie Michael. »Wir haben nichts gefunden, keine Einbruchspuren und keine auffälligen Fingerabdrücke. Das hätten wir dir doch erzählt. Und du, mein lieber Dickschädel, konzentrierst dich jetzt endlich wieder auf deine Jugendlichen.«

Michaels Funk ging, und Clara fuhr zurück in ihr Büro. Dort versuchte sie mehrmals erfolglos, Sigis Bewährungshelfer zu kontaktieren.

Aus dem Nachbarbüro kam ungewöhnlicher Lärm. Neugierig ging Clara nachschauen. Eine schlanke Gestalt, mindestens einen Meter fünfundneunzig groß, räumte gerade alte Akten aus dem Schrank.

Clara räusperte sich, und der Mann drehte sich zu ihr um. Silbergrüne Augen fixierten sie aufmerksam.

»Ich will nicht stören. Clara Ahrweiler«, stellte sie sich vor. »Ich bevölkere seit Jahren das Vorzimmer dieses Büros. Keine Angst, die Zwischentür wurde irgendwann zugemauert. Ihr Vorgänger bestand darauf. Wollte keine Frau – und schon gar nicht mich – als so enge Nachbarin.«

Clara bekam ein Grinsen geschenkt, das blitzend weiße Zähne zum Vorschein brachte, und der Aktenstapel landete mit einem Knall auf dem Boden. Er wischte sich seine Hände an den Jeans ab und kam mit ausgestreckter Hand auf sie zu.

»Ich bin Johannes von Fergestein. Weibliche Nachbarschaft kann doch sehr animierend sein.«

»Animierend ist der Cappuccino, den es bei mir gibt«, lachte Clara.

Der Typ hatte was, auf jeden Fall war er ausgesprochen gut aussehend.

Er schaute auf seine sportliche Armbanduhr. »Super. Ich hab bei dem ganzen Rumräumen die Zeit vergessen und sollte schon seit zwölf Minuten bei einem Meeting sein. Ich hoffe, dass die Einladung mit dem Cappuccino bestehen bleibt.«

Clara ging erneut in die Pathologie, dieses Mal wurde sie bereits von Dr. Niehoffs Assistentin abgewimmelt. Sie setzte sich in ihr Auto und fuhr noch einmal zum Tatort am Bebelplatz – begleitet von einem schlechten Gewissen, denn sie hatte Sigi und Kappe versprochen, mit dem Bewährungshelfer zu sprechen. Das werde ich natürlich tun, nur etwas später, beruhigte Clara sich selbst.

Bei Claras Ankunft versuchten zwei junge Männer gerade, einen klapprigen Ford in Bewegung zu setzen. Einer schob, der andere saß auf dem Fahrersitz.

»Komm, Erik, wir hören auf. Wir schaffen es sowieso nicht. Der Wagen hat hier gestanden, seit Richis Opa vor vielen Wochen gestorben ist. Und die Oma hat keinen Führerschein. Wir sollten den Abschleppdienst anrufen.«

Clara hatte durch das offene Autofenster mitgehört. »Kann

ich euch helfen?«, fragte sie. »Klingt nach Batterie. Wie wäre es, wenn wir es mit meinem Starthilfekabel versuchen?«

»Super, wenn Sie eins dabeihaben«, antwortete der junge Mann im Auto.

Clara nickte. »Ich bin übrigens Clara Ahrweiler.«

»Peter Kleis, und das ist«, Peter deutete auf seinen Freund im Auto, »Erik Schlier.« Der nickte zur Begrüßung.

Clara parkte ihren Audi neben dem alten Ford. Sie schlossen das Kabel an, und nach einigen Versuchen sprang das alte Auto tatsächlich an.

»Ein Glück. Wir hatten es Richi versprochen, den Wagen zu holen«, sagte Erik erleichtert.

»Richard Moster?«, fragte Clara.

Peter kletterte gerade in den Ford und drehte sich noch einmal um. »Warum interessiert Sie das? Kennen Sie ihn?«

»Nein, ich habe aber ein paar Fragen. Julia –«

»Lassen Sie uns mit dieser heimtückischen Ziege in Ruhe«, unterbrach er Clara wütend. »Beinahe hätte sie Richi auch umgebracht. Schlimm genug mit Max. Und wir alle dachten, sie ist eine von uns. Pustekuchen. Noch mehr kann man sich nicht irren. Diese reichen Zicken, die sind alle falsch und zum Kotzen. Und Richi war so verliebt in diese Hexe.«

»Wieso nennst du sie Hexe?«, hakte Clara nach. Als Peter keine Anstalten machte, zu antworten, setzte sie nach: »Es gibt einige Ungereimtheiten. Ich versuche gerade, herauszufinden, was wirklich geschehen ist, denn ich glaube nicht, dass Julia es war, die –«

»Sie sind bestimmt eine dieser teuren Anwältinnen, die für Mandanten mit viel Geld alles möglich machen«, unterbrach Peter Clara. »Klar, so was können sich diese Leute ja leisten. Dann kann man jeden umbringen und kommt ungestraft durch.«

Wütend knallte er die Beifahrertür zu, und der Ford setzte sich rumpelnd rückwärts in Bewegung.

Clara ärgerte sich, nicht mehr aus den beiden herausbekommen zu haben, und überlegte, wie sie es hätte besser machen können. Wütend über sich selbst, wandte sie sich dem Haus zu. Eine ältere Frau kämpfte gerade an der Haustür mit Einkaufstüten und ihrem Schlüssel. Clara ging zu ihr. »Kann ich Ihnen helfen?«

Die Frau schüttelte abweisend den Kopf und stieß mit dem Knie die Haustür auf.

»Ich würde mich gern mit Ihnen unterhalten. Ich bin Clara Ahrweiler, Kommissarin bei der hiesigen Polizei, und ermittle in der Schießerei vom letzten Donnerstag.«

»Damit habe ich nichts zu tun. Wir wohnen zum Hof hinaus und haben nichts davon mitbekommen«, reagierte die Frau schroff.

»Kannten Sie die Eigentümer der Wohnung, in der geschossen wurde?«, wollte Clara wissen.

»Nee, hier hat niemand was mit niemand zu tun. Hier kennt sich keiner. Hier ist jeder für sich, und das ist jut.«

»Ich würde gern kurz hinter die Eingangstür schauen«, erwiderte Clara.

»Außer kaputten Fliesen gibt es da nichts. Den Vermietern ist doch sowieso alles scheißegal. Kasse machen ist für die das Einzige.«

Clara genügte ein Blick, um zu erkennen, dass trotz des erneuten Wolkenbruchs vor zwei Stunden alles trocken war.

»Steht die Haustür manchmal offen?«, wollte Clara noch wissen.

»Nee, und ich werde sie jetzt ebenfalls schließen. Sie können mir ja alles verzählen, von wegen Polizei und so. In einem Punkt sind sich nämlich alle Bewohner hier einig: In so einer Gegend müssen die Türen immer geschlossen sein.« Damit knallte sie Clara die Tür vor der Nase zu.

Clara ging zu ihrem Auto. Wenn es sich gestern wirklich um eine Regenpfütze im Hauseingang gehandelt hat, muss die Haustür während des Wolkenbruchs eine Weile offen gestanden haben. Und wenn man der Frau glauben konnte, war es kein Hausbewohner, der sie offen gelassen hatte.

Clara war schon fast an ihrem Wagen, als ihr Blick auf die Parklücke daneben fiel. Was war das denn? Da, wo eben noch der Ford gestanden hatte, lag etwas Längliches auf dem Boden. Clara ging näher und traute ihren Augen kaum: ein Schalldämpfer. Sie holte ihre Latexhandschuhe aus dem Auto, nahm ihn auf und brachte ihn vorschriftsmäßig verpackt zur Spurensicherung, bevor sie nach Hause fuhr.

***

28. Januar, Mitternacht

Habe ich wirklich Max und Richi umgebracht?

Bin ich eine Mörderin? Richi … Richi …

Ich kann nicht mehr … will nicht mehr … will nie mehr. Wie kann ich hier meinem Leben ein Ende setzen, wenn ich dauernd bewacht werde? Ich muss einen Weg finden. Das war's.

Donnerstag, 29. Januar

Dieser Vollidiot wartete schon wieder auf der anderen Straßenseite auf sie. Vera zog ihren alten Anorak an. Es goss in Strömen, und wenn Ralph Beltz schon da drüben mit seinem Auto rumhing, dann konnte er sie gleich in die Schule bringen.

Clara kam zu spät zur Morgenkonferenz. Hans unterbrach sich und sah auf seine Uhr. »Gnädigste, welche Ehre. Und erstaunlich, heute sind es ja nur sieben Minuten, die Sie zu spät kommen. Vielleicht sind Sie noch so freundlich und nehmen –«

»Nur zu deiner Information, ich bin schon eine Weile im Haus« unterbrach ihn Clara. Sie hasste diesen Zirkus, den er immer wieder mit ihr veranstaltete.

»Das kann jeder behaupten.«

»Dann erkundige dich in der Pathologie und bei der Spurensicherung«, erwiderte Clara und setzte sich.

»Bei der Spurensicherung, was gab es denn da?«, ließ Hans nicht locker.

»Ich hab gestern am Bebelplatz einen Schalldämpfer gefunden. Er befand sich unter dem alten Ford, der dort seit Wochen parkte.«

Hans drehte sich zu Michael. »Ich dachte, Clara sollte in dem Fall nicht weiterermitteln?«

Michael runzelte die Stirn, doch bevor er etwas erwidern konnte, kam Clara ihm zuvor. »Michael kann nichts dafür, er wusste nichts von meinen Ermittlungen. Außerdem war ich eh gerade in der Nähe.«

Hans Müller zögerte. Er kannte Clara Ahrweiler zu gut, um nicht zu wissen, wie eigensinnig sie war, wenn sie sich etwas in den Kopf gesetzt hatte. Dass sie nicht einfach zufällig noch mal am Tatort vorbeigekommen war, war ihm klar, und er hasste es, für dumm verkauft zu werden. Aber es galt, einen Mord aufzuklären, und Clara hatte wichtige Spuren entdeckt – im Gegensatz zu den eigentlich ermittelnden Kollegen. Er seufzte.

»Na schön, Clara, erkläre uns, woher du weißt, dass der Wagen schon wochenlang dort gestanden hat.«

Und Clara berichtete: von den beiden jungen Männern, dem Schalldämpfer und dass dieser laut Spurensicherung auf die Tatwaffe passte. Während sie sprach, spürte sie Michaels wütenden Blick auf sich. Als sie geendet hatte, übernahm er das Wort.

»Danke für den Bericht, Clara«, sagte er knapp, dann wandte er sich an seinen Kollegen Kriminalkommissar Jörg Schmorn. »Jörg, kümmerst du dich um Peter Kleist und Erik Schlier und klärst eindeutig, wie lang der Wagen dort schon gestanden hat? Und am besten befragst du sie gleich nach ihrem Alibi – wer weiß, ob das mit dem Auto stimmt und ihnen der Schalldämpfer nicht nur aus dem Wagen gefallen ist.«

»Gut«, fuhr Hans fort, als Jörg sich bereits auf den Weg gemacht hatte, »dann möchte ich euch zum Schluss unseren neuen Mitarbeiter Johannes von Fergestein vorstellen. Er ist ein Internetprofi. Die Berliner wollen ihn ebenfalls, und das heißt teilen. Keine schwere Entscheidung bei einem solchen Spezialisten.«

Johannes von Fergestein machte eine abwehrende Bewegung. »Bitte diese Lorbeeren erst, wenn sie gewachsen und was wert sind. Ich freue mich, wenn ich schwierige Fälle auch hier in Köln durchsichtiger machen kann.«

Clara versuchte, mit Michael Blickkontakt aufzunehmen, doch er reagierte nicht. Deshalb schrieb sie auf ein Blatt Papier: »Michael, bitte entschuldige, du warst schon hier unten. Ich habe etwas sehr, sehr Wichtiges für euch. Bitte kommt gleich zu mir.«

Michael schaute kurz auf den Zettel und zerknüllte ihn dann.

Michael und Ludwig kamen erst eine halbe Stunde nach der Besprechung zu Clara und blieben beide in der Tür stehen.

»Bitte kommt rein. Ich weiß, Hans sollte nichts von meinen

Recherchen erfahren, aber er hat mich einfach provoziert, und da ist es aus mir herausgerutscht. Das war dumm von mir.«

»In der Tat war es das«, unterbrach sie Michael wütend.

»Michael, bitte. Das junge Mädchen und mein Dickschädel haben mir keine Ruhe gelassen. Ich hatte dir gleich vom Schalldämpfer erzählen wollen, sobald ich ein Resultat von der Spurensicherung hatte. Nur warst du ja schon im Besprechungsraum. Die wirklich wichtige Neuigkeit, die ich jetzt endlich von der Pathologie bekommen habe –«

»Jetzt sag mir nicht, du hast uns immer noch nicht alles erzählt!«, fuhr er wieder dazwischen.

Clara druckste herum. »Ich wollte es dir unter vier Augen sagen. Oder sechs«, ergänzte sie, als sie Ludwigs Hüsteln vernahm. Täuschte sie sich, oder lag da wirklich ein Schmunzeln auf dessen Gesicht?

»Clara«, sagte Michael gereizt, »fang endlich an zu erzählen!«

»Der Schalldämpfer passt auf die Schusswaffe. Noch viel wichtiger und ausschlaggebend sind die letzten Ergebnisse der Pathologie.« Tatsächlich, jetzt war das Schmunzeln auf Ludwigs Gesicht nicht mehr zu übersehen, während Michaels Blick immer finsterer wurde. Schnell fuhr Clara fort, von ihren Ermittlungen zu erzählen. Vielleicht beruhigten Michael die Ergebnisse etwas.

»Josef Kupper, der Nachbar, der die Polizei alarmierte, hat von einem Schuss gesprochen, was die übrigen Hausbewohner bestätigt haben. So steht es in Jörgs Bericht von Freitag. Allerdings wurden bei Max Happ zwei Einschüsse festgestellt und bei Richi einer. Es wurde insgesamt dreimal geschossen, weshalb die Pathologie so lange mit ihrem Bericht gezögert hat. Der Zustand der beiden Wunden in Max' Oberkörper lässt nämlich darauf schließen, dass die Schüsse in einem Abstand von mehreren Stunden abgegeben worden sein mussten. Und der Schalldämpfer erklärt nun, warum niemand die ersten beiden Schüsse auf Max und auf Richi gehört hat. Wir müssen davon ausgehen, dass der Schuss auf Richi ebenfalls vorher abgefeuert wurde. Erstens hat er laut Jörgs Bericht sehr viel Blut verloren, und zweitens hätte er sicher einen Arzt für seinen Freund gerufen.« Zufrieden nahm Clara wahr, wie Michaels Miene sich langsam entspannte und er ihr nun aufmerksam zuhörte.

»Der tödliche Schuss war also nicht der um Mitternacht, sondern der zwischen zwanzig Uhr fünfzehn und zweiundzwanzig Uhr fünfzehn. Deshalb ein Schalldämpfer. Julia Schreugen befand sich von zwanzig Uhr bis kurz vor Mitternacht auf der Party im Maritim.«

»Aber sie war im Besitz der Schusswaffe, die laut ihrer Aussage aus dem Waffenschrank des Vaters stammen könnte und sogar auf ihn registriert ist, und sonstige Fingerabdrücke gab es auf der Waffe keine.« Michael war nun wieder ganz der Ermittler.

»Genau das frage ich mich auch: Wieso lag die Waffe ihres Vaters bei ihr, wenn sie nicht geschossen hat?«, sagte Clara.

»Vielleicht will jemand Julia den Mord anhängen?«, schlug Ludwig vor. »Und dieser Jemand gibt ihr die K.-o.-Tropfen und schiebt ihr die Waffe unter.«

»Wenn dem so ist, dann sollten wir die Wache vor Julias Krankenzimmertür auf jeden Fall beibehalten«, sagte Michael. »Wir müssen dringend mit Schreugens sprechen, wenn sie zurück sind, und sie fragen, wer Zugang zu den Waffen hat. Die beiden können wir immerhin ausschließen: Für sie gilt dasselbe Alibi wie für Julia. Sie waren alle gemeinsam im Maritim. Aber wir sollten noch einmal mit Julia sprechen, wer ein Motiv haben könnte, ihr einen Mord anzuhängen.«

»Auf jeden Fall kein Hausbewohner«, warf Clara ein und erläuterte auf die fragenden Blicke ihrer Kollegen: »Nach dem Bericht einer Bewohnerin lässt niemand der Nachbarn die Haustür offen stehen. Als Jörg und ich am Tatort ankamen, gab es allerdings eine Pfütze im Hauseingang. Ich habe mir gestern Nacht noch einmal die Regenzeiten im Internet angeschaut. Am Donnerstagabend hat es nur von zwanzig Uhr fünf bis einundzwanzig Uhr fünfundzwanzig geregnet. Und die Haustür schließt absolut dicht.«

»Wir können also von einer fremden Person ausgehen, die sich zur Tatzeit im Haus befand«, fasste Ludwig zusammen, was alle dachten.

In dem Moment tauchte Johannes an der Tür auf. »Hallo zusammen, ich wollte mal sehen, was der Cappuccino macht. Als neuer Nachbar bin ich so frech und lade mich selbst ein.«

Clara drückte ihm ihre eigene, bereits halb leer getrunkene Tasse in die Hand und schob ihn zur Tür. »Leider haben wir hier nur drei wackelige Stühle«, wimmelte sie ihn ab. »Irgendwann brauche ich diese Tasse zurück und vielleicht fürs nächste Mal einen weiteren Stuhl.«

Michael stand auf. »Wir sollten alle Hausbewohner noch einmal befragen, ob sie in der entsprechenden Zeit irgendetwas wahrgenommen haben. Ludwig, veranlasst du das? Und dann sollten wir uns um Julia kümmern. Ich nehme an, dass du das übernehmen möchtest, Clara.«

Sie nickte und griff nach ihrer Jacke.

»Clara?«, hielt Michael sie zurück. »Das war hervorragende Arbeit. Was hat das Mädel doch für ein großes Glück, dass es diesen Dickschädel gibt.«

Eigentlich hatte Clara vorgehabt, gleich zu Julia in die Uniklinik nach Lindenthal zu fahren. Dann war die Nachricht aus dem Krankenhaus Merheim hereingekommen, dass Richard Moster aus dem Koma erwacht war, und sofort hatte sich Clara zu ihm aufgemacht. Sie hoffte, etwas mehr zur Tatnacht aus dem Jungen herauszubekommen.

Als sie an sein Bett auf der Intensivstation trat, fielen ihr sogleich die dunkelblauen Augen auf, die sie aufmerksam musterten. Clara konnte durchaus verstehen, warum Julia für ihn schwärmte.

»Hallo, Richi. Ich darf dich doch so nennen? Ich bin Clara

Ahrweiler und freue mich, dich kennenzulernen.« Sie nahm sanft seine rechte Hand in ihre. »Julia hat mir von dir erzählt.«

»Julia.« Ein Strahlen huschte über sein Gesicht. »Wie geht es ihr? Ich hab Sehnsucht nach ihr. Die Arme, ich war doch mit ihr verabredet und –«

»Ich weiß. Ich bin Kommissarin und mit dem Fall befasst.«

»Diese Schießerei ...« Er holte tief Luft. »Es war alles so schrecklich. Wir verstauten gerade die letzten Sachen von Großmutter im Auto. Sie ist jetzt im Altersheim hier in Merheim. Jedenfalls waren es nicht mehr viele Kisten, die Max und ich runterbringen mussten, doch dann war da dieses dumpfe Geräusch und dann noch eines, und ich sah nur, wie Max zusammensackte, als mich plötzlich ein stechender Schmerz durchfuhr ...« Richi stockte. Das Sprechen bereitete ihm sichtlich Mühe, doch er fuhr fort. »Es ging alles so schnell, ich konnte nur kurz den Schatten einer Gestalt sehen und ...« Ein plötzlicher Husten schüttelte ihn, und er wurde sehr blass.

»Richi«, sagte Clara, »weißt du noch, wie spät es ungefähr war, als ihr niedergeschossen wurdet?« Gespannt auf seine Antwort, hielt sie den Atem an.

»Ja klar, es war halb neun. Das weiß ich so genau, weil Max und ich uns darüber unterhalten haben, dass fast alles fertig sein würde, wenn Julia später käme.«

Clara ließ erleichtert den Atem entweichen. »Da war Julia im Maritim«, sagte sie mehr zu sich selbst.

»Bitte«, kam es stockend von Richi, »sagen Sie mir: Was ist mit Julia? Sie war doch hoffentlich noch nicht da? Und Max, wie geht es ihm? Ist er ebenfalls hier im Krankenhaus?«

Clara sah ihn traurig an. Über die Erleichterung, dass Julia nun definitiv entlastet war, hatte sie vergessen, dass Richi vom Tod seines Freundes noch nichts wusste. Sie holte tief Luft und berichtete dem jungen Mann, was in der Zeit, als er im Koma gelegen hatte, geschehen war.

Die Nachricht vom Tod seines Freundes traf Richi zutiefst. »Ich hätte ihm helfen müssen«, wimmerte er leise vor sich hin.

»Du konntest ihm nicht helfen, Richi«, versuchte Clara, den jungen Mann von seinen Schuldgefühlen zu befreien. »Dafür kannst du Julia helfen.«

Richi schaut sie mit seinen blauen Augen an. »Natürlich, sofort! Was kann ich tun? Wollen wir zu ihr?«

»Langsam, langsam, junger Mann.« Clara musste lächeln. Er schien Julia mindestens genauso toll zu finden wie sie ihn. »Es ist wichtig, dass du dich erst einmal auskurierst und wieder zu Kräften kommst. Und das kannst du am besten hier im Krankenhaus, wo du gut versorgt wirst. Hilf Julia, indem du meinen Kollegen, die dir sicher bald einen Besuch abstatten werden, berichtest, was an dem Tatabend geschehen ist – und vor allem, wann. Denn das«, fügte sie auf Richis fragenden Blick hinzu, »bestätigt ihr Alibi.«

»Das werde ich«, versprach Richi. »Julia hat mit der Sache nichts zu tun.« Er wurde nachdenklich. »Wer dann?«

»Das, mein lieber Richi, werden wir herausfinden.« Nach einem kurzen Zögern ergänzte sie: »Und dann wird alles wieder gut.« Sie hoffte, dass sie überzeugter klang, als sie sich fühlte.

Auf dem Weg vom Krankenhaus Merheim zur Uniklinik in Lindenthal ging Clara Richis Frage nicht aus dem Kopf: »Wer dann?« Wenn ihre Theorie stimmte, dann hatte der Täter den Verdacht bewusst auf Julia gelenkt, und das bedeutete, dass sie womöglich noch immer in Gefahr war.

Heftiges Hupen riss Clara aus ihren Gedanken. Fast hätte sie beim Rechtsabbiegen von der Universitätsstraße auf die Kerpener Straße die Studentin auf dem Zebrastreifen übersehen, die gerade von der Universitätsbibliothek kam – zumindest deuteten das die Bücher an, die sie vor Schreck auf den Zebrastreifen hatte fallen lassen.

Clara atmete tief durch und bedankte sich per Handzeichen bei dem Fahrer hinter ihr. Er hatte mit seinem Hupen Schlimmeres verhindert. Sie öffnete ihr Seitenfenster und rief der Studentin zu: »Entschuldigung. Sind Sie okay?«

Doch die Studentin zeigte ihr nur den Mittelfinger und eilte mit den wieder eingesammelten Büchern in Richtung Bahn.

Clara seufzte. Sie konnte das Mädchen verstehen. Sie legte den ersten Gang ein und fuhr mit zittrigen Knien los. Vielleicht sollte ich mir eine Auszeit nehmen, überlegte sie. Es gibt in letzter Zeit einiges, das ich in Ordnung bringen muss.

Clara hatte Glück mit der Parkplatzsuche und wurde schnell fündig. Direkt am Geusenfriedhof auf der Kerpener Straße wurde eine Lücke frei, und Clara, der nach dem Beinahe-Unfall das Adrenalin in die Adern geschossen war, entschloss sich kurzerhand, dort zu parken und den restlichen Weg zur Uniklinik zu laufen.

Seltsam, dachte sie beim Blick auf die alten Gräber protestantischer Glaubensflüchtlinge, dass dieses Stück Grün so wenig wahrgenommen wird.

Auf der Station im Bettenhaus eilte ihr die Stationsschwester entgegen.

»Frau Ahrweiler, wir haben bereits versucht, Sie zu erreichen«, rief sie aufgeregt.

»Was ist denn los? Ich komme gerade aus dem Krankenhaus Merheim und muss vergessen haben, mein Handy wieder anzu–«

Doch die Schwester ließ sie nicht ausreden. »Es gibt ein Problem: Julia Schreugen hat ein Wasserglas kaputt geworfen. Mit einer Scherbe hat sie versucht, sich die Pulsadern aufzuschneiden. Ein Glück, dass Sie einen Wachmann hier postiert haben. Er hat sie gefunden.«

Clara hörte schon nicht mehr richtig zu, was die Schwester noch sagte. Sie stürzte in Richtung Julias Zimmer.

Zusammengesunken hockte Julia auf einem Stuhl an der Wand und reagierte nicht, als Clara sich neben sie setzte. Ihr linkes Handgelenk war verbunden. Clara streichelte ihr sanft über den Arm und ließ ihr Zeit. Still saßen sie nebeneinander, bis auf dem Flur eine Tür zuknallte. Julia zuckte zusammen und öffnete die Augen. Sie schauten sich an.

»Ich komme gerade aus dem Krankenhaus in Merheim. Dort liegt ein wunderbarer junger Mann, der Sehnsucht nach dir hat und sich Sorgen um dich macht. Er war froh, dass dir bei dieser Schießerei nichts passiert ist. Außerdem wissen wir jetzt, dass der tödliche Schuss auf Max abgefeuert wurde, als du noch im Maritim warst, und Richi hat es bestätigt. Du hast ein Alibi, und ich bin da, um –«

»Richi? Ist er wieder wach?«, unterbrach Julia. »Woher soll ich wissen, dass das keine Lüge ist?«

»Wieso sollte ich dich anlügen? Wie wäre es, wenn wir uns zusammen auf den Weg machen? Ich schlage vor, wir fahren zuerst zu dir nach Hause. Vielleicht willst du bei Richi etwas frischer auftauchen. Und dann fahr ich dich nach Merheim. Richi liegt noch auf der Intensivstation. Er befindet sich auf dem Weg der Besserung. Deshalb will ich ein gutes Wort für dich einlegen, dass du ihn be–«

Weiter kam Clara nicht, denn Julia sprang auf und fiel ihr um den Hals. Keine Spur war mehr von dem Häuflein Elend zu sehen. Wenigstens etwas wendet sich zum Guten, dachte sie erleichtert.

Das eiserne Einfahrtstor der zweiflügeligen Villa im Hahnwald wurde erst nach mehreren Klingelversuchen wie von Geisterhand geöffnet. Eine ältere Frau in weiß-blauer Uniform wartete schon an der offenen Haustür, als Clara und Julia vorgefahren waren.

»Wo sind Ihre Schlüssel?«, wollte die Frau von Julia wissen, statt sie zu begrüßen.

»Hab ich verloren, ist aber egal. Sie sind doch immer hier«, antwortete Julia etwas unwirsch und zog Clara durch die große Eingangshalle eine beeindruckende Marmortreppe hinauf. »Das war Frau Jakobs, unsere Haushälterin. Sie kann ein echter Drache sein.«

Julia führte Clara in eine Zimmerflucht im rechten Flügel des ersten Stocks. Clara fand sich in einem großen Wohnbereich mit zwei weißen Designerledersofas wieder. Eine Buchregalwand aus Stahl und Glas trennte den Schlaf- vom Wohnbereich und von einem sehr geräumigen Badezimmer, in das Julia verschwand.

»Ich möchte schnell duschen. Soll ich Ihnen inzwischen etwas zu trinken bestellen?«, bot sie Clara an, während sie bereits das Wasser in der Dusche aufdrehte.

Clara verneinte und setzte sich auf eins der Sofas. Ob alle Jugendzimmer in den Hahnwalder Villen so aussahen?, fragte sie sich. Immerhin galt das Villenviertel als eines der exklusivsten Deutschlands. Hoby hatte es nie verstehen können, warum Clara sich Braunsfeld als Veedel ausgesucht hatte. Hoby, dachte sie, mit dem muss ich dringend sprechen.

Clara ließ ihren Blick weiter durch das Zimmer schweifen. Designermöbel, wohin man schaute. Nur die fünf Kinderbücher, unordentlich zwischen die hocheleganten ledernen Buchattrappen geschoben, passten nicht zu dem Gesamteindruck, den das Zimmer machte.

Auf dem Schreibtisch, einem Monstrum aus Glas und Stahl, stand ein Foto in dazu passendem Stahlrahmen, das Claras Aufmerksamkeit auf sich zog. Sie ging zu dem ansonsten leeren Schreibtisch, um sich das Foto genauer anzusehen. Julia in einem blauen Seidenkleid neben einem Mann in dunkelgrau gestreiftem Westenanzug. Unter der Glasplatte des Schreibtisches lagen zwei kleine, etwas zerfranste Fotos. Auf einem war eine ältere lachende Frau in gestreifter Schürze zu sehen. Auf dem zweiten tanzte Julia mit einem gleichaltrigen Mädchen auf einer Wiese.

Ob die Frau die Vorgängerin von Frau Jakobs ist?, überlegte Clara.

»Diese Fotos hier unter dem Glas sind das Einzige, was ich in diesem Zimmer liebe.« Clara hatte nicht bemerkt, dass Julia zu Ende geduscht hatte und hinter sie getreten war. Während sie sich die bedruckte Bluse zuknöpfte, fuhr das Mädchen fort zu erzählen. »Auf dem einen Bild bin ich mit meiner einzigen Freundin Zara, und auf dem anderen ist Soschka zu sehen, die einzige Kinderfrau, die mit mir lieb war. Leider ist sie nach drei Wochen wieder zurück in ihr Zuhause nach Ungarn gegangen. Mein Kinderzimmer wurde kurz vor meinem achtzehnten Geburtstag von einem sehr bekannten Designer entsorgt und in diesen Alptraum verwandelt. Mein Vater wollte mir etwas Gutes tun und hat mich damit überrascht. Ich weiß, ich bin wahrscheinlich zu verwöhnt und undankbar, nur ist das einfach nicht mein Geschmack. Hier sieht es doch aus wie in einem teuren Hotel.«

»Ich würde mich hier auch nicht wohlfühlen«, versuchte Clara, Julia zu trösten, die gerade noch rosafarbenes Lipgloss auftrug.

»Fertig!«, rief sie. »Machen wir uns jetzt auf den Weg zu Richi?«

Schon fast an der Tür angekommen, blieb Julia plötzlich stehen. »Einen Moment noch, im Nachttisch hab ich wenigstens ein Reservehandy und etwas Bargeld. Sonst bin ich nackt wie eine Kirchenmaus, keinen Cent Bargeld, keine Kreditkarte, keinen Ausweis. Ist alles in der Handtasche gewesen, die futsch ist. Egal, in der Kreissparkasse am Neumarkt kennen sie mich, vielleicht bekomme ich dort etwas …« Julia kicherte. »Ach, ist alles nicht wichtig. Wichtig ist, dass Richi auf mich wartet.«

Sie nahm Claras Hand, zog die Kommissarin hinter sich her und ließ ihre Hand nicht mehr los, bis sie im Auto saßen.

Das Wiedersehen von Richi und Julia war Clara unter die Haut gegangen. Sie hatte beim zuständigen Arzt durchsetzen können, dass Julia zu ihrem Freund auf die Intensivstation durfte, und beiden hatte es sichtlich gutgetan. Auch wenn die zwei kaum oder gar keine Erinnerungen an die schrecklichen Ereignisse hatten, trauerten sie gemeinsam um ihren toten Freund Max. Dann war der zuständige Arzt hereingekommen und hatte die beiden Frauen freundlich, aber bestimmt gebeten zu gehen.

Auf dem Weg ins Präsidium setzte Clara Julia an der Kreissparkasse am Neumarkt ab. Julia wollte Geld abheben, noch ein paar Dinge besorgen und sich dann telefonisch bei Clara melden.

Im Präsidium warteten Ludwig und ein deprimierter Michael auf Clara.

»Wir sind keinen Schritt weitergekommen. Nichts Neues bei den Hausbewohnern und ebenso wenig bei Josef Kupper. Er hat nur den späten Schuss mitbekommen, vorher allerdings niemanden gesehen.«

»Was machen wir jetzt?«, wollte Ludwig von Clara wissen.

»Das frag ich mich schon die ganze Zeit. Es macht mich nervös, dass irgendjemand Julia diesen Mord in die Schuhe schieben wollte. So, wie es sich jetzt darstellt, war die Tat eindeutig geplant.« Clara streifte ihre Jacke ab, dann fuhr sie leise fort: »Julia hat versucht, sich mit einer Glasscherbe das Leben zu nehmen. Ich hoffe, dass es nur eine Panikhandlung war. Sie dachte, sie hätte diesen Mord begangen. Ihr Vater hat sich bis jetzt nicht gemeldet, weshalb ich beschlossen habe, dass sie heute Nacht bei mir schläft. Platz gibt es bei mir ja mehr als genug.«

»Das finde ich super, typisch Clara«, sagte Michael. »Weißt du, Ludwig, unsere Kollegin gibt unseren Straßenkindern immer wieder ein Dach über dem Kopf.«

Michaels Funk meldete sich. In einer Wohnung in Ehrenfeld war ein Toter gefunden worden, und nun musste eine Fremdeinwirkung ausgeschlossen werden. »Los, Ludwig, auf nach Ehrenfeld, und auf dem Weg kläre ich dich über Claras Straßenjungs auf.«

Claras zwei »Straßenjungs« waren jetzt erwachsen und machten Karriere. Es tat gut, ab und zu an sie zu denken. Es war ein erfüllendes Gefühl, zwei Jungs von der schiefen Bahn weggeholt und ihnen eine Zukunft gegeben zu haben.

Das Unerledigte auf ihrem Schreibtisch nervte, und Clara wollte gerade die Flucht ergreifen, als es klopfte.

»Der Nachbar möchte nicht stören, er bringt nur wie versprochen die Tasse zurück und –«

»Bekommt einen neuen Cappuccino«, unterbrach ihn Clara und schob den Papierberg grinsend zusammen.

Johannes sah wirklich unglaublich gut aus, und sie fragte sich, ob es an seiner ausgeprägten Nase oder an seiner hohen Stirn lag. Seine schmalen langen Hände gefielen ihr außerdem.

Was ist eigentlich los mit dir?, fragte sie sich, während sie den Kaffee machte und Johannes die volle Tasse hinstellte. Warum interessiert dich das überhaupt? Denk an Hoby!

Sie beobachtete möglichst unauffällig, wie Johannes lässig dasaß, entspannt seinen Cappuccino trank. Und ihr fiel nichts ein, was sie mit ihm reden wollte oder konnte. Das war ungewohnt, und fast wurde sie wütend auf ihn. Warum sagte er nichts?

In diesem Moment legten sie beide gleichzeitig los.

»Was ma–«

»Guter Cappu–«

Johannes lächelte sie an. »Du zuerst.«

»Ach.« Clara fuhr sich nervös durch die Haare – was war nur mit ihr los? »Eigentlich wollte ich nur wissen, was genau du bei uns machst. Wir vermissen nämlich Ruth, unsere frühere Internetexpertin.«

»Na, dann hoffe ich, dass ich Ruth würdig ersetzen kann: Ich bin ein Cyberfreak und ein Meister im Datenknacken.«

Dieses Lächeln! Clara konnte nicht anders, als ihren neuen Kollegen fasziniert anzustarren. Warum nur raste ihr Herz auf einmal so? Zum Glück brachte das Klingeln ihres Telefons sie wieder zurück ins Hier und Jetzt.

Es war Julia, die alles erledigt hatte. Clara versprach, sie abzuholen, und stand auf. »Ich muss los … Julia …«

Johannes erhob sich ebenfalls. »Danke für den Kaffee. Ich freu mich auf ein nächstes Mal.«

Auf dem Weg zur Kreissparkasse am Neumarkt geisterte Johannes noch immer in Claras Kopf herum. Fast hätte sie Julia, die vor der Tür der Sparkasse stand und ihr aufgeregt winkte, übersehen. Clara bremste abrupt, wofür sie sich schon wieder ein Hupen ihres Hintermannes einfing. Julia stieg schnell ein, und gemeinsam fuhren sie über die Aachener Straße zu Clara nach Hause. Zum Glück war es noch vor dem Feierabendverkehr, und sie kamen einigermaßen gut durch.

»Hast du dir etwas Schönes gekauft?«, erkundigte sich Clara mit Blick auf die Einkaufstüten, die im Fußraum zwischen Julias Beinen standen. Neben Logos einiger Klamottenläden konnte Clara eine Tüte von Ortloff sehen, dem Kölner Traditionsgeschäft für Bürobedarf in der Zeppelinstraße.

»Ja, ein paar Klamotten. Zum Glück kannte mich der Mann am Schalter. Er ist ein Bekannter meines Vaters. Und da«, erklärte Julia, der Claras Blick nicht entgangen war, »ist Schreibkram drin. Block und Stifte und so.«

Clara spürte, dass das nicht alles war, was Julia sagen wollte, und ließ dem Mädchen die Zeit zum Antworten.

»Ich habe lange nachgedacht. Im Krankenhaus hatte ich schließlich genug Zeit dazu. Ich will mich auf das Abitur konzentrieren und etwas Sinnvolles mit meinem Leben anfangen.«

Als Clara gerade die Tür zu ihrer Wohnung aufgeschlossen hatte, meldete sich ihr Handy bereits zum dritten Mal, und Julia blieb gut erzogen am Eingang stehen.

»Fühl dich wie zu Hause. Es gibt hier keine Sperrgebiete. Du bist überall willkommen. Schau dir alles an. Ich muss telefonieren, das kann dauern.«

Nach ihrem Telefonat fand Clara Julia im Rosenzimmer, wo sie zu Jayjas Zeiten immer wieder übernachtet hatte.

»Gefällt dir dieses Zimmer?«, fragte sie.

»Was für eine Frage. Es ist wie ein wunderschöner Traum. Genauso möchte ich einmal wohnen. Ein Rosenparadies. Ich liebe Rosen. Ich wusste gar nicht, dass es solche Rosenstoffe gibt. Rosenbestickte Kissen und diese gemalten Rosen an der Wand, unglaublich.«

»Der Traum wartet heute Abend auf dich. Jetzt ruft erst einmal die Küche. Kochen ist sicher nicht gerade das, was du gewohnt bist, aber die Küchenarbeit müssen wir uns teilen. Oder«, fügte Clara augenzwinkernd hinzu, »du hast etwas Besseres vor und willst lieber wieder von hier verschwinden?«

»Nein, bestimmt nicht. Ich finde es toll, wenn ich bleiben darf.« Julia folgte Clara in die Küche.

»Ein Sterne-Essen werden wir heute nicht mehr zaubern, obwohl meine Tomatensoße einen Drei-Sterne-Ruf hat«, sagte Clara lachend und stellte einen Topf mit Wasser für die Spaghetti auf den Herd.

Nach dem Essen führte Clara ihren Schützling in die Bibliothek. Sie machte Feuer im Kamin, während Julia fasziniert über die Bücherreihen strich.

»Ich fasse es nicht. Unglaublich. Wie viel schöner es aussieht als meine Buchattrappen.« Vorsichtig zog Julia ein Buch heraus und blätterte darin.

»Du kannst dir jedes Buch, das dich interessiert, mit ins Bett nehmen. Aber jetzt lass uns noch ein bisschen reden.«

Clara schenkte Julia ein Glas Cola und sich ein Glas Rotwein ein. »Ich bin jetzt Clara für dich.«

Julia nahm kichernd das Glas Cola.

»Was gibt's da zu kichern?«, wollte Clara wissen, während sie sich zuprosteten.

»Ich habe das Gefühl, ich bin in einem meiner Lieblingsbilderbücher gelandet, und möchte da für immer bleiben.«

»Bis morgen früh kannst du das auf jeden Fall«, sagte Clara und legte noch ein Scheit aufs Feuer.

Freitag, 30. Januar

Bin happy. Wirklich happy. Fühle mich leicht und frei. Mir ist gleichzeitig zum Heulen und zum Lachen – wie gestern Abend vor dem Kamin. Clara. Warum bin ich ihr nicht schon früher begegnet? Da musste erst etwas wirklich Schreckliches passieren. Ich will und werde mein Leben ändern. Ab Montag wird gebüffelt, das Abitur ist wieder in meinem Kopf.

***

Clara kochte gerade Tee, als Julia in der Küche auftauchte.

»Ich hoffe, ich störe nicht?«

»Nein, du störst nicht. Komm und setz dich. Ich hab dir ein Croissant aufgebacken, und dieser kleine Block, der da liegt, ist zwar kein Tagebuch, steck ihn trotzdem in deine Hosentasche, und immer, wenn dir etwas einfällt, was mit unserem Fall zu tun haben könnte, schreib es auf. Manchmal sind unwichtig erscheinende Punkte wichtig.«

»Ich … ich«, Julia wurde rot, »weiß einfach nicht, wie ich mich bedanken kann. Tausendmal danke für alles.«

»Kein Danke«, erwiderte Clara grinsend. »Ich fand unseren Abend gestern schön und freu mich über deine Gesellschaft. Denk lieber darüber nach, wer böse auf dich sein könnte.«

»So richtig böse? Warum denn?«

»Julia, leider müssen wir davon ausgehen, dass dir jemand den Mord in die Schuhe schieben wollte«, erklärte Clara vorsichtig. »Wer könnte ein Motiv dafür haben?«

Julia überlegte schweigend.

»Da fällt mir im Moment niemand ein …«, sagte sie schließlich. »Obwohl … da gibt es zwei Klassenkameradinnen, ich glaub, die hassen mich.«

»Wie macht sich das bemerkbar?«, wollte Clara wissen.

»Na ja, das ging schon in den ersten Jahren auf dem Gymnasium los. Immer wieder passierte etwas, damit ich eine schlechte Note bekam. Mein Deutschheft mit der Klassenarbeit verschwand und lauter so Kram. Kein Wunder, meine neuesten Klamotten machten die anderen bestimmt neidisch, und später …« Julia schwieg.

»Julia, an was denkst du gerade? Und wie heißen die beiden?«

»Ich weiß nicht. Ich will jetzt niemanden anschwärzen. Ich muss darüber noch einmal nachdenken.«

»Du brauchst kein schlechtes Gewissen zu haben, dass du jemanden anschwärzt, und bitte nimm dir die Zeit. Weißt du denn, wer böse auf Richi sein könnte oder mit ihm verkracht ist?«

»Verkracht? Das geht bei Richi nicht. Dazu ist er viel zu intelligent. Er lässt es nie so weit kommen. Ganz das Gegenteil von Robert. Wenn den was ärgert, lässt er nicht locker. Ich war fünf oder sechs und bekam ein Rennauto geschenkt, und Robert wollte das unbedingt haben, obwohl er eins in einer anderen Farbe hatte. Ich wollte das nicht und hab es ihm an den Kopf geschmissen. Vater und Roberts Eltern sind bei seinem Geschrei im Zimmer aufgetaucht. Und ich musste zur Strafe … Ach, lassen wir das, es ist wirklich zu lange her. Irgendwann war er mal hinter mir her. Aber ich fand nie was an ihm. Obwohl Vater das sehr geschätzt hätte.«

»Wer ist Robert denn?«

»Robert Steinmeyer. Unsere Väter sind befreundet.«

»Was für eine Beziehung haben Richi und Robert zueinander? Kann es sein, dass Robert eifersüchtig auf Richi ist?«

»Die beiden studieren zusammen Jura. Robert lässt sich immer wieder von Richi helfen, aber dass er eifersüchtig ist …« Julia überlegte einen Moment. »Nein, das ist unwahrscheinlich. Richi gehört für Robert nicht ›dazu‹. Sein Vater ist nicht der Chef von einer großen Firma, wie Roberts Vater einer ist. Und das lässt Robert ständig raushängen. Dem ist nur eins wirklich wichtig: dass alle wissen, wie wichtig er ist. Richis Eltern waren, soweit ich weiß, beide Lehrer an einer Gesamtschule. Sie sind mit seiner Schwester bei einem Verkehrsunfall ums Leben gekommen, und er ist bei seinen Großeltern aufgewachsen.«

»Okay. Bitte denk weiter darüber nach. Wenn dir wirklich jemand etwas anhängen will, kann es sein, dass er es wieder versuchen wird.«

»Ich verspreche es«, erwiderte Julia.

Clara schaute auf ihre Armbanduhr und stand auf. Es war Zeit, ins Präsidium zu fahren. Julia folgte ihr zum Eingang.

»Danke, dass ich heute Nacht hier bei Ihnen sein durfte. Wie sehen wir uns wieder und –«

»Haben wir mit dem Sie nicht gestern Abend aufgehört?«, unterbrach Clara sie. »Hier hast du meinen zweiten Wohnungsschlüssel. Du kannst gern hierbleiben, wenn du magst. Lass uns doch um dreizehn Uhr auf eine Pizza bei ›Bepi‹ in der Breite Straße treffen. Und«, Clara lächelte, »falls du Langeweile hast, kannst du gern unser Frühstücksgeschirr in die Spülmaschine räumen.«

Winkend eilte sie die Treppe hinunter und sprang in ihren Audi. Zur morgendlichen Besprechung würde sie zu spät kommen. Clara war das egal. Sie freute sich, dass es Julia wieder besser ging.

Clara setzte sich gerade noch rechtzeitig an den großen Tisch zu Michael und Ludwig. Während Hans den üblichen Tageskram besprach, dachte Clara über Julia nach. Sie war sicher verwöhnter als neunundneunzig Prozent aller Jugendlichen, und doch war sie so arm. In diesem Moment verpasste Michael ihr einen leichten Fußtritt.

»Clara, ich warte.« Hans klopfte ungeduldig mit seinem Kugelschreiber auf den Tisch. »Könntest du vielleicht so nett sein und uns endlich erklären, was du jetzt mit den Jugendlichen vorhast, die gestern erst aus der Untersuchungshaft entlassen und heute Nacht schon wieder bei einem Einbruch erwischt wurden?«

Clara fuhr der Schreck durch die Glieder: Über die Sorge um Julia und Richie hatte sie Sigis und Kappes Bewährungshelfer immer noch nicht erreicht. Da man ihnen nichts hatte nachweisen können, waren sie wieder entlassen worden, wie Clara jetzt erfuhr. Doch ehe sie etwas sagen konnte, mischte sich Michael ein.

»Hans, so stimmt das nicht«, sagte er. »Horst war in der Nachtschicht und hat mich extra deswegen heute Morgen angefunkt. Sigmar Peters und Kaspar Reuter waren definitiv nicht die Schuldigen. Den Einbruch haben andere getätigt, doch die hat der Kollege Jörg nicht erwischt und deshalb bei den beiden auf den Putz gehauen.«

»Wenn du schon die Informationen von Jörg anzweifelst«, reagierte Hans streng, »dann will ich auch Beweise sehen. Kümmert euch drum, und diesmal richtig. Nicht dass die beiden zu Dauergästen werden.«

Clara beschloss, den Mund zu halten und mit den Jugendlichen sofort nach der Sitzung Kontakt aufzunehmen.

Hans stand auf und schob seine wenigen Papiere zusammen. »Ich habe einen wichtigen Auswärtstermin. Clara und Michael, ihr kommt bitte noch mit in mein Büro.«

Dort angekommen, ließ Hans sich in den Sessel hinter seinem Schreibtisch fallen – wie immer ohne ihnen einen Stuhl anzubieten – und legte wütend los.

»Gestern bekam ich am frühen Nachmittag einen sehr erregten Anruf aus der Karibik. Der große Immobilienmogul Schreugen wollte von mir wissen, was wir uns dabei gedacht haben, seine Tochter so zu behandeln.«

»Wie bitte?« Clara wurde ebenfalls wütend, biss sich auf die Unterlippe und zählte bis zehn, um ruhig zu bleiben, bevor sie weitersprach. »Du warst es doch, der sie für die Tatverdächtige gehalten hat. Du wolltest sie sogar in die JVA schicken.«

»Das ist eine Frechheit, Clara. Ich wurde nie darüber informiert, wer dieses junge Mädchen wirklich ist. Eine Unterlassung, die ich so nicht akzeptieren kann oder will. Was habt ihr euch eigentlich dabei gedacht?« Er schaute auf seine Uhr und stand auf. »Ich erwarte, dass ihr das regelt. Jetzt sofort.«

Clara und Michael gingen in Claras Büro. Dort konnte sie sich nicht mehr zurückhalten. »Ich hasse Hans. Ich hasse seine Einstellung. Er ist ein Scheißkerl. Die Jugendlichen, die unsere Hilfe brauchen, die muss man möglichst schnell wegsperren, die sind Abfall für ihn. Und dann kommt so ein Anruf aus der Karibik, und alles ist in Butter. Das ist doch ehrlich zum Kotzen. Michael, das ist sch…« Streng erzogen, wie sie war, verschluckte Clara den Rest dieses Worts und fuhr ruhiger fort: »Mal wieder ein Moment, in dem ich mich ernsthaft frage, ob diese Arbeit Sinn ergibt.«

»Clara, lass es gut –«

»Sein«, vervollständigte Ludwig von der Tür aus den Satz. »Hier riecht es nach gewaltigem Stress. Ich war eben schon mal hier. Schau mal, was Johannes dir gebracht hat.« Ludwig wippte an dem neuen, sehr komfortabel aussehenden Schreibtischstuhl, den Clara in ihrer Wut noch nicht bemerkt hatte.

»Eigentlich will ich zu Michael«, ergänzte Ludwig. »Wir müssen nach Merheim. Richard Mosters Arzt hat angerufen. Der junge Mann ist bereit für eine Vernehmung.«

Michael drehte sich in der offenen Tür noch einmal um. »Entspann dich ein bisschen auf deinem neuen Superstuhl. Wir sehen uns in der Mittagspause, okay?«

»Ich bin um eins mit Julia bei ›Bepi‹ verabredet. Das wäre für euch eine gute Gelegenheit, sie besser kennenzulernen.«

Kaum hatten Michael und Ludwig das Büro verlassen, tauchte Johannes auf. »Hörte ich nicht gerade die Worte ›gute Gelegenheit, sich besser kennenzulernen‹? Bekomme ich die jetzt ebenfalls?«

»Besser kennenlernen weiß ich nicht, aber einen Cappuccino gibt's jetzt.«

Warum irritierte Johannes sie so? Sie konnte sich nicht einmal richtig für den neuen Stuhl bedanken. Im nächsten Moment krachte auch noch der Stuhl zusammen, auf dem Johannes mit seinem Cappuccino saß. Und was machte er? Er lachte. Lachte lauthals, obwohl sein blau kariertes Hemd voll Kaffee war.

»Höhere Gewalt. Das heißt eindeutig: noch einen Stuhl besorgen.« Geschmeidig sprang er auf. »Leider muss der warten, denn ich muss los. Hoffentlich bis bald.«

Clara ging zu den zwei Jugendlichen. Kappe, der Größere von ihnen, legte sofort los. »Frau Ahrweiler, Sie müssen uns glauben: Wir waren das nicht! Wir waren auf der Suche nach einem Platz zum Pennen. Haben es bei mehreren Einrichtungen versucht, alles voll. Sigi hat's sogar zu Hause probiert.«

Sigi nickte traurig. »Bin nach Hause. Eigentlich war es gut, dass das Fenster nicht aufging. Der Arsch hätte mich bestimmt zusammengeschlagen und rausgeschmissen. Der hasst mich.«

»Jetzt mal langsam, wann genau seid ihr aufgegriffen worden?«, wollte Clara wissen.

»Muss so elf Uhr gewesen sein«, erzählte Sigi. »Da gibt es einen Türken, der ist nett. Da bekomm ich immer wieder was zu futtern, bevor er zumacht. Wir waren schon fast da, da kamen uns die drei entgegen. Die hatten es irre eilig. Und dann tauchte der Bulle auf, und der hat Kappe gepackt, und wir haben nichts kapiert. Und dann kam der zweite Bulle. Richtig beschissen und kotzblöd obendrein. Sie haben nichts Geklautes bei uns gefunden. Nichts. Und dass wir es nicht waren, hat uns der eine trotzdem nicht geglaubt. Haben sogar nach Weggeschmissenem gesucht, aber natürlich nichts gefunden. Ich breche nicht mehr ein. Ich hab's doch versprochen.«

Clara telefonierte mit dem SKM und organisierte für die Nacht eine Schlafmöglichkeit für die beiden Jugendlichen. Dann rief sie Kurt Storn an. Sie hatte schon öfter mit dem Bewährungshelfer zusammengearbeitet und einen guten Draht zu ihm. Er war schon informiert. »Da hat's mal wieder die Falschen erwischt.«

»In der Tat, Kurt. Sie sind jetzt noch hier. Ich hab Betten beim SKM organisiert. Gegessen haben sie noch nichts. Kann ich –«

»Sie mir übergeben? Ja. Was soll ich dir sonst antworten? Eigentlich hab ich heute mal frei, aber für dich tu ich doch alles. Bin schon unterwegs.«

Julia saß bereits bei »Bepi« an einem der hinteren Tische und kramte in einem kleinen braunen Rucksack. Als sie Clara sah, sprang sie auf und winkte fröhlich.

»Ich hab alles erledigt und mir außerdem ein richtiges Tagebuch gekauft. Ist schließlich ein echter Neuanfang. Und hier ist meine Tasche. Mal nicht modisch, sondern praktisch. Da passt der Schulkram super rein.«

Clara war glücklich: Anscheinend hatte Julia erkannt, was wichtig war.

»Übrigens ist mir zum 22. Januar noch etwas eingefallen. Von meinem Krach mit Robert habe ich dir schon erzählt, aber der war harmlos. Sein Sklave Ralph Beltz hat es dann wirklich abbekommen. Er muss irgendwas besonders falsch gemacht haben. Eigentlich kein Wunder, er ist im Kopf eine absolute Null und nur als Muskelpaket unschlagbar.«

»Von der Auseinandersetzung hast du mir erzählt«, bestätigte Clara. »Hast du ihn im Maritim irgendwo warten gesehen?«

Julia überlegte einen Moment. »Nein, stattdessen habe ich ihn jetzt öfter hinter Vera herhecheln sehen. Sie findet ihn schrecklich, und das verbreitet sie überall. Ihn ausnutzen, dafür ist er ihr gut genug. Mit Vera will keiner was zu tun haben, das schiebt sie mir in die Schuhe. Wie gesagt«, Julia fing an zu drucksen, »ich will zwar niemanden anschwärzen, aber wenn mich jemand hasst, dann ist es sie.«

»Und wie macht sich das bemerkbar?«

»Sie ist halt eifersüchtig. Und wenn du genauer darüber nachdenkst, ist es wirklich ungerecht. Ich bekomme einen Porsche zu meinem achtzehnten Geburtstag, und sie muss jeden Cent sparen, um sich ein paar neue Schuhe kaufen zu können.«

»Und wie heißt Vera mit Nachnamen? Hast du vielleicht ihre Handynummer?«

»Vera Horn. Und ihre Nummer habe ich auch«, antwortete Julia.

Während Clara sich beides diktieren ließ und aufschrieb, betraten Michael und Ludwig das »Bepi«. Clara rutschte auf der Bank zur Seite, um für Michael Platz zu machen, und Ludwig setzte sich ihm gegenüber auf den freien Stuhl neben Julia.

»Julia, ich möchte, dass du zwei Kollegen von mir kennenlernst«, stellte Clara die beiden vor. »Michael Weide und Ludwig Kostak sind entschlossen, den richtigen Täter zu finden. Und falls dir in der nächsten Zeit irgendetwas auffällt und du mich nicht erreichst, wende dich bitte an Herrn Weide.«

Michael und Ludwig schüttelten Julia die Hand und bestellten Pasta, Julia und Clara entschieden sich für Pizza. Als das Essen kam, nahm Michael den Gesprächsfaden wieder auf.

»Julia, ich darf Sie doch so nennen?«, begann Michael. »Ich habe einige Fragen. Fangen wir mit Erik Schlier und Peter Kleis an. Kennen Sie die beiden?«

»Klar, die wohnen mit Richi und Max in derselben WG. Ich bin manchmal dorthin geflüchtet.« Julia wurde rot. »Na ja, hab da einige Male, wenn es sehr spät wurde, übernachtet. Diese ganzen Vorurteile von wegen Drogen und so, das stimmt überhaupt nicht. Okay, manchmal wird die Cola mit etwas Alkohol aufgefrischt. Aber so stoned oder besoffen, wie das immer wieder bei den Partys passiert, auf die ich …« Julia schwieg einen Moment. »Ach, lassen wir das. Jedenfalls studieren die alle und müssen außerdem arbeiten, um sich das Studium zu finanzieren.«

»Sie waren doch gestern bei Richard.« Michael fixierte Julia. »Haben Sie mit ihm über den Donnerstag gesprochen?«

»Ja, jetzt, wo es ihm besser geht, reden wir immer wieder darüber.«

»Wir kommen gerade aus Merheim und haben auch mit Richard gesprochen. Kannst du uns noch einmal erzählen, was er dir berichtet hat? Manchmal vergessen Zeugen, etwas zu erzählen, vor allem, wenn sie selbst verletzt wurden.«

»Max …« Julia stockte. »Max hat Richi trotz seiner schlimmen Erkältung bei den letzten Sachen, die noch eingepackt werden mussten, geholfen. Richi war im Schlafzimmer, als aus dem Wohnzimmer ein komisches Geräusch kam. Es muss kurz vor halb neun gewesen sein.«

Julia nahm zitternd ihre Cola und trank das Glas leer, ohne es einmal abzusetzen.

»Richi dachte, es wäre wieder einer von Max' Hustenanfällen. Er beeilte sich, nachzugucken. Und dann spürte er einen stechenden Schmerz im Rücken und …« Julia schwieg einen Moment, bevor sie zögernd fortfuhr. »Ich gebe es zu, ich werde damit noch immer nicht fertig. Richi glaubt, dass er eine dunkle, unkenntlich verhüllte Gestalt gesehen hat. Richi ist sich bloß unsicher, ob er das vielleicht nur geträumt hat. Jetzt träumt er von …« Julia wurde rot und schaute auf ihre Uhr. »Ich muss los, bald beginnt die Besuchszeit, und ich will keine Minute verpassen. Hoffentlich ist es nicht zu unhöflich, dass ich während des Essens aufbreche.«

»Geh nur, wir sehen uns heute Abend zu Hause«, sagte Clara, aber Julia war schon unterwegs. »Übrigens, bevor ich es vergesse: Ralph Beltz' Alibi muss überprüft werden. Das gilt genauso für eine Vera Horn. Da war der Zettel in der Plastiktüte an der Badezimmertür. ›Wenn ich dich nicht haben kann, dann soll dich auch niemand anderer haben.‹ Vielleicht finden wir ja bei Vera Horn einen Block mit dem gleichen Papier?«

»Das übernehmen wir«, sagte Michael und ließ sich die Daten von Clara geben.

»Eine Bitte habe ich noch«, sagte Clara. »Julia schwebt möglicherweise in Gefahr, solange wir den wahren Täter nicht gefasst haben. Deshalb behaltet es bitte für euch, dass sie bei mir wohnt. Auch kein Wort zu Hans – den scheint der Anruf von

Herbert Schreugen etwas unter Druck gesetzt zu haben, und Julia möchte ihren Vater noch nicht sehen.«

Michael und Ludwig waren einverstanden, denn Julia war entlastet. Und weil sie volljährig war, war ihre Entscheidung zu respektieren.

Als sie gezahlt und das »Bepi« verlassen hatten, fiel Michael noch etwas ein. »Bevor wir uns trennen, Maja hat Besuch von einer alten Freundin aus China. Sie möchte morgen einen asiatischen Abend für uns und unsere Freunde machen. Wie sieht's bei dir aus, Clara, ist Berlin angesagt?«

»Bestimmt nicht, ich mache gerade Pause von Berlin. Und sonst läuft eigentlich auch nichts.«

»Na, dann um achtzehn Uhr bei uns. Natürlich kannst du wie immer deine aktuellen Schlafgäste mitbringen. Ludwig, du bist ebenfalls herzlich willkommen.«

Auf dem Weg zurück an ihren Schreibtisch nahm sich Clara fest vor, morgen früh mit Hoby ein ernstes Telefonat zu führen.

Samstag, 31. Januar

Max ist in Gedanken noch immer bei uns, und wir denken traurig und voller Liebe an ihn. Dieser Alptraum verfolgt mich ... Allein der Gedanke, dass irgendjemand auch Richi umbringen wollte, ist so schrecklich ... Das muss aufhören ... weg damit ... weg, weg, weg ...

Hab mir den Wecker auf sechs Uhr fünfundvierzig gestellt – Morgenstund hat Gold ... nicht im Mund, sondern im Kopf, denn mein Abitur ist wichtig. An den Wecker muss ich mich allerdings noch gewöhnen – früh aufstehen, ganz was Neues ... Da fällt mir unsere ehemalige Köchin Toschka ein. Wenn meine Kindermädchen ausfielen (leider viel zu selten), hat sie mich aufgeweckt. Sie ist das Beste, was mir zu meiner Kinderzeit einfällt. Sie hat mit mir Plätzchen und Kuchen gebacken, und ich durfte immer die Reste aus der Teigschüssel naschen. Einmal hab ich geweint, und sie war zufällig in der Nähe. Sie hat mich in den Arm genommen. Das kannte ich gar nicht. Seit damals liebe ich alles, was nach Vanille riecht – wie sie. Warum und wohin sie plötzlich verschwand, bleibt ein Geheimnis. Die neue Köchin wollte mit mir nichts zu tun haben. Wo könnte ich nach Toschka suchen? Jetzt muss ich loslegen, ich will heute das Frühstück machen.

***

Das Frühstück stand auf dem Tisch, als Clara in die Küche kam. Julia büffelte und wollte möglichst schnell zu Richi. Clara beschloss, an diesem Tag endlich einmal wieder bei ihrem Freund Siegfried vorbeizuschauen. Am Anfang ihrer Kölner Zeit hatte sie als Erstes die Buchläden erkundet und so Siegfried von Stehel kennengelernt. Er hatte in der Breite Straße ein Antiquariat der besonderen Art – und schien selbst einem Buch entstiegen zu sein. Sie liebte die Bücherberge in seinem Laden und half ihm immer wieder in ihrer Freizeit beim Räumen.

Heute fand sie ihn hinter dem rechten, viel zu vollgestopften Buchregal.

»Na, so was, ich hab gerade an dich gedacht. Hab mir schon etwas Sorgen gemacht.« Siegfried umarmte Clara zur Begrüßung. »Man merkt, dass du zwei Wochen nicht mehr hier warst. Dann ist es immer das Gleiche mit dem Chaos.« Lachend räumte er einen vollgepackten Stuhl mit Büchern für Clara frei. »Zu viele Bücher kommen und zu wenige gehen. Und außer dir gibt's niemanden, dem ich das Räumen erlauben würde.«

»Entschuldige, Siegfried, es war einfach zu viel los.«

»Ach komm, ich freu mich, dass du da bist, und so schnell entwischst du mir heute nicht. Jetzt bitte erst mal eine kurze Zusammenfassung dessen, was los war. Als alter Freund möchte ich alles wissen.«

Clara erzählte ihm von Julia.

»Finde ich sehr gut, dass du wieder einen Schützling bei dir aufgenommen hast«, bemerkte Siegfried. Dann verschwand er im hinteren Bereich und kam mit einem Stapel Bücher wieder. »Bevor wir loslegen: Die habe ich für dich herausgesucht.«

Clara schaute sich die Bücher an. Warum ging es fast immer um Liebe, Liebe und noch mal Liebe? Gab es die heute überhaupt noch? Ihr Ehemann hatte sich die ganze letzte Woche nicht gemeldet. Vielleicht hatte er ja das Interesse an ihr verloren. Warum war dieser Gedanke nur ätzend, statt wehzutun? Schluss jetzt, befahl sie sich. Sie würde ihn später definitiv anrufen.

Clara stürzte sich ins Räumen, bis Siegfried mit einem Glas Apfelsaft kam.

»Stören will ich dich nicht, wie wäre es mit einer kleinen Erfrischung?«

»Gern. Ich glaube, du musst etwas kritischer mit den Büchern sein, die bei dir abgeladen werden. In diesem Stapel ist nichts, was nur halbwegs –«

»Ist gut«, unterbrach Siegfried sie. »Dann verschenken wir sie. Warum nicht an ein Altenheim?«

Clara liebte dieses Aufräumen, und als Siegfried ihr ein belegtes Brot brachte, aß sie es zügig im Stehen.

Siegfried beobachtete sie stirnrunzelnd.

»Es ist rührend, dass du das extra besorgt hast, aber gemütlich mit dir essen kann ich jetzt nicht. Ich kann einfach nicht aufhören.«

Um fünf Uhr musste Siegfried zu einem nicht aufzuschiebenden Termin. Er umarmte Clara trotz des Bücherstapels, den sie zum Mitnehmen im Arm hatte.

»Ich hoffe, dass unser nächstes Wiedersehen nicht so lange auf sich warten lässt. Und dann ist hoffentlich Zeit, um gemeinsam und gemütlich zu essen. Pass auf dich auf, Clara.«

Clara beschloss, die Bücher in das Altenheim von Käthe Moster in Merheim zu bringen. Aber davor musste das Gespräch mit Hoby sein. Sie fuhr nach Hause, um in Ruhe telefonieren zu können.

Sie setzte sich ins Rosenzimmer, weil sie sich da etwas Trost erhoffte, atmete tief durch, nahm ihren Mut zusammen und drückte in ihren Handykontakten auf »Hoby«. Es klingelte nur einmal, und schon drangen Hobys Vorwürfe an ihr Ohr.

»Ach, meine werte Frau Gattin hält es doch noch mal für nötig, sich bei mir zu melden. Was ist denn dieses Mal so Dringendes passiert in Köln, dass sie nicht wie verabredet zu ihrem Mann nach Berlin kommt und ihn nicht einmal anruft?«

Die Schimpftirade nahm kein Ende, doch Clara stellte mit Überraschung fest, dass es sie nicht mehr berührte. Im Gegenteil, sie war ganz ruhig, denn ihr Entschluss stand fest. Und ein bisschen konnte sie Hobys Wut verstehen, zumindest in diesem Punkt, denn es war nicht ganz fair gewesen, ihm letzte Woche nicht persönlich abzusagen.

»Hoby«, unterbrach sie seinen Redefluss, aber er hörte nicht auf.

»Hat wieder mal ein missratenes Kind eine Ohrfeige bekommen und muss nun vor seinen Eltern beschü–«

»Hoby«, versuchte Clara es erneut, wieder erfolglos.

»Du solltest wirklich aufpassen, dass du ni–«

»Hoby, es ist aus.« Ihre Worte schienen langsam zu ihm durchzudringen.

»Irgendwann wirst du ... Wie bitte?« Hoby stockte. »Was hast du gesagt?«

»Es ist aus, Hoby, ich will die Scheidung«, wiederholte Clara ganz ruhig und ergänzte in die darauf eintretende Stille: »Es tut mir leid.«

Auf der Fahrt nach Merheim dachte Clara über ihr Gespräch mit Hoby nach. Als er den ersten Schock überwunden und seine Sprache wiedergefunden hatte, hatten sie tatsächlich miteinander reden können. Clara konnte ihm klarmachen, dass sie unglücklich darüber war, nicht über ihre Gefühle und ihre Arbeit mit ihm sprechen zu können. Er war einfach ganz anders und seine Dinge wichtiger, und das hatte er auch bestätigt.

Es ist doch grotesk, dachte Clara, während sie den Rhein überquerte, da teile ich ihm mit, dass ich mich trennen möchte, und das erste Mal seit Langem sprechen wir, und er hört mir sogar zu.

Tatsächlich hatte Hoby eingeräumt, dass sie sich auseinanderentwickelt hätten und sie doch besser getrennte Wege gingen. Von Scheidung hatte er nicht gesprochen, aber Clara wollte ihm etwas Zeit geben, sich daran zu gewöhnen und ihren Vorsprung aufzuholen.

Clara fühlte sich frei und zuversichtlich, während sie ihren Wagen parkte.

Ihr Gefühl änderte sich schlagartig, als sie das Altenheim betrat. Warum waren die meisten dieser Einrichtungen so deprimierend?

Am Empfang löste eine ältere Frau gerade ein Kreuzworträtsel. Sie reagierte unwirsch, als Clara sich nach Käthe Moster erkundigte.

»Schauen Sie gefälligst in den Aufenthaltsraum, woher soll ich wissen, wo die gerade ist?«

Clara zeigte ihr den Bücherstapel, den sie im Arm hatte.

»Diesen Schrott laden Sie gefälligst woanders ab. Mit diesem Müll können wir hier nichts anfangen. Wäre ja noch schöner, wenn wir jetzt noch als Müllabladeplatz benutzt werden.«

Clara ignorierte die schroffe Abfuhr und ging in den Aufenthaltsraum neben dem Eingang. Dort fand sie ein Bücherregal, in das sie ihre Bücher stellte.

Es war auffallend still in dem Raum. Zwölf alte Leute waren anwesend, doch jeder saß für sich. Nur ein strickender weißhaariger Mann am Fenster schenkte ihr ein spitzbübisches Grinsen. Clara ging zu ihm.

»Sie wundern sich sicher über einen alten Mann, der strickt. Mir macht's Spaß. Ich stricke gerade einen Pulli für meinen jüngsten Enkel.«

»Finde ich super. Ich hab's auch mal versucht, die Maschen sind mir allerdings immer von der Nadel gerutscht. Der Schal ist nie fertig geworden. Sagen Sie, können Sie mir vielleicht weiterhelfen? Ich suche Käthe Moster. Sie ist erst seit Kurzem hier.«

»Da helfe ich gern. Wir sind Zimmernachbarn. Gestern ging's ihr nicht gut. Da musste sogar der richtige Doktor kommen. Deshalb ist sie heute im Bett geblieben. Warten Sie, ich bringe Sie hin.«

Der alte Mann legte das Strickzeug sorgfältig auf den Tisch und erhob sich schwerfällig, nahm die zwei Gehstützen und machte sich mit Clara auf den Weg.

»Der Schnellste bin ich schon lange nicht mehr. Vielleicht sollte ich mich tatsächlich für einen Rollstuhl entscheiden, wie hier alle vorgeschlagen haben.«

Clara folgte ihm. Sie liefen über zwei trostlose Gänge mit wenig Licht. Bei der vorletzten Tür am Ende des zweiten Ganges blieb er stehen.

»Wir haben es geschafft. Bitte sagen Sie ihr liebe Grüße und gute Besserung von mir. Ich vermisse sie. Sie ist die Einzige, mit der man reden kann. Vielleicht, weil sie noch nicht so lange hier ist. Diese nicht zu durchdringende Schweigsamkeit ist leider ansteckend.«

Nachdem der ältere Herr sich zum Gehen gewandt hatte, klopfte Clara an die Tür. Sie hoffte, dass ihr Besuch keine Zumutung war. Hinter der Tür hörte sie Husten und ein leises »Herein«.

Ein altmodisches Bett füllte fast das ganze Zimmer. Sehr blaue Augen in einem feinen Gesicht musterten Clara. Auffallend waren die vielen weißen Haare, die dieses zarte Gesicht einrahmten.

»Entschuldigen Sie bitte diesen unangemeldeten Überfall. Ich wusste nicht, dass Sie krank sind, als ich mich auf den Weg machte. Ich hoffe, ich störe nicht?«

Die Augen musterten Clara weiter, und dann kam ein Lächeln. »Sie gefallen mir, bitte nehmen Sie Platz.«

Clara setzte sich auf den einzigen Stuhl im Raum neben dem Fenster.

»Ich bin Clara Ahrweiler.«

Die alte Dame winkte sie neben ihr Bett. »Für den Blickkontakt sind Sie zu weit weg, obwohl ich es gut verstehe, dass Sie sich neben dieses gerade sprießende Grün setzen wollen. Diese Birke bewog mich, das kleinste Zimmer des Hauses zu wählen. Auch wenn mein Enkelsohn anderer Meinung war. Ich musste das ausgiebig mit ihm diskutieren. Eigentlich warte ich schon seit einigen Tagen auf ihn, und langsam mache ich mir Sorgen. Ich frage mich, warum er jetzt schon länger nicht da war. Er ist eigentlich sehr lieb und zuverlässig.«

»Deshalb bin ich hier. Sozusagen als seine Vertretung.« Anscheinend war keiner ihrer Kollegen bisher hier gewesen, um die alte Dame zu informieren.

»Ihm ist doch hoffentlich nichts passiert?«

»Frau Moster, Richi ist im Krankenhaus, aber es geht ihm

wieder gut, und bald wird er Sie sicher wieder besuchen können.«

»Wieso denn im Krankenhaus? Was ist mit meinem Jungen? Ich bin zwar alt, aber in meinem Kopf stimmt noch alles, obwohl ihr jungen Leute uns das oft nicht mehr zutraut.«

»Nein, das stimmt nicht. Ich vermisse meine Großmutter sehr. Wirklich sehr. Sie war für mich eine Quelle von Weisheit und Erfahrungen. Mit ihr konnte ich reden, mit ihr konnte ich alles austauschen und ...« Clara wurde rot wie ein junges Mädchen. Die blauen Augen, in die sie schaute, und das Lächeln der alten Dame taten gleichzeitig weh und gut. Ihre heiß geliebte Jayja war plötzlich da.

»Zurück zu meinem Richi. Was ist ihm passiert? Sagen Sie mir die Wahrheit.«

»Ja, nur die Wahrheit«, versicherte Clara. »Ich bin hier, weil ich einige Fragen habe. Ich bin Kommissarin bei der Kölner Polizei und zuständig für die Jugend. Es gab eine Schießerei in Ihrer Wohnung. Genau zu dem Zeitpunkt, als Richi und sein Freund Max die letzten Sachen für Sie einpackten. Die ersten Spuren, die wir verfolgten, haben uns in eine falsche Richtung geführt.« Clara schwieg einen Moment, bevor sie fortfuhr. »Leider sieht es noch ganz nach einer inszenierten Schießerei aus.«

»Eine inszenierte Schießerei?«, wiederholte Käthe Moster. »Und was ist mit Richi und Max passiert?«

»Es wurde auf sie geschossen«, sagte Clara wahrheitsgemäß. »Richi wurde nach Merheim auf die Intensivstation gebracht. Wie gesagt: Es geht ihm inzwischen wieder gut. Er ist außer Lebensgefahr.«

»Und Max?«, fragte Frau Moster leise. Sie schien zu ahnen, dass es um den Freund ihres Enkels anders stand.

»Max ist leider tödlich getroffen worden«, antwortete Clara ebenso leise.

Die beiden Frauen schwiegen eine Weile betroffen und hingen ihren traurigen Gedanken nach. Es gab nicht wirklich etwas, was man auf den sinnlosen Tod eines jungen Menschen sagen konnte.

»Wie ich eben sagte«, ergriff Clara wieder das Wort, »scheint jemand die Tat inszeniert zu haben. Alles deutet darauf hin, dass der Verdacht auf Julia Schreugen fallen sollte. Können Sie sich vorstellen, wer dahintersteckt? Wer wusste davon, dass Richi und Max am Donnerstagabend, dem 22. Januar, Ihre Wohnung ausräumen wollten?«

Frau Moster überlegte eine Weile. »Spontan fällt mir dazu niemand ein. Richi hat mir gegenüber nichts Verdächtiges erwähnt. Er ist allerdings viel zu zurückhaltend und intelligent, um sich in ein verbrecherisches Umfeld zu begeben«, beteuerte sie und fuhr dann fort: »Ich bin stolz auf ihn. Er ist seit seinem elften Lebensjahr bei mir, bei uns aufgewachsen. Seine Eltern und seine Schwester kamen bei einem Autounfall ums Leben, und ich …« Sie stockte und wurde sehr blass.

Clara stand auf. »Bitte verzeihen Sie mir. Ich bin wirklich unmöglich. Sie brauchen eine Pause.«

»Da gibt es nichts zu verzeihen. Ich bin froh, dass ich nun endlich weiß, was mit Richi los ist«, kam es sehr leise.

Clara beugte sich über die alte Dame. »Sie werden wieder von mir hören. Und falls Ihnen noch etwas einfällt, melden Sie sich bitte bei mir.«

Sie legte ihre Visitenkarte auf den Nachttisch der alten Dame und strich ihr zum Abschied über die Wange.

Zu Hause wurde Clara bereits von Julia mit einem Apfelkuchen erwartet.

»Sie haben mich bei Richi vor einer halben Stunde rausgeschmissen. Ich habe die Besuchszeit mal wieder weit überschritten.«

»Ich komme gerade von Richis Großmutter. So ein Altersheim, das bleibt uns hoffentlich erspart.« Ein dumpfes Klingeln ertönte. »Willst du nicht an dein Handy gehen?«

Julia kramte es aus ihrer Hosentasche und hörte dem Anrufer einige Minuten lang schweigend zu. Ihre linke Hand, zu einer Faust geballt, zitterte. Sie sprang auf und schrie wütend: »Du fragst nicht! Du hörst mir nicht zu! Du hörst mir nie zu! Nie! Du bestehst nur darauf, dass ich dir zuhöre!« Aufgewühlt und laut ging es weiter. »Papa, gib es zu, selbst jetzt willst du nur mit mir schimpfen und weißt überhaupt nicht, was wirklich los war und ist. Du interessierst dich nicht für mich.«

Julia beendete das Gespräch und stürzte aus der Küche. Im Flur setzte sie sich unter der Garderobe auf den Boden und verkroch sich hinter ihren verschränkten Armen. Ein heulendes Häufchen Elend.

Clara setzte sich neben sie und nahm sie in die Arme. Sie streichelte ihr über den Rücken, bis die Tränen langsam versiegten und sie ins Wohnzimmer wechselten. Den asiatischen Abend bei Michael und Maja hatte Clara per SMS abgesagt. Stattdessen verbrachten sie den Abend in Decken gekuschelt mit Cola und Rotwein sowie einer exotischen Mischung aus Leonard Cohen und Beethoven vor dem brennenden Kamin.

***

Ich weiß nicht einmal, wie spät es ist. Welches Datum haben wir heute? Ich weiß nur, dass gestern Samstag war und ich viele Tränen vergossen habe. Clara hat geholfen, die Eiseskälte in mir zu vernichten. Ohne sie wäre ich mit Sicherheit im Knast gelandet. Papa findet das nicht mal schrecklich. Er traut mir einen Mord zu, so klang es zumindest am Telefon. Weg von diesen Gedanken, sie machen mich wahnsinnig, weg, weg, weg. Von Richi träumen. Es geht ihm jeden Tag besser.

Sonntag, 1. Februar

Schlaftrunken tastete Clara nach ihrem Handy auf dem Nachttisch.

»Guten Morgen, liebe Clara«, weckte sie die Stimme ihres Vaters. »Nachdem wir schon eine Weile nichts mehr von dir gehört haben und Mutter beleidigt ist, habe ich beschlossen, dich anzurufen. Mutter telefoniert sehr oft, fast täglich, mit deinem Ehemann, das macht die Situation nicht besser. Geht's dir gut?«

»Hallo, Papa. Mir geht's gut. Bitte entschuldige, ich klinge etwas verschlafen. Ich bin gestern mit einer jungen Mitbewohnerin in Musik versunken.«

»Heißt das, du hast wieder jemanden ohne Obdach eingesammelt?«

»Eingesammelt ja, aber dieses Mal jemanden, dem es an Liebe und Anerkennung fehlt, nicht an einem Obdach.«

»Das klingt nach meiner Clara. Soweit mir bekannt ist, haben alle deine Eingesammelten etwas auf die Beine gestellt. Deshalb ängstigt es mich nicht. Martin hat übrigens einen Gartenpreis für eine besondere Pflanze bekommen. Er war gestern wie jeden Samstag zum Mittagessen da. Dieses Mal ist es also ein Mädchen, das bei dir lebt?«

»Ja, ein Mädchen. Um das alles zu erzählen, bräuchte ich sicher eine Weile. Warum kommst du nicht mal wieder nach Köln? Ich würde mich sehr freuen.«

»Das werde ich. Die Chance, dass du in der nächsten Zeit nach Berlin kommst, ist wohl ...«, er machte eine Pause, »... sehr gering. Oder hab ich mich gerade beim Gedankenlesen geirrt? Ich muss aufhören. Hab eine gute Woche und sei sehr lieb umarmt.« Er legte auf.

Typisch Papa, lang waren die Gespräche mit ihm nie. Er telefonierte nicht gern. Und wie es klang, war die Nachricht von ihrer und Hobys Trennung noch nicht zu ihren Eltern durchgedrungen. Das würde sie bald nachholen müssen, allerdings nicht am Telefon.

Nun waren Rumtrödeln, Joggen und danach ein Espresso am Badewannenrand im üblichen Sonntagsschaumbad angesagt. Nur erreichbar sein für den Notdienst – Hoby-Anrufe mit Beschimpfungen hatte sie heute nicht mehr zu erwarten, nur Positives, wie die Sonne, die sich gerade durch die Wolken drängte.

Ihr Telefon klingelte schon wieder. Clara ließ es läuten. Dann schrieb sie eine Notiz für Julia, die noch schlief, schlüpfte in ihren uralten schlabberigen Trainingsanzug, stopfte sich den iPod in die Tasche, die Kopfhörer in die Ohren und verließ die Wohnung.

Bruce Springsteen und der Sonnenstrahl, der sich durch das zart sprießende Grün der Bäume schlich, streichelten sie, während sie am Clarenbachkanal Richtung Universitätsstraße entlanglief. Der Schweiß tat gut. Sie war zu lange nicht mehr gelaufen.

Am Aachener Weiher wurde die Puste knapp, und Clara gab auf. Sie bewunderte zwei ältere Frauen, die mit großem Tempo an ihr vorbeisprinteten, während sie – mit den Händen auf die Oberschenkel gestützt – nach Luft rang. Hinter ihnen tauchte eine ihr nicht unbekannte Gestalt auf: Johannes.

Ein Alptraum, dachte Clara, das kann wirklich nur mir passieren, dass ich ihm jetzt begegne: im verwaschenen, schlabberigen Trainingsanzug und mit Haaren, die seit gestern keinen Kamm mehr gesehen hatten.

Ausgerechnet jetzt lief auch noch eine super aufgetakelte blonde Joggerin mit ihrem Edelköter vorbei und schenkte Johannes ein Lächeln. Er grinste zurück.

»Guten Morgen, liebe Clara, du willst doch nicht etwa schlappmachen?«

»Wird das jetzt ein Test darüber, wie sportlich ich bin?«

»Ach was«, Johannes lachte, »wir haben immerhin Sonntag.«

»Das heißt, ich hab heute wirklich frei und es ist Schluss mit Stress?«

Clara bekam ein amüsiertes Grinsen zur Antwort. »Soll ich dich vielleicht huckepack nach Hause tragen?«, wollte Johannes wissen, und als sie etwas grimmig den Kopf schüttelte, packte er sie, warf sie sich über die Schulter und ließ sie trotz ihres Gekreisches nicht wieder hinunter.

»Clara, bitte, nur ein Sonntagslacher. Vorher kommst du nicht runter.«

Sie griente, und er stellte sie vor sich auf den Boden.

»Wenn ich dich schon nicht nach Hause tragen darf, dann trink wenigstens einen Sonntagskaffee mit mir. Warum nicht gleich hier um die Ecke?«

»Wenn du glaubst, ich geh mit dir so, wie ich aussehe, irgendwohin, dann hast du dich getäuscht. Den Kaffee gibt's bei mir.«

Clara lief los, und Johannes passte sich ihrem Tempo an.

Als sie zu Hause ankamen, war Julia schon weg.

Johannes folgte Clara bis zur offenen Tür der Bibliothek. Dort blieb er stehen. »Wohnst du hier allein? Ich fass es nicht, unglaublich, diese Bücher.«

»Ich dachte, du willst einen Kaffee. Den gibt's in der Küche.«

»Den kann ich immer haben. Aber so eine Bibliothek – ich bin sprachlos.«

»Okay, ein Kompromiss: Auf mich wartet mein übliches Sonntagsschaumbad, und diese Zeit kannst du hier in der Bibliothek verbringen.«

Als Clara aus der Badewanne stieg, stand Johannes in der Tür. Gelassen nahm er das Badetuch vom Ständer, wickelte sie darin ein und rubbelte ihr sanft den Rücken trocken, bevor er sie in die Arme nahm. Ihr Herz fing wild zu pumpen an.

»Bitte lass …« Weiter kam Clara nicht. Seine Lippen brachten sie zum Schweigen. Er trug sie auf das Sofa in der Bibliothek. Clara wollte sich wehren. Wollte, wie sonst bei solchen

Gelegenheiten, jeden weiteren Kontakt unterbinden und verstand sich selbst nicht. Statt ihn von sich wegzuschieben, zog sie ihn näher an sich heran. Ließ seine Lippen wandern. Wollte ihn nicht loslassen, als er sich von ihr zu entfernen versuchte. Er lachte. »Komm, ich brauch nur einen Augenblick, um meine Kleider loszuwerden.«

Ausgezogen wirkte er noch größer. Er war sehr schlank und roch verführerisch nach Orangen und ein bisschen Schweiß. Warum stoppte sie ihn nicht? Er war ein Kollege, und außerdem hatte sie sich geschworen, keinen Mann mehr in der nächsten Zeit an sich heranzulassen. Zumal sie sich gestern erst von Hoby getrennt hatte. Doch Johannes vertrieb all diese Gedanken. Er verschleppte sie in eine andere Welt. Eine Welt, die sie noch nicht kannte oder die sie vielleicht vergessen, verdrängt hatte. Eine Welt, die nichts mit dem Sex in Filmen oder Büchern zu tun hatte, sondern mit ihrem Körper. Ihrem Körper, der plötzlich lebte. Mit jeder Faser lebte, selbst an Stellen lebte, die bis jetzt nicht existiert hatten, und das, bis er am Nachmittag aufbrechen musste.

Clara versuchte verzweifelt, vor dem dreiteiligen Spiegel in Jayjas nie benutztem Ankleidezimmer den Reißverschluss des grünen Seidenrocks zu schließen. Um sie herum türmten sich Berge von Anziehsachen. Die Mühe hätte sie sich sparen können. Nichts passte wirklich.

»Clara, ich bin wieder da. Wo bist du? Ich hab was Türkisches für uns zum Essen mitgebracht. Kalt schmeckt das nicht«, meldete sich Julia.

Clara versuchte sich gerade mühsam aus dem viel zu engen grünen Oberteil zu schälen, als Julia ins Ankleidezimmer stürmte.

»Was ist denn hier los?«

Clara lachte. »Ich will schön … Ach, egal.«

»Ganz was Neues, Clara hat eine Lücke in ihrem Wortschatz.«

»Nicht frech werden«, lachte Clara. »Geh schon mal in die Küche, ich komme gleich nach – falls ich mich jemals wieder aus diesem Teil befreien kann.«

Montag, 2. Februar

Keine Zeit für lange Tagebucheinträge – es ist noch früh, und ich muss pauken. Richi fände es unmöglich, wenn ich mein Abitur nicht mache. Da lässt er nicht locker, und das ist gut so. Ich gebe es zu, ich habe den Lernstress unterschätzt, aber blamieren will ich mich genauso wenig.

***

Clara wartete bis fünf vor neun in ihrem Büro auf ein Geräusch von nebenan. Michael musterte sie, als sie sich neben ihn an den Konferenztisch setzte.

»Was hast du denn heute noch vor? Oder kommst du gerade aus Berlin? Deine Haare«, er fixierte sie sehr genau, »sehen super aus. Deine Mutter hat offensichtlich auf einem neuen Outfit bestanden. Wir haben uns sowieso schon gewundert, dass wir Samstag nur eine kryptische SMS von dir bekommen haben.«

»Julia …«, deutete Clara nur vage an. »Sie hat mit ihrem Vater telefoniert, und danach …« Sie brach ab, als Hans zur Morgenbesprechung kam. Clara hing ihren Gedanken nach. Wo blieb Johannes?

Ihr Wecker hatte sie heute Morgen um sechs Uhr aus dem Bett gescheucht. Ihre Haare waren nicht nur gewaschen, sondern mühsam geföhnt, der Kleiderschrank noch immer ausgeräumt und sein Inhalt auf dem Boden im Ankleidezimmer verstreut. Johannes … Nicht an gestern denken, ermahnte sie sich. Dabei bekam sie noch immer eine Gänsehaut. Ein Fußtritt von Michael weckte sie aus ihren Träumen.

»Hat die Gnädigste mir überhaupt zugehört?«, fragte Hans barsch. Ziemlich wütend wiederholte er seine Frage: »Hast du noch Kontakt zu Julia Schreugen? In meinem Büro liegen zwei

Faxe von ihrem Vater. Er macht sich Sorgen und möchte, dass ich Kontakt zu der Anwaltskanzlei Ronge aufnehme. Möchte genauere Auskünfte. Anscheinend hat es noch keine Kontaktaufnahme mit der Tochter gegeben, obwohl er seit Samstag wieder hier in Köln ist.«

Clara blieb gelassen. »Von wann sind die Faxe? Du scheinst nicht mehr auf dem neuesten Stand zu sein: Julia und ihr Vater haben telefoniert. Außerdem ist Julia Schreugen mit ihren achtzehn Jahren volljährig. Die Entscheidung über eine mögliche Kontaktaufnahme sollte man ihr überlassen.«

»Ihr überlassen? Und das von dir, wo du doch immer für Familie kämpfst«, reagierte Hans noch immer wütend.

»Ludwig und ich haben Vera Horn noch nicht antreffen können. Sie ist unbekannt verreist. Ihr Vater wollte sich melden, wenn sie wieder auftaucht«, wechselte Michael das Thema. »Dafür hat die Spurensicherung übrigens Max' Leiche freigegeben. Seine Familie ist schon informiert. Die Beerdigung wird Mittwoch um vierzehn Uhr auf dem Ostfriedhof sein.«

»Da sollten zwei von uns hinfahren.« Hans klang wieder etwas besänftigter und wandte sich an Michael und Clara: »Übernehmt ihr das?«

Hans hätte nicht zu fragen brauchen. Clara würde auf jeden Fall hingehen und Julia und Richi mitnehmen. Sie wollten sich unbedingt von ihrem Freund verabschieden.

Auf Clara warteten ein paar Jugendliche, die in der vergangenen Nacht mit Randale in der Altstadt für Aufregung gesorgt hatten. Doch wie sich bald herausstellte, war mit den völlig zugedröhnten Teenies keine Kommunikation möglich. Sie mussten erst einmal ihren Rausch ausschlafen, und Clara ging zurück an ihren Schreibtisch.

In Johannes' Büro rührte sich noch immer nichts. Michael klopfte an die offene Tür, und seine Röntgenaugen ließen sie auch diesmal nicht los. »Sag mir bitte, was heute mit dir los ist. Du bist irgendwie anders.«

»Was meinst du damit?«, versuchte Clara auszuweichen.

»Na ja, ich weiß es nicht, du bist abwesend, superhübsch zurechtgemacht …« Michael runzelte die Stirn. »Da ist einfach irgendetwas, was ich an dir nicht kenne.«

»Ach Michael, hör doch bitte auf.«

In diesem Moment klingelte Claras Handy, und froh über die Ablenkung nahm sie den Anruf an und ging damit zum Fenster. Es war ihre Mutter, die sofort mit einer wütenden Schimpftirade loslegte. Was sie sich dabei dachte, sich einfach von Hoby zu trennen. Ob Clara nur ein Mal an ihre Mutter gedacht habe …

Clara bemerkte erstaunt, dass sie das nicht im Geringsten berührte. Sie beendete das Telefonat, ohne groß auf die Vorwürfe eingegangen zu sein. Michael sah sie noch immer fragend an.

»Ich habe mich am Wochenende von Hoby getrennt –« Weiter kam sie nicht.

»Das sind ja …« Michael brach ab. »Wie soll ich sagen? Gute Nachrichten? Zumindest scheint es dir gut damit zu gehen.«

Clara musste lächeln. Ja, es ging ihr gut. Verdammt gut sogar, denn sie fühlte sich von einer großen Last befreit. Und dann war da ja noch Johannes … Obwohl sie Michael gegenüber ein schlechtes Gewissen hatte, ihren Nachmittag mit dem neuen Kollegen behielt sie vorerst für sich. Und wer wusste überhaupt, wie es weitergehen würde mit ihnen. Heute zumindest hatte er noch kein Lebenszeichen von sich gegeben.

»Ja, die Trennung war auf jeden Fall richtig«, sagte sie deshalb nur.

»Dann gratuliere ich dir zu der Entscheidung und wünsche dir alles Gute«, sagte Michael. »Weswegen ich eigentlich zu dir gekommen bin: Vera Horns Vater hat sich gemeldet. Sie ist wieder im Lande. Ludwig ist allerdings anderweitig beschäftigt. Willst du mitkommen?«

Clara war froh über die Ablenkung. In ihrem Büro hätte sie sich auf nichts konzentrieren können, sondern nur auf nicht vorhandene Geräusche aus dem Nebenzimmer gelauscht und ihr Handy auf eine SMS geprüft. Idiotisch. Das Ganze war doch nur ein einmaliges Abenteuer gewesen.

Clara seufzte, nahm ihre Tasche und folgte Michael aus dem Büro.

Sie fuhren zu der Adresse in Chorweiler. Es war eine der typischen Mietskasernen am Pariser Platz. Ein bulliger Mann öffnete ihnen nach längerem Klingeln die Tür.

»Was wollen Sie?«

»Guten Tag, Herr Horn. Kripo Köln, ich bin Michael Weide, wir kennen uns ja schon, und das ist meine Kollegin Clara Ahrweiler. Wir würden gern mit Vera sprechen.«

Holger Horn warf einen prüfenden Blick auf Clara, ehe er die Tür ganz öffnete und die beiden Kommissare hereinließ.

»Vera schläft noch. Sie ist gestern erst spät zurückgekommen«, meinte er und klopfte mehrmals an die Tür gleich neben dem Eingang.

»Lass mich gefälligst in Ruhe! Ich will schlafen«, kam es nach einer Weile ziemlich genervt aus dem Zimmer.

Holger Horn rüttelte an der abgeschlossenen Tür.

»Du kommst jetzt sofort da raus, die Kripo ist hier und will dich sprechen. Wir haben das doch besprochen.«

Es dauerte, bis Vera aus dem Zimmer kam. Schlank, in eine karierte Decke eingewickelt. Wären die fettigen Haare nicht gewesen, hätte man sie als hübsch bezeichnen können. Ihr Auftreten passte allerdings nicht zu ihrer Erscheinung.

»Was wollen Sie?«, schnauzte sie Clara jetzt an.

»Wir möchten uns mit dir unterhalten. Da gibt es einige Fragen«, erklärte Michael.

»Dann machen Sie schon, ich hab keinen Bock, hier ewig rumzuhängen.«

»Vielleicht spricht es sich leichter im Sitzen«, mischte sich Clara ein.

»Nee, das kommt schon gar nicht in Frage. Um was geht's?«

»Wir möchten von dir wissen, wo du am Donnerstagabend, dem 22. Januar, gewesen bist.«

»Noch bekloppter können Sie mich wohl nicht befragen. Woher soll ich heute noch wissen, wo ich am 22. Januar war? Total bekloppt. Wenn das alles ist, dann geh ich jetzt wieder ins Bett!«

»Da gehst du ganz bestimmt nicht hin.« In Michaels Stimme lag eine Strenge. »An dem Donnerstag, an den du dich nicht erinnern kannst oder willst, warst du da vielleicht am Bebelplatz?«

»Ach, dieser Donnerstag. Ja, da war ich so um sechs im Haus von Richis Oma, ich sollte Tüten hinbringen. Und dann war ich sehr früh zu Hause.«

»Das stimmt«, mischte sich jetzt ihr Vater ein. Er hatte die ganze Zeit schweigend zugehört.

»Wann genau ist Vera wieder nach Hause gekommen?«, hakte Clara nach.

»Das muss gegen sieben Uhr gewesen sein«, rekonstruierte Holger Horn den Abend. »Ich selbst bin um halb sieben von der Arbeit heimgekommen und habe mir ein paar Brote geschmiert, und Vera war kurz darauf da. Ich hatte noch nicht zu Ende gegessen.«

»Darf ich einen Blick in dein Zimmer werfen?« Clara wollte nach dem Block Ausschau halten, von dem der Zettel am Tatort stammen konnte. Da Vera nun ein Alibi hatte, konnte sie aber nicht darauf bestehen.

»Nein! War's das jetzt?«, fragte Vera genervt.

»Für den Moment ja«, erwiderte Michael.

»Typisch Kölner Polizei, wenn sie niemand anderen finden, dann …«, murrte Holger Horn, als er die Tür hinter ihnen schloss.

»Und? Glaubst du an das Alibi?«, fragte Clara Michael, als sie im Auto Richtung Präsidium saßen.

»Eigentlich ja. Holger Horn schien mir nicht wie jemand, der sich schnell eine passende Geschichte ausdenken kann.

Ludwig und ich hatten ihm bei unserem ersten Besuch nicht erzählt, worum es konkret ging.«

»Da magst du recht haben, trotzdem habe ich noch Zweifel. Es spricht einfach vieles gegen Vera Horn. Wir sollten sie auf jeden Fall im Auge behalten.«

***

Montagnacht

Zu müde fürs Tagebuchschreiben. Mein Kopf ist voll vom Lernen, und sonst könnte ich sowieso nur hunderttausendmal schreiben, dass ich glücklich bin. Außerdem will und werde ich das Abitur schaffen. Das ist jetzt mein Leben, und ich habe mir vorgenommen, nicht mehr in der Vergangenheit rumzuwühlen …

Dienstag, 3. Februar

Clara war spät dran und beschloss, die Morgensitzung zu schwänzen. Stattdessen nutzte sie trotz schlechten Gewissens die Gelegenheit, im nicht zugesperrten Nachbarbüro herumzuschnüffeln. Sie kramte in der Schreibtischschublade. Außer ein paar alten Bleistiften und ein paar leeren Zetteln, die mit großer Wahrscheinlichkeit schon eine Ewigkeit dort lagerten, gab es nichts Besonderes zu finden, was nicht in einen Polizistenschreibtisch gehörte. Kein Foto, kein persönliches Buch, nichts, was mehr über ihn verraten würde. Überhaupt – wo war Johannes? Seinen Laptop hatte er jedenfalls mitgenommen.

Clara seufzte und machte sich auf zu dem Gespräch mit den zwei Jugendlichen, die ihren Drogenrausch nun ausgeschlafen hatten. Anschließend traf sie sich mit Ludwig und Michael zum Mittagessen bei »Bepi«.

»Wie geht es Julia?«, wollte Michael wissen, nachdem sie ihre Bestellung aufgegeben hatten.

»Gut. Sie ist fleißig und büffelt für ihre Vorabiklausuren. Und seid ihr mit den Ermittlungen schon einen Schritt weitergekommen?«

»Nein, und es ist zum Kotzen«, antwortete Ludwig. »Dieser Fall ist außergewöhnlich, ja spurenlos. Als ihr bei Vera Horn wart, habe ich mit Max' und Richis Mitbewohnern gesprochen: Erik Schlier und Peter Kleis. An dem Donnerstag, an dem die Schießerei stattfand, mussten sie mit zwei anderen nach Frankfurt. Ihr Auto sprang nicht an, als sie zurückfahren wollten, deshalb sind sie in Frankfurt geblieben. Ich habe das überprüft«, ergänzte Ludwig auf Claras fragenden Blick. »Es stimmt. Und die beiden können sich nicht vorstellen, wer es auf Richi oder Max abgesehen haben könnte. In der WG waren sie sehr beliebt.«

Clara runzelte die Stirn.

»Was geht dir durch den Kopf?«, fragte Michael.

»Du wolltest doch überprüfen lassen, ob Spuren an der Plastiktüte oder an dem Zettel sind, oder? Gibt es dazu Ergebnisse?«

»Die Spurensicherung hat nichts Verwertbares gefunden.«

Die drei waren froh, als die Bestellung kam und sie sich schweigend ihrem Essen widmen konnten. Ihnen fiel im Moment nichts mehr ein, was sie nicht schon längst durchgegangen wären.

Julia saß mit ihren Unterlagen am Küchentisch und lernte, als Clara nach Hause kam.

Clara musste lächeln. »Ich finde es super, dass du so fleißig bist, Julia. Trotzdem muss ich dich um eine Pause bitten. Lass uns zusammen einen Tee trinken, wir müssen reden.«

»Ist was nicht in Ordnung?«, wollte Julia wissen und schob ihren Papierkram zusammen.

»Ich mache mir Sorgen um dich.«

»Wieso? Sieht es so aus, als ob ich wieder was angestellt habe?«

»Nein, aber ich habe Angst um dich. Es scheint so, dass dir jemand den Mord anhängen wollte. Und da wir nicht wissen, wer das getan hat und warum –«

»Dann … dann bin ich ja doch an allem schuld«, unterbrach Julia sie. »Max musste wegen mir ster…« Weiter kam sie nicht. Tränen liefen ihre Wangen hinunter.

Clara nahm sie in den Arm.

»Julia, dich trifft keine Schuld. Wir müssen aber denjenigen finden, der schuldig ist. Bitte denk noch einmal nach: Wer hat etwas gegen dich?«

Julia überlegte eine Weile. »Wenn ich das nur wüsste.«

»Okay. Bis wir eine Spur haben, musst du mir allerdings etwas versprechen: keine Ausflüge ohne Begleitung. Keine Discobesuche oder irgendetwas in dieser Richtung allein. Okay?«

»Das mach ich sowieso nie, und solange Richi nicht gesund

ist, geh ich in die Schule, ins Krankenhaus und hierhin … nach Hause.«

Mehr Fragen wollte Clara ihr jetzt nicht stellen. Sie überließ Julia wieder ihren Schulbüchern.

Mittwoch, 4. Februar

Mittwoch, es ist noch früh, hab mir den Wecker auf fünf Uhr dreißig gestellt. Muss diese Vorabiklausur in Mathe heute mit einer Zwei schaffen. Und das werde ich. Obwohl Claras Fragen in meinem Kopf sind: Wer könnte es auf mich abgesehen haben? Susanne, sie hat mich in der Grundschule gehasst, und ich glaube, die ist mit Vera … Das ist alles Quatsch, so weit würden die zwei doch nicht gehen. Woher sollen die auch die Pistole haben? Wir sind hier nicht in den USA. Wenn die Klausur vorbei ist, werde ich mich weiter damit beschäftigen.

***

Beim gemeinsamen Frühstück war Julia so nervös, dass sie das Marmeladenglas umstieß, ihr Messer auf den Küchenboden fallen ließ und den Kaffee verschüttete.

»Ich hasse Mathe«, stieß sie verzweifelt aus. »Das Üben heute Morgen war ein Fiasko.«

»Beruhige dich, so nervös geht's gar nicht. Ich begleite dich zur Schule, hole dich heute Mittag wieder ab und bring dich zu Richi, einverstanden?«

Nachdem sie Julia zur Schule am Kartäuserwall gebracht hatte, beschloss Clara, auf dem Weg ins Präsidium einen Umweg über den Aachener Weiher zu nehmen, um beim Joggen den Kopf frei zu kriegen. Der Morgenkonferenz würde sie eh nicht folgen können, und so konnte sie in Ruhe über den Fall Max Happ nachdenken.

Außer einem alten Mann, der hinter seinem Hund herstolperte, und zwei weiteren Joggern war niemand unterwegs. Zum Aufwärmen lief Clara am Weiher entlang. Sie überlegte, wie die Beerdigung heute Nachmittag werden würde. Doch schnell wanderten ihre Gedanken zu ihrem kleinen Abenteuer mit Johannes zurück.

Clara ärgerte sich darüber. Das Joggen hatte heute nicht die beruhigende Wirkung auf sie. Sie beschloss, ihre Runde zu beenden und zum Duschen nach Hause zu fahren.

Um halb elf saß sie an ihrem Schreibtisch im Präsidium und beantwortete E-Mails. Das Nachbarbüro war noch immer verwaist.

Was soll's?, dachte Clara. Wahrscheinlich ist es sowieso das Beste, sich nicht gleich in etwas Neues zu stürzen. Ich sollte zuerst einmal meine gescheiterte Ehe verarbeiten.

Um kurz vor elf fuhr sie ihren Computer runter und verließ ihr Büro. Das Jugenddezernat wollte in einer Sondersitzung überlegen, was man mit den Jugendlichen auf Bewährung unternehmen konnte, damit sie nicht spätestens nach drei Wochen wieder in der JVA landeten. Die Diskussionen waren immerhin ein Anfang.

Am Humboldt-Gymnasium stürmte Julia als Erste heraus. Sie sah glücklich aus, wie Clara registrierte, und kaum war sie zu Clara ins Auto gestiegen und hatte die Bäckertüte auf dem Beifahrersitz entdeckt, sprudelte es schon aus ihr heraus.

»Danke, liebste Clara«, sagte sie strahlend und holte das Brötchen, das Clara kurz vorher als Mittagessen für Julia gekauft hatte, heraus, »ich finde es so rührend, was du alles für mich tust.« Kauend fügte sie hinzu: »Bei der Matheklausur hab ich übrigens ein sehr gutes Gefühl.«

»Das freut mich für dich, Julia.« Clara startete das Auto und fuhr in Richtung Severinsbrücke. Der schnellste Weg zum Ostfriedhof am Dellbrücker Mauspfad würde über die Autobahn sein.

Als sie am Friedhof ankamen, erwarteten Michael und Ludwig sie bereits. Michael übergab ihnen ein paar Blumen fürs Grab, die er besorgt hatte. Schweigend gingen sie in die Trauerhalle.

Julia ging zu ein paar Freunden von Max. Weinend begrüßten sie sich. Die Kommissare nahmen in der letzten Reihe Platz. Von hier aus hätten sie die Beerdigungsgesellschaft am besten im Blick. In der ersten Reihe saß Max' Familie: der Vater mit versteinerter Miene, die Mutter mit rot verweinten Augen und ebenso die beiden jüngeren Schwestern.

Clara fühlte mit ihnen. Wie oft schon war sie dabei gewesen, als Eltern die Nachricht über den sinnlosen Tod ihres Kindes überbracht wurde? Sie wusste es nicht mehr.

Die Trauerrede des Pfarrers berührte sie zutiefst. Er schien Max gut zu kennen, denn er schilderte den jungen Mann sehr facettenreich.

Dann wurde der Sarg zum Grab gebracht. Die Kommissare hielten sich immer noch im Hintergrund. Clara hörte, wie Ludwig und Michael sich unterhielten.

»Mal von der Menge der Trauergäste abgesehen, fällt mir niemand Besonderes auf.«

»Mir auch nicht, bei einem so jungen Menschen ist die Menge jedoch nichts Auffälliges.«

Nachdem sie sich am Grab von Max verabschiedet und der Familie kondoliert hatten, winkte Clara Julia zu sich. Gemeinsam beschlossen sie, dass Michael und Ludwig beim Leichenschmaus weiter nach Auffälligkeiten schauen würden. Julia sollte aber nicht länger einer möglichen Gefahr ausgesetzt werden. Sie wollte schnell zu Richi in die Klinik, um ihm alles zu berichten.

Nachdem Clara Julia in Merheim abgesetzt hatte, beschloss sie, noch einmal bei Käthe Moster vorbeizuschauen.

Sie fand die alte Dame schlafend in ihrem Bett vor. Das Lächeln, das ihr im Schlaf für einen Moment über das blasse Gesicht huschte, ging Clara unter die Haut. Froh, dass die alte Dame etwas Schönes zu träumen schien, verließ Clara das Zimmer und schloss vorsichtig die Tür, um sie nicht aus ihren Träumen zu reißen.

Käthe Mosters Nachbar wartete draußen auf dem Gang auf Clara.

»Ich finde es nett, dass Sie Käthe besuchen. Wir hatten vorhin ein schönes langes Gespräch. Sie ist noch krank und hier …« Er schüttelte den Kopf. »Ach, lassen wir das. Ich werde ihr erzählen, dass Sie da waren.«

»Und ich werde zusehen, dass sie eine richtige Behandlung bekommt. Bitte richten Sie ihr aus, dass sie auf den Besuch ihres Enkels nur noch wenige Tage warten muss. Und sagen Sie ihr herzliche Grüße.«

Clara holte gerade das fertige Stubenküken aus dem Backofen, als Julia in die Küche kam.

»Entschuldige, ich bin spät. Richi und ich haben lange über Max gesprochen, und dann musste er mit mir den Stoff durchackern, der in der Geschichtsklausur drankommen könnte. Ach, Clara, er weiß so viel.«

»Du weißt doch auch immer mehr. Komm, setz dich, jetzt wird gegessen, sonst schmeckt es nicht mehr.«

Julia knabberte die Hühnerflügel bis zum letzten Rest ab. »Bitte entschuldige meine Manieren«, sagte sie kauend, »über all die Ereignisse des Tages habe ich gar nicht gemerkt, wie hungrig ich bin.«

Clara lächelte. »Geht mir ähnlich. Ist dir denn irgendwas auf Max' Beerdigung aufgefallen?«

»Nein, tut mir leid.«

»Ich glaube, ich höre ein Handy klingeln, das ganz nach deinem klingt.«

»Ist egal. Richi ist es bestimmt nicht, und wenn's was Wichtiges ist, erfahre ich es noch früh genug.«

Clara war erstaunt, wie vernünftig Julia klang. Seitdem sie sich kennengelernt hatten, schien sie wie ausgewechselt zu sein. »Darf ich dich etwas fragen, Julia?«

»Natürlich«, antwortete sie.

»Möchtest du dich nicht mal mit deinem Vater zusammensetzen und über alles mit ihm reden? Ich unterstütze dich gern dabei.«

Julia schwieg, und Clara wollte das Mädchen nicht drängen. Als sie gerade aufstehen und den Tisch abräumen wollte, vernahm sie Julias leises »Noch nicht«.

In der Nacht überfielen Clara wieder die Fragezeichen. Wer hatte Max erschossen? Und wie war er an die Pistole gekommen? Sie musste noch einmal mit Julia über ihr Umfeld sprechen. Auch wenn die sich gerade voll auf ihre Vorabiklausuren konzentrierte.

Donnerstag, 5. Februar

Wieder stand das Frühstück bereits fertig auf dem Tisch, als Clara am Morgen in die Küche kam. Julia schlürfte schweigsam ihren Tee.

»Ist es die Geschichtsklausur, die dir den Hunger vertrieben hat? Komm«, Clara füllte Müsli mit Milch in eine Schale, »du musst was essen.«

»Was soll ich nur machen? Mein Kopf platzt bald. Ich hab versucht, heute früh noch zu lernen, hab mir den Wecker extra auf sechs Uhr gestellt. Viel gebracht hat's nicht. Statt Geschichtskram sind mir nur blöde Witze eingefallen.«

»Das wird schon, Julia«, versuchte Clara, sie zu beruhigen. »Du hast so viel gelernt, ich bin mir sicher, dass dir während der Klausur alles einfallen wird.«

In der Morgensitzung gab es von Johannes noch immer keine Spur.

Hans kam wütend einige Minuten zu spät in die Sitzung. Er legte sofort los. »Ich hatte gerade ein Telefonat mit einem sehr aufgebrachten Ehepaar Schreugen. Frau Schreugen hat mehrmals erfolglos versucht, ihre Stieftochter auf dem Handy zu erreichen. Zu Hause war sie laut Haushälterin nur einmal kurz, und das vor einer Woche und in Begleitung von dir, Clara. Ich finde es indiskutabel, dass –«

»Hans, was ist indiskutabel?«, unterbrach ihn Clara.

»Ihr spurloses Verschwinden. Selbst in der zweifelhaften WG, in der die Eltern sie gestern suchten, wusste man nichts über ihren Verbleib.«

»Julia Schreugen ist volljährig, und wenn die Eltern etwas besseren Kontakt zu ihr gepflegt hätten, dann –«

Hans' Kopf verfärbte sich rot. »Was dann?«

»Dann hätten sie zum Beispiel ihre Tochter gestern vom

Humboldt-Gymnasium abholen und ihr während der Beerdigung ihres Freundes Max beistehen können.«

Hans öffnete seinen Mund, um Clara etwas zu erwidern. Ihm schien nichts einzufallen. Schließlich klappte er den Mund geschlagen wieder zu.

Michael und Clara beschlossen nach der Sitzung in Claras Büro, mit Herbert Schreugen Kontakt aufzunehmen. Clara hatte sich dagegen gesträubt, obwohl sie einsah, dass es nötig war. Die Tatwaffe gehörte dem Immobilienmogul. Die Kollegen hatten ihn zwar schon diesbezüglich vernommen, jetzt wollte sich Clara allerdings selbst ein Bild von ihm machen.

Als Michael nun zum Telefonhörer griff, hielt sie ihn zurück.

»Michael, ich bitte dich, und ich bitte dich nur sehr selten um etwas«, Clara fixierte Michael, »strengste Geheimhaltung, was Julias Aufenthaltsort angeht. Er darf nicht erfahren, wo Julia ist. Sie muss selbst entscheiden, wann und wo sie ihren Vater treffen will.«

»Okay, ich verspreche es.« Dann begann Michael zu wählen und stellte das Telefonat auf Lautsprecher.

Am Apparat der Schreugens meldete sich die Haushälterin Frau Jakobs. Sie war sich nicht sicher, ob die Herrschaften das Telefonat annehmen würden. Umso überraschter war Clara, als sich Gisela Schreugen meldete.

»Sind Sie der ermittelnde Kommissar in dieser schrecklichen Sache mit Julia?«, fragte sie statt einer Begrüßung. Clara war sie auf Anhieb unsympathisch.

»Ja, der bin ich.« Michael riss sich zusammen und klang erstaunlich ruhig, wie Clara fand.

»Würden Sie uns dann freundlicherweise mitteilen, wo sich Julia befindet? Nach allem, was passiert ist, machen wir uns natürlich Sorgen. Sie verkehrt in den schlimmsten Kreisen. Und dann ihre Drogensucht. Bei dieser Überdosis wusste sie sicher nicht, was sie tat, als sie geschossen hat. Meinen Gatten hat das alles so mitgenommen, dass wir unsere Schiffsreise abbrechen mussten.«

»Ich glaube«, antwortete Michael ruhig, »dieses Thema ist zu ernst für ein Telefongespräch. Außerdem haben wir noch ein paar Fragen an Sie und Ihren Mann. Deshalb möchten wir gern um fünfzehn Uhr bei Ihnen vorbeikommen. Bitte seien Sie dann zu Hause.«

»Zwölf Uhr dreißig kann ich Ihnen als einzige Möglichkeit anbieten«, entgegnete Gisela Schreugen nur.

Michael holte tief Luft. »Normalerweise geben wir zwar die Termine vor, aber zum Wohle Julias werden wir um zwölf Uhr dreißig bei Ihnen sein.«

Gisela Schreugen beendete das Telefonat ohne ein weiteres Wort.

Clara sah Michael fassungslos an. »Ich dachte, die beiden machen sich Sorgen um ihre Tochter, und dann kommt nicht ein Satz darüber, wie es Julia geht? Findest du das nicht merkwürdig?«

»Vor allem finde ich merkwürdig, dass sie davon sprach, dass Julia geschossen hat«, bemerkte Michael. »Sie scheint nicht so ganz von der Unschuld ihrer Stieftochter überzeugt zu sein.«

»Ein weiterer Grund, Julias Aufenthaltsort zu hundert Prozent geheim zu halten, bis sie selbst beschließt, ihren Vater und ihre Stiefmutter sehen zu wollen.«

Clara und Michael wurden um Punkt zwölf Uhr dreißig von Frau Jakobs in dunkelblauer Uniform mit weißer Schürze in die Hahnwalder Villa hineingelassen. Sie nahm ihnen die Jacken ab und geleitete sie in den Salon.

»Die gnädige Frau wird gleich da sein«, teilte sie ihnen mit, forderte sie jedoch nicht auf, sich zu setzen. Rokoko mit unendlich viel Gold. Clara liebte Antiquitäten, und dank Jayja gab es in ihrer Wohnung einige seltene Stücke, allerdings keine goldenen Imitate.

Frau Schreugen erschien friseurfrisch im Designeroutfit. Sie musterte Michael, Clara warf sie lediglich einen kurzen abschätzigen Blick zu. Die Hand zur Begrüßung reichte sie ihnen nicht. Stattdessen setzte sie sich auf das Sofa und zeigte auf den Stuhl rechts neben sich.

»Setzen Sie sich doch«, forderte sie Michael mit einem charmanten Lächeln auf. Clara ignorierte sie. »Wir waren sehr erschrocken, als uns die Nachricht von Julia in der Karibik erreichte. Mein Mann hat so etwas immer vorausgesehen. Julias Umgang war und ist eine Katastrophe. Hinzu kommt, Julias Mutter ist drogenabhängig. Da ist eine Fortsetzung in der nächsten Generation leider nicht auszuschließen. Ich will Sie jetzt nicht mit der Vergangenheit langweilen. Jedenfalls fanden wir einen Aufenthalt in der JVA aus erzieherischen Gründen nicht unpassend. Wir hatten die Hoffnung, dass dadurch eine Änderung bei Julia eintreten würde.«

»Dem kann ich nicht ganz zustimmen«, mischte sich ein eleganter Vierzigjähriger von der Tür aus ein. Es konnte sich nur um Julias Vater handeln, denn die Ähnlichkeit mit seiner Tochter war nicht zu übersehen, und Clara erkannte in ihm den Mann vom Foto auf Julias Schreibtisch.

Gisela Schreugen stand auf und legte den Arm um ihn. »Mein Liebling, schön, dass du wieder da bist. Was hat der Arzt gesagt?«

»Alles gut. Aber jetzt reden wir nicht über mich. Wollen Sie sich nicht ebenfalls setzen?«, fragte er Clara und ließ sich von seiner Frau aufs Sofa ziehen.

»Mein Allerliebster«, säuselte sie und fuhr ihm mit der Hand über den Arm bis in den Nacken, »wird das nicht zu viel für dich?«

Er winkte ab, und Gisela Schreugen fuhr an Michael gewandt fort: »Sie müssen wissen, meinem Mann ging es miserabel. Wir mussten mit einem Propellerflugzeug von St. Vincent nach Barbados geflogen werden. Der sehr profilierte Arzt auf der ›Europa‹ sah keine andere Möglichkeit. Ein Klinikaufenthalt war nicht mehr zu umgehen. Er wollte aber auf keinen Fall in eines dieser Inselkrankenhäuser. Miami lehnte er ebenfalls kategorisch ab. Er wollte nach Hause. Wollte zu seiner Tochter. Das Ganze hat ihn eindeutig krank gemacht. Diese Reise«, sie lächelte Michael an, »war unsere Hochzeitsreise. Unsere erste große gemeinsame Reise. Und nur vor lauter Sorge ist er krank geworden.«

»Da muss ich meiner Frau recht geben. Und jetzt sind wir hier, und Julia ist spurlos verschwunden. Ich mache mir«, er atmete tief durch, »wirklich große Sorgen.«

»Herr Schreugen –«, setzte Michael an. Clara unterbrach ihn.

»Wir sind hier, weil wir von Ihnen noch einige wichtige Informationen benötigen. Leider ist dieser Fall noch immer voller Fragezeichen. Und im Übrigen«, Clara wandte sich nun direkt an Frau Schreugen, »Julia ist weder drogenabhängig, noch hat sie geschossen. Dafür gibt es Beweise.«

»Ganz verstehe ich das nicht«, mischte sich Gisela Schreugen ein. »Julia wurde doch eindeutig als Täterin identifiziert. Wie kann es sein, dass sie es jetzt doch nicht ist? Die Informationen, die wir auf dem Schiff bekamen«, Gisela Schreugen streichelte über die Hand ihres Mannes, »waren doch definitiv. Julia wurde mit der Tatwaffe aufgefunden. Ist das nicht genug?«

»Richtig, aber nachdem wir mittlerweile den exakten Todeszeitpunkt kennen, hat Ihre Tochter ein handfestes Alibi«, erklärte Michael. »Sie waren doch zusammen mit ihr auf diesem Fest im Hotel Maritim. Eines muss aber geklärt werden …« Michael machte eine bedeutungsvolle Pause, während er einen Zettel aus seiner Jackentasche fischte. »Hier ist die Nummer der Tatwaffe. Sie ist auf Sie registriert, Herr Schreugen. Können Sie uns das vielleicht erklären?«

»Das kann eigentlich gar nicht sein.« Herbert Schreugen runzelte die Stirn. »Meine Waffensammlung ist vollzählig. Kommen Sie bitte mit in mein Arbeitszimmer, dann zeige ich sie Ihnen.«

Er stand auf, und Clara und Michael folgten ihm durch eine Bibliothek mit einer kinogroßen Fernsehleinwand. Zwei

Wände waren bis unter die Decke mit ledergebundenen Buchreihen gefüllt. Clara stellte fest, dass es sich um authentisch wirkende Buchattrappen handelte. Im daran anschließenden Zimmer bestand die gesamte rechte Wand aus einem eingebauten Gewehrschrank mit Glaswänden. Herbert Schreugen positionierte sich stolz davor.

»Ich habe eine der außergewöhnlichsten Sammlungen in ganz Deutschland. Oder sogar weltweit. Hier zum Beispiel haben wir eine ›British Brown Bess‹ aus dem 18. Jahrhundert, daneben ein französisches Steinschlossgewehr von Napoleon. Das hier sind verschiedene Winchesters, mit denen ich gelegentlich jage. Mit den Pistolen ist es das Gleiche, schauen Sie sich etwa diese verzierte Steinschlosspistole aus dem 18. Jahrhundert für Linkshänder an –«

»Liebling, bitte, ich glaube, dass die Polizisten keinen Vortrag erwarten, sondern nur wissen wollen, ob die besagte Pistole von hier ist«, unterbrach ihn seine Frau. »Und sicher wollen sie außerdem wissen, wer diesen gut gesicherten Schrank öffnen kann. Da fällt mir außer Julia und dir eigentlich niemand ein. Ich gestehe, ich habe keine Ahnung, wo du den Schlüssel versteckt hältst. Ich bin keine Jägerin. Die Partys und Jagdevents, die dazugehören, finde ich allerdings durchaus amüsant.«

»Wann haben Sie diesen Schrank zuletzt geöffnet?«, fragte Clara.

Die anderen schauten sie erstaunt an.

»Gute Frage, da muss ich einen Moment nachdenken. Die letzte Jagd …« Er sah Clara an. »Sie scheinen die Dinge ernst zu nehmen, das gefällt mir. Ich schaue gern für Sie in meinem Terminkalender nach, wann die letzte Jagd stattgefunden hat. Vor unserer Abreise hatte ich in meiner Firma viel zu tun und bin mir sicher, dass dieser Schrank schon viel zu lange keines Blickes mehr von mir gewürdigt wurde.«

Er ging zu seinem Schreibtisch, zog ein ledernes Notizbuch aus der rechten Schublade und blätterte darin.

»Aha, hier haben wir es: Die letzte Jagd war Ende letzten

Jahres, allerdings habe ich den Schrank am 14. Dezember geöffnet, um einige der Waffen zu säubern und zu überholen. Das mache ich regelmäßig.«

»Kann es vielleicht sein, dass jemand das Glas eingeschlagen und erse–« Weiter kam Clara nicht. Gisela Schreugens Lachen unterbrach sie.

»Die Scheiben bestehen aus Panzerglas«, erklärte Herbert Schreugen und warf seiner Frau einen missbilligenden Blick zu. »Das kann keiner in einer Nacht-und-Nebel-Aktion einschlagen und ersetzen, ohne dass wir es bemerkt hätten.«

»Haben Sie in Ihrem Notizbuch auch die Seriennummern Ihrer Waffen aufgelistet?«, lenkte Michael ab und reichte ihm den Zettel mit der Pistolennummer, als dieser bejahte.

Herbert Schreugen blätterte den vorderen Teil des Buches sorgfältig durch. »Sehr merkwürdig: Diese Nummer ist hier nicht aufgeführt. Und Sie sind sich sicher, dass es sich um meine Waffe handelt?«

Michael nickte.

Herbert Schreugen schloss das Buch und schob es nachdenklich zurück in seinen Schreibtisch.

»Jetzt fällt mir doch noch etwas ein: Es muss ungefähr vier Jahre her sein, da habe ich eine Pistole angeschafft für das Auto, in dem ich gefahren werde. Ich hatte Drohbriefe erhalten. Das Auto ist zwar nicht mehr dasselbe, doch es würde mich wundern, wenn –«

»Liebling, lass mich das überprüfen«, unterbrach Gisela Schreugen ihren Mann und legte ihren Arm um ihn. An Clara und Michael gewandt sagte sie: »Wir werden Sie dann informieren. Und du, mein Liebling, musst jetzt wirklich eine Pause machen.«

Michael ignorierte Frau Schreugens Rausschmiss. »Sie fahren also mit einer Waffe in Ihrem Wagen spazieren, die Sie vergessen haben? Dann werden wir jetzt und hier Ihren Wagen überprüfen und nachschauen, ob die Waffe noch da ist.«

Die Mercedes-Limousine stand in der Einfahrt zur Villa. Ein älterer Mann in schwarzem Anzug polierte gerade eine Stelle am vorderen linken Kotflügel.

»Sie sind der Fahrer des Ehepaars Schreugen?«, fragte Michael ihn.

»Ja, Willi Sebald.«

»Wir sind die Kriminalkommissare Clara Ahrweiler und Michael Weide und ermitteln wegen Julia«, sagte Clara.

»Guten Tag. Wie kann ich Ihnen behilflich sein?« Verunsichert blickte Herr Sebald zwischen Michael und Clara hin und her.

»Wir haben nur eine kurze Frage«, ergriff Michael das Wort. »Wir erfuhren von Ihrem Chef, dass sich bei Ihnen im Wagen zu Herrn Schreugens Schutz eine Pistole befindet. Die würden wir gern mal sehen.«

»Ja, das stimmt.« Willi Sebald öffnete das vordere Handschuhfach und kramte einige Papiere heraus. »Unmöglich, das verstehe ich nicht.« Nervös strich er noch einmal mit den Händen durch das Fach. »Das verstehe ich wirklich nicht. Kein Mensch wusste, dass da eine Pistole ist. Und jetzt ist sie weg.«

»Wann haben Sie die Pistole das letzte Mal gesehen?«, fragte Michael.

»Das muss gute drei Wochen her sein – warten Sie.« Er schaute in den Terminkalender, den er aus seiner Jackentasche holte. »Es war am 12. Januar. Da brachte ich das Auto zu Mercedes wegen einer kleinen Reparatur. Immer wenn ich das Auto weggebe, entferne ich die Pistole und lagere sie für diese Zeit in meinem abschließbaren Kleiderschrank.« Er schüttelte den Kopf. »Ich kann mir das wirklich nicht erklären.«

»Wer fährt dieses Auto sonst noch?«, fragte Clara.

»Niemand außer mir. Frau Schreugen fährt ihren Porsche und ihr Mann den Bentley – wenn er denn selbst fährt.«

»Fahren Sie mit diesem Auto auch andere Personen als die Familie Schreugen?«, fragte Clara.

»Ja, immer wieder Gäste. Und mit Steinmeyers helfen wir uns manchmal gegenseitig aus. Aber alle Fahrgäste sitzen hinten. Und wer sollte schon wissen, dass da vorn eine Pistole versteckt ist?«

»Wer hat Zugang zu der Garage und zu diesem Auto, wenn es geparkt ist?«, fragte Michael.

»Niemand außer mir und den Schreugens. Mir fällt gerade noch etwas ein: Ich nehme ab und zu Vera Horn mit. Sie ist die Tochter von einem alten Freund von mir. Er fährt Lastwagen und ist öfter länger weg.« Nach einer Pause ergänzte er: »Die Chefin weiß das und ist damit einverstanden. Vera sitzt immer vorn. Und ja, irgendwann hat sie während der Fahrt da vorn rumgekramt, war auf der Suche nach einem Stift und ist auf die Pistole gestoßen. Wir hatten darüber eine riesige Diskussion. Sie kann mit dem Verschwinden der Pistole eigentlich nichts zu tun haben. Was soll so eine Göre überhaupt damit anfangen? Und ich hätte es doch sehen müssen, wenn sie sie mitgenommen hätte.«

»Immer wieder Vera Horn«, sagte Michael auf der Fahrt zurück ins Präsidium.

»Sie geistert auch in meinem Kopf herum«, erwiderte Clara. »Wir sollten dringend noch mal mit ihr sprechen. Die Pistole ist nur ein Indiz ohne Fingerspuren. Wir müssen rausbekommen, ob der Zettel aus der REWE-Tüte mit der handgeschriebenen Drohung von Vera stammt. Übrigens fand ich unser Gespräch mit den Schreugens zu sehr beeinflusst von der Lady.«

»Ich fand sie sehr präzise in ihren Aussagen. Und so liebevoll mit ihrem Mann«, sagte Michael augenzwinkernd.

»Es ist erschreckend, wie schnell man euch Männer einwickeln kann. Ich weiß nicht, was ich von ihr halten soll.«

»Bist du etwa eifersüchtig auf ihren Charme?«

»Ach was. Und es lohnt sich nicht, weiter darüber zu diskutieren. Sie hat doch dasselbe Alibi wie Julia, der Rest ist ihre Privatsache.« Clara blickte Michael an, der gerade den Wagen beim Präsidium parkte. »Danke, Michael, dass du Julia nicht verraten hast. Lass uns morgen zu Vera Horn fahren.«

Zurück in ihrem Büro, versuchte Clara, sich auf den Schreibkram zu konzentrieren. Doch schon nach zwanzig Minuten schob sie die Papiere zusammen und machte sich auf den Weg nach Hause, wo sie bereits von Julia erwartet wurde.

»Ich wollte dich mit einem Essen überraschen …« Julia wischte sich erst die Hände an ihren Jeans ab und dann ihre tränenden Augen. »Die Zwiebeln und Verzweiflung«, seufzte sie. »Allein schaff ich's nicht.«

»Das sieht doch gar nicht so schlecht aus.« Clara schnupperte an der Pfanne. »Komm, wir bringen es zusammen zu Ende.«

Das Essen schmeckte, und Julias Stimmung verbesserte sich langsam.

»Lief deine Geschichtsklausur okay?«, erkundigte sich Clara.

»Ja, und ich hab noch eine bessere Nachricht: Richi darf morgen aus dem Krankenhaus. Es gibt allerdings eine Bedingung. Er darf im Moment noch nicht allein in seiner Studenten-WG –«

»Ich freu mich, wenn er uns Gesellschaft leistet«, unterbrach Clara sie, »und Betten haben wir hier wirklich mehr als genug.«

Julia strahlte und sprang auf. »Danke. Eins hätte ich jetzt fast vergessen.« Sie verschwand im Flur. »Da kam ein Paket aus Washington, es wurde vorhin abgeliefert. Ich bin beeindruckt, wie international du bist.«

»Ich hab keine Ahnung, von wem das sein könnte.« Clara besah sich das Paket. »Ich finde keinen Absender.«

»Jetzt mach es nicht so spannend.« Julia reichte ihr die Küchenschere.

Clara ließ sich Zeit und öffnete das in schillerndes blaues Seidenpapier Eingepackte ganz langsam. Zum Vorschein kam ein schwarzer Jogginganzug mit silbernen Sternen.

»Ich flippe aus, wie cool! Letzte Woche lief Miley Cyrus damit durch einen Film. Und vielleicht finden wir hier den Absender.« Julia hob eine herausgerutschte Karte vom Boden auf. Sie zeigte ein Schwein, das vor dem Weißen Haus stand und die Zunge herausstreckte.

»Ich hoffe, diese Sterne leuchten auf den richtigen Stellen, und ich hoffe, ich darf dich bald in diesem funkelnden Jogginganzug bewundern. J.«

Clara wusste nicht, ob sie weinen oder lachen sollte.

Freitag, 6. Februar

Clara hatte verschlafen, und Julia räumte die letzten Teller in die Spülmaschine, als sie in die Küche kam.

»Ich muss los«, sagte sie zu Clara. »Nach der Schule hole ich Richi ab. Er will auf keinen Fall, dass ich seinetwegen eine Schulstunde verpasse.«

Clara lachte. »Finde ich gut, dass er so streng ist. Sag ihm, dass ich mich freue, wenn er hier einzieht. Und nehmt euch ein Taxi.«

Während der Morgenkonferenz wanderten Claras Gedanken nach Washington, bis der Name Ralph Beltz sie aus ihren Träumen riss. Der sogenannte »Sklave« von Robert Steinmeyer. Was hatte sie verpasst?

»Das Auto ist im Tunnel der Tunisstraße an der rechten Wand zerschellt«, fuhr Ludwig gerade fort. »Ein Autofahrer hat das heute Morgen um fünf Uhr achtundfünfzig gemeldet. Man konnte den Toten anhand der Papiere identifizieren. Die Pathologie wird noch feststellen, ob es sich, wie es zunächst scheint, um einen Unfall aufgrund einer Überdosis Drogen handelt. Wir wollen der Sache nachgehen, da eine Verbindung zu unserem Mordopfer Max Happ besteht.«

»Hat schon jemand die Eltern verständigt?«

»Es ist nur der Vater Arthur Beltz bekannt«, erklärte Ludwig. »Er lebt in Chorweiler, ist arbeitslos, Hartz-IV-Empfänger und war einmal wegen einer wilden Schlägerei in Untersuchungshaft. Die Kollegen haben ihn heute noch nicht angetroffen.«

»Ich kann es gleich noch mal versuchen«, meldete sich Michael zu Wort. »Ich habe um elf Uhr dreißig einen Termin mit Robert Steinmeyer und kann vorher bei Herrn Beltz vorbeischauen.«

»Ich begleite dich«, entschied sich Clara spontan.

Clara und Michael parkten vor dem Sozialwohnungsblock Nummer 4 in Chorweiler. Was im Hochhausboom der 1970er Jahre aufgrund von Wohnungsnot gebaut worden war, entsprach schon lange nicht mehr dem Bedürfnis nach akzeptablem Wohnraum. Eine Sanierung war längst überfällig: Nicht nur die Wände in dem schmutzigen Treppenhaus waren beschmiert.

Clara und Michael mussten in den dritten Stock. Eine einzelne Glühbirne beleuchtete karg den langen Gang. Die Wohnung von Ralph Beltz' Vater war die vorletzte auf der rechten Seite. Da es keine Klingel gab, hämmerte Michael so lange gegen die Tür, bis sie von einem Mann im Unterhemd einen Spaltbreit geöffnet wurde.

»Wat wollen Se? Hier gibt's nichts«, schnauzte er.

»Wir sind von der Kripo Köln und würden gern mit Ihnen reden. Dürfen wir reinkommen?«, antwortete Michael gelassen.

»Dat können wir auch so.«

»Wir sind hier wegen Ihrem Sohn Ralph.«

»Mit dem han ich seit Jahren nix mehr zu don.«

»Aber er ist doch Ihr Sohn?«

»Dat müssen Se die Hure sein Mutter fragen, de hat's doch mit all getrieben und ist dann einfach abjehauen, hat mich mit dem Balg einfach sitzen lassen. Ich han schon lang nichts mehr mit ihm zu don.«

»Herr Beltz, Ihr Sohn hatte einen tödlichen Unfall. Er ist mit dem Wagen verunglückt –« In diesem Moment wurde die Tür zugeknallt und von innen hörbar verriegelt. Außerdem vernahmen sie wildes Fluchen: »Nichts als Ärjer macht der Jung. Dat hat ja jetzt aber ein Ende …«

Michael und Clara versuchten noch ein paarmal, Herrn Beltz dazu zu bewegen, die Tür zu öffnen. Erfolglos.

Michael schüttelte den Kopf: »Wenn man bei so einem Idioten aufwächst, kann doch gar nichts aus einem werden.«

Sie informierten über Funk eine Streife, die sich um ihn kümmern sollte, und machten sich auf in Richtung Robert Steinmeyer.

Im Hahnwald öffnete ihnen eine Haushälterin die Tür. Robert Steinmeyer kam eilig und immer zwei Stufen auf einmal nehmend aus dem ersten Stock angelaufen, und nachdem er sich die Dienstausweise hatte zeigen lassen, führte er die Kommissare aus der Eingangshalle in einen Seitentrakt. Sie durchquerten einen Fitnessraum und landeten in einem Wintergarten. Dort bot er ihnen an, Platz zu nehmen.

»Leider habe ich nicht viel Zeit«, sagte er. »Ich muss zu einer Vorlesung, die wichtig für mein Examen ist.«

Michael fixierte ihn. »Wo waren Sie heute Morgen?«

»Wo sollte ich Ihrer Meinung nach heute Morgen gewesen sein? Ich war in meinem Bett und bin ungefähr um neun Uhr fünfundvierzig aufgestanden. Dann war ich schwimmen, habe gefrühstückt und dabei im Internet gesurft. Ist Ihnen das genug?«

»Kann das jemand bezeugen?«

»Unsere Haushälterin. Die hat mich geweckt. Wissen Sie«, fuhr er gelangweilt fort, »ich neige dazu, meine Wecker zu überhören.«

»Wir werden das gleich überprüfen. Und wo waren Sie gestern Abend?«

»Ich verstehe nicht, was Sie von mir wollen. Ich dachte, dieses Gespräch hat etwas mit Julia Schreugen zu tun.«

»Wie kommen Sie darauf?« Clara hatte Michael das Sprechen überlassen wollen, konnte sich die Frage allerdings nicht verkneifen. Der junge Mann war ihr in seiner Arroganz und Wichtigtuerei unsympathisch.

»Na, die war doch dabei, als auf Max und Richi geschossen wurde.«

»Nein, es geht um Ralph Beltz«, erwiderte Michael und ließ Roberts Aussage im Raum stehen.

»Was hat er denn angestellt?«

»Wann waren Sie das letzte Mal mit Ralph Beltz zusammen?«, fragte Michael unbeirrt weiter.

»Gestern Abend. Er hat mich wie immer als Bodyguard begleitet. Meine Eltern wollen das so. Er hatte damals kein Zuhause, und da konnte ich meine Eltern überreden, ihn als Hilfsgärtner einzustellen. Für den Garten war er allerdings nicht geeignet, deshalb wurde er mein Bodyguard.«

»Wann sind Sie gestern nach Hause gekommen?«

»Das hört sich an wie bei einem Verhör, gibt es dafür einen Grund?«

»Beantworten Sie bitte unsere Frage.«

»Um zwei Uhr hat er mich abgesetzt«, sagte Robert Steinmeyer nach einer Pause.

»Kann das jemand bezeugen?«, fragte Michael weiter.

»Nein, es haben alle schon geschlafen. Warum zum Teufel fragen Sie mich das alles?« Robert Steinmeyers kühle Fassade begann zu bröckeln.

»Ralph Beltz ist heute Morgen tödlich verunglückt.«

Die Gesichtszüge des jungen Mannes verloren nun vollends ihre Fassung. Er war sichtlich geschockt, und Clara war überzeugt, dass er nicht schauspielerte.

Ein Klopfen durchbrach die Stille. Eine schlanke Fünfzigjährige im Tennisoutfit stand in der Tür des Wintergartens.

»Robert, ich hab dich überall gesucht, wir müssen los.«

»So viel zum Thema Juravorlesung«, murmelte Clara leise.

Robert sprang auf. Er öffnete die Eisentür, über der ein Notausgangsschild hing.

»Hier kommen Sie zu Ihrem Auto. Falls es noch weitere Fragen gibt: Unser Anwalt steht Ihnen sicher gern zur Verfügung.«

Schweigend stiegen Clara und Michael ins Auto.

»Ich glaube nicht, dass er etwas mit Ralph Beltz' Tod zu tun hat«, eröffnete Clara schließlich das Gespräch. »Er war zu sehr geschockt.«

»Das sehe ich genauso. Lass uns zu Vera Horn fahren«, schlug Michael vor. »Wir sollten ihr dringend auf den Zahn fühlen.«

Der Besuch bei den Horns brachte genauso wenig Neues, da niemand zu Hause war.

»Ich möchte zurück ins Präsidium«, sagte Clara. »Noch mehr Niederlagen ertrage ich heute nicht. Wie wäre es dafür heute Abend mit Lammkeule bei mir?«

»Sehr gern. Ich bringe Wein mit.«

»Und Maja!«, sagte Clara lachend.

Clara besorgte die versprochene Lammkeule auf dem Weg nach Hause. Julia büffelte noch Englischvokabeln am Küchentisch, als sie die Wohnungstür aufschloss. Der Teenie sprang auf und umarmte Clara.

»Ich bin so glücklich. Richi schläft oben, und du wirst es nicht glauben: Ich habe heute in Mathe und Geschichte Einser mit nach Hause gebracht. Mein Büffeln hat sich gelohnt.«

»Super, das freut mich. Da waren deine Lehrer ja wirklich schnell mit dem Korrigieren. Wollten euch wohl nicht so lang auf die Folter spannen, was?«, schmunzelte Clara. »Was hältst du von einer Teepause? Ich wollte sowieso noch mal mit dir reden.«

»Du schaust so ernst. Es ist doch hoffentlich nichts Schlimmes?«

»Vera Horn … du hast sie immer nur kurz erwähnt, nur nie wirklich etwas über sie erzählt. Sie ist –«

»Ein Abschaum, ein Monster. Und sie ist keine Erwähnung wert«, unterbrach Richi, der gerade hereinkam und die letzten Worte gehört hatte, das Gespräch. »Bitte entschuldigen Sie, dass ich so ausflippe. Julia ist viel zu anständig, um …« Er suchte nach Worten und klopfte mit seiner rechten Faust in seine linke Hand.

»Jetzt setzen wir uns erst einmal alle hin«, sagte Clara und schob Richi einen Stuhl zu. »Ich freu mich, dass du hier bist, und ich bin ab jetzt Clara für dich. Clara und ›du‹. Und jetzt erklär mir bitte, warum du so einen Hass auf diese Vera Horn hast. Woher kennst du sie?«

»Sie verfolgte mich, und als sie merkte, dass ich nichts mit ihr zu tun haben wollte, war Max dran. Ihn hat sie fertiggemacht, und das bis zum Schluss.«

»Wie meinst du das, ›bis zum Schluss‹?«

»Sie hat keine Ruhe gegeben. Wir waren mit dem Verpacken schon ziemlich weit, uns fehlten aber noch Tüten. Sie nervte schon den ganzen Tag, indem sie Max immer wieder auf dem Handy anrief, und da hat er irgendwann nachgegeben. Hat ihr gesagt, wo wir sind und dass sie Tüten mitbringen soll. Gekommen ist sie erst, als wir schon fast fertig waren. Mit zwei lächerlich kleinen Tüten. Da hat Max ihr klargemacht, dass er wirklich nichts mehr mit ihr zu tun haben will. Er kann … konnte unzuverlässige Menschen noch nie leiden.«

»Wann war das?« Clara horchte auf.

»Das muss so um sieben oder halb acht gewesen sein. ›Ich bring dich um‹, hat sie ihn zum Abschied angeschrien.«

»War eine der Tüten eine REWE-Tüte?«, hakte Clara nach.

»Ja, ich glaube, ja.« Richi schüttelte den Kopf und fuhr blass fort: »So was Blödes, warum ist mir das alles nicht schon früher eingefallen?«

»Du warst schwer verletzt und lagst im Koma. Da kann man schon einiges vergessen, besonders wenn es so traumatisch war wie die Schießerei. Richi, komm, das ist dein erster Abend hier«, versuchte Clara, ihren neuen Schützling aufzumuntern. »Wir wollen gemeinsam kochen, und wir kriegen Besuch: von meinem Kollegen Michael und seiner Frau Maja. Allerdings werde ich Michael nun anrufen, dass Vera heute noch befragt wird.«

Clara erwischte Michael bereits auf dem Weg zur ihrem Lammkeulenessen. Er informierte die Kollegen, und eine Streife machte sich auf den Weg zu Vera Horns Adresse. Da sie dort nicht anzutreffen war, entschied Michael, das Essen stattfinden zu lassen. Vera Horn wurde zur Fahndung ausgeschrieben, und die Polizisten würden Stellung beziehen und sie gleich informieren, wenn Vera Horn sich blicken ließe.

Julia und Richi hatten sich als sehr lernbegierige Kochgehilfen erwiesen, und es schmeckte allen.

Samstag, 7. Februar

Die jungen Leute schliefen noch, als Clara sich auf den Weg ins Präsidium machte.

Michael erwartete sie schon in ihrem Büro.

»Gut, dass du da bist. Vera Horn ist aufgetaucht. Sie wird gerade zu uns gebracht.«

Die Luft im Verhörraum war schlecht. Es roch nach Alkohol und Schweiß. Vera Horn war nach durchfeierter Nacht aufgegriffen worden und hatte wohl noch keine Gelegenheit zum Duschen gehabt.

»Was soll das? Was wollen Sie von mir? Wieso haben Sie mich entführt?«, schrie Vera die beiden Kommissare an.

»Niemand hat dich entführt«, versucht Clara, das aufgebrachte Mädchen zu beruhigen. Erfolglos.

»Und wie nennen Sie das sonst? Mich einfach in einen Streifenwagen zu zerren und hierherzubringen ...«

»Wir haben ein paar Fragen an dich.« Michael versuchte es mit Ignorieren. Erfolgreich.

»Was denn jetzt schon wieder?«, fragte Vera, noch immer genervt.

»Du hast am Abend von Max' Ermordung Tüten in die Woh–«, begann Michael.

»Ey, das habe ich Ihnen doch schon beim letzten Mal gesagt«, unterbrach Vera.

»... in die Wohnung gebracht«, setzte Michael neu an. »Was ist dann passiert?«

»Was soll schon passiert sein? Ich bin wieder gegangen.«

»Und du hast dich nicht zufällig mit den beiden Jungs gestritten?«, hakte Michael nach.

Clara merkte, wie Vera zusammenzuckte. Auf einmal sah sie aus wie ein verängstigtes kleines Mädchen. Die Fassade beginnt zu bröckeln, dachte Clara, als sie sah, wie Vera mit sich rang.

»Doch. Wir haben uns gestritten«, sagte sie schließlich kaum hörbar.

Clara und Michael warteten schweigend, dass sie fortfuhr.

»Ich war einfach sauer ... und enttäuscht. Ich mag die beiden. Wirklich. Nur sobald da eine wie diese Julia Schreugen auftaucht, habe ich doch überhaupt keine Chance mehr.« Vera verstummte.

»Hast du deshalb diesen Zettel geschrieben?«, fragte Clara sanft und schob den Zettel, den sie vorher aus der Akte Max Happ gefischt hatte, Vera zu. Die Aufschrift »Wenn ich dich nicht haben kann, dann soll dich auch niemand anderer haben« schien auf einmal riesig groß.

»Ja«, gab Vera zu. »Aber ich habe nicht auf die beiden geschossen. Das müssen Sie mir glauben.«

»Du hattest aber Kontakt zur Tatwaffe«, schaltete sich nun Michael wieder ein.

»Bitte was hatte ich?« Das Mädchen war wieder auf hundertachtzig.

»Die Pistole, mit der auf Max Happ und Richard Moster geschossen wurde, stammt aus dem Handschuhfach des Autos der Schreugens.« Michael machte eine Pause. »Und der Fahrer Herr Sebald, der dir bekannt sein dürfte, hat ausgesagt, du hättest über die Waffe Bescheid gewusst.«

»A... aber ich habe doch niemanden umgebracht!«, rief Vera, jetzt wieder wie ein kleines Mädchen, das sich in die Enge getrieben fühlte. »Es stimmt, was Herr Sebald gesagt hat: Die Pistole habe ich gesehen, als ich einen Stift im Handschuhfach gesucht habe. Aber ich hätte mich niemals getraut, die anzufassen. Vor allem nicht, nachdem Herr Sebald total mit mir gemeckert hat. Und außerdem«, Vera musste tief Luft holen, so schnell sprudelte es aus ihr heraus, »außerdem kann ich doch gar nicht schießen, ich weiß nicht einmal, wie man eine Pistole benutzt.«

Clara glaubte ihr. Sie hatten weder Veras Fingerabdrücke auf der Waffe gefunden, noch hatte Herr Sebald etwas gesehen. Ein Blick auf Michael bestätigte ihr, dass er genauso dachte. Vor ihnen saß nicht die Täterin, sondern ein Häuflein Elend. Doch die Befragung war noch nicht zu Ende.

»Wann hast du Ralph Beltz das letzte Mal gesehen?«, wechselte Clara das Thema.

»Wieso fragen Sie mich das? Der ist doch der Sklave von Robert Steinmeyer, das wissen doch alle. Offiziell war er sein ›Bodyguard‹«, Vera malte mit den Fingern Anführungszeichen in die Luft, »doch Robert hat ihn für alles Mögliche benutzt. Wie einen Sklaven eben. Nur was hab ich damit zu tun?«

»Von Robert wissen wir«, mischte sich Michael ein, »dass du in den letzten Tagen sehr oft mit Ralph Beltz zusammen warst.«

»Stimmt, er ist eine Nervensäge, aber als Chauffeur ist er okay. Er hat mich öfter mal rumgefahren.«

»Und wann hast du ihn das letzte Mal gesehen?«, insistierte Clara.

»Gestern war's auf jeden Fall nicht. Da hat er mich doch tatsächlich versetzt.« Veras Stimme gewann langsam wieder an Schärfe.

»Inwiefern versetzt?«, fragte Clara.

»Ich wollte in die … ich wollte ausgehen, das ist doch am Freitag normal. Der Versager hat sich nicht getraut. Robert hatte ihm gedroht, sich einen neuen Bodyguard zu suchen. Ralph soll nämlich permanent auf Abruf für Robert sein, und das war er halt nicht immer. Ich glaube, Roberts Drohung hat auch was mit mir zu tun. Diese Arschgeige mag mich nicht. Fällt auf …« Vera beendete den Satz nicht.

»Fällt auf was?«, fragt Clara.

»Fällt auf dieses blöde Biest rein. Bei der wäre es sicher kein Thema, wenn Ralph sie rumfahren würde.«

»Du meinst doch nicht Julia Schreugen, oder?«, hakte Clara sofort nach.

»Klar, wen denn sonst? Die ist doch wirklich das Letzte. Verlogen ist die und wickelt sie immer wieder alle ein.«

Clara schwieg. Sosehr sie Julia mochte, so sehr konnte sie sich vorstellen, dass diese beiden Mädchen nicht miteinander konnten. Zu verschieden waren ihre Welten, um einander zu verstehen.

»Was ist denn jetzt mit Ralph?«, riss Vera sie aus ihren Gedanken.

»Er ist bei einem Autounfall ums Leben gekommen«, erklärte Michael trocken.

»Wie bitte?« Vera begann zu weinen. »Der Strohkopf … warum muss der auch immer so rasen. Ich habe ihm so oft gesagt, er soll langsamer fahren«, schniefte sie.

Clara versuchte, das Mädchen etwas zu trösten, und Michael erhob sich. »Ich schau mal, ob wir eine Streife finden, die dich wieder nach Hause bringt.«

Sonntag, 8. Februar

Es war noch früh am Morgen und kaum jemand unterwegs, als Clara mit ihrem neuen Jogginganzug Richtung Stadtwald lossprintete. Sie dachte an Vera Horn und die anderen Jugendlichen, mit denen sie im Fall Max Happ zu tun hatte. Der ganze Freundes- oder eher Bekanntenkreis kam aus zwei unterschiedlichen Welten, und anscheinend ließen sich diese nicht miteinander vereinbaren.

Dann wanderten Claras Gedanken zu Johannes: Was machte er bloß in Washington?, überlegte sie. Lassen sich unsere Welten überhaupt miteinander verbinden?

Clara war sich nicht so sicher. Umso mehr freute sie sich auf ihren freien Sonntag. Sie brauchte dringend diese Pause.

Den Rest des Tages verbrachte sie mit ihrem Schaumbad und mit einem Buch auf dem Sofa. Ihre beiden Schützlinge hatten sich ebenfalls zurückgezogen. Julia lernte für Englisch, ihre nächste Vorabiklausur, und Richi half ihr.

***

Sonntagnacht

Mein Tagebuch schläft jetzt fast immer. Bin zu glücklich. Fehlen mir deshalb die Worte? Warum ist »glücklich« geschrieben so langweilig? Und wann gab's das in meiner Vergangenheit schon mal? Eigentlich nie.

Stimmt nicht ganz, bei Zahra hab ich so etwas erlebt. Irgendwann nahm sie mich mit zu sich nach Hause. Das Schlafzimmer, in dem sie mit drei kleineren Geschwistern schlief, war so groß wie mein Kleiderschrank. Ich wollte ihr eine Barbiepuppe schenken. Doch sie wollte lieber das noch nie benutzte Monopoly und den Ball, den ich irgendwann mal völlig sinnlos geschenkt bekommen hatte. Wer hätte ihn mir zurückwerfen sollen ...? Bei ihr hingegen wurde sofort damit herumgetobt. Beim Monopoly wollten alle mitspielen. Es wurde ausgelost, wer anfangen durfte, und ich hab sie beneidet. Selbst heute finde ich noch keine Worte, um meine Erlebnisse in dieser Familie zu beschreiben!

Montag, 9. Februar

Auf der Aachener Straße war Stau gewesen, und die Morgenkonferenz hatte schon längst begonnen, als Clara schließlich im Präsidium ankam. Sie entschied, gleich in ihr Büro zu gehen.

Sie hatte gerade ihren Computer hochgefahren, als Ludwig und Michael zu ihr stießen, um ihren heutigen Tag zu besprechen. Plötzlich ging die Tür vom Nachbarbüro auf.

»Johannes!«, entfuhr es Clara aufgeregt. Michael musterte sie und zog eine Augenbraue hoch, während Ludwig den Kollegen begrüßte. »Wie war es in Washington?«

Anscheinend hatten alle mehr gewusst als ich, dachte Clara. Doch aus Johannes war nicht viel herauszuholen.

»Sie wollten mich dabehalten, was sicher spannend gewesen wäre, doch wollte ich nicht dauerhaft auf diesen Cappuccino verzichten. Nein!« Johannes nahm dankbar die Tasse entgegen, die Clara schnell zubereitet hatte, um von sich abzulenken – und ihre Fassung wiederzugewinnen. »Jetzt lass ich euch lieber weiterarbeiten. Sieht so aus, als ob ihr vieles im Kopf habt, was dringend bearbeitet werden muss.«

Clara fiel es schwer, sich auf die wichtigen Punkte im Fall Ralph Beltz zu konzentrieren.

»Was ist mit dir los?« Michaels Blick durchbohrte sie. »Du bist so abwesend und hörst gar nicht richtig zu.«

»Bitte entschuldige, jetzt bin ich ganz da«, erwiderte Clara leicht errötend.

»Ich hab das Neueste von der Pathologie. Sie haben bei Ralph Beltz eine Überdosis LSD festgestellt«, erklärte Ludwig.

»Kann man sagen, ob er sich das LSD selbst zugeführt hat?«, fragte Clara.

»Leider nein. Dazu müssten wir wissen, was er am Abend zuvor gemacht hat. Und selbst wenn es nicht freiwillig war«, gab Ludwig zu bedenken, »heißt das nicht, dass er nicht freiwillig in sein Auto gestiegen ist.«

»Ich hab mich bei der Spurensicherung durchgesetzt«, sagte Michael in die entstandene Stille hinein. »Der Golf wird noch einmal besonders geprüft. Die haben gemeckert, aber ich hab nicht lockergelassen.«

»Heißt das, du gehst nicht mehr nur von einem Unfall aus?«, wollte Clara wissen.

»Leider. Normalerweise bin ich in dieser Runde ja der Tatsachenverfechter«, Michael schaute Clara an, »allerdings werde ich auch das Gefühl nicht los, dass dieser Unfall etwas mit unserer Schießerei am Bebelplatz zu tun haben könnte.«

»War der Golf sein Auto?«, wollte Clara wissen.

»Nein, Steinmeyer seniors Haushaltsauto Nummer zwei. Ich –«

»Was ist denn ein Haushaltsauto?«, unterbrach Ludwig.

»Ein kleinerer Wagen, der dem Personal zur Verfügung steht, zum Beispiel für Besorgungen«, erklärte Michael. »Jedenfalls hatte ich die Haushälterin heute Morgen kurz an der Strippe, und der Chauffeur Reiner Bromer hat vorhin zurückgerufen. Er erwartet uns«, Michael schaute auf seine Uhr, »in einer halben Stunde. Clara, auf geht's.«

Am offenen Tor der Steinmeyers schaffte es Michael gerade noch rechtzeitig, zu bremsen. Der Porsche mit Suse Steinmeyer und Gisela Schreugen kam in hoher Geschwindigkeit aus der Einfahrt geschossen. Die beiden hatten es offensichtlich eilig.

Der Chauffeur Reiner Bromer stand bereits vor dem Hauseingang und winkte die Kommissare um das Haus herum vor die Garagen. Dort öffnete er Clara höflich die Beifahrertür. »Wie kann ich behilflich sein?«, fragte er, nachdem sie sich einander vorgestellt hatten.

»Wir haben ein paar Fragen bezüglich Ralph Beltz an Sie, Herr Bromer«, antwortete Michael.

»Darf ich Sie vielleicht in die Gemeinschaftsküche der Angestellten bitten? Dort können wir ungestört reden.« Er ging ihnen voraus zu einem Anbau neben der Garage. »Hier wohnen wir alle, mit Ausnahme der Haushälterin.« Er geleitete sie in eine kleine Küche und schob zwei Stühle zurecht.

»Das ist unser Aufenthaltsraum, auch durch die Garagen zugänglich. Bitte nehmen Sie doch Platz. Entschuldigen Sie, sehr gemütlich ist es hier bei uns nicht.«

Michael winkte ab. »Wir werden Sie nicht lange stören. Sie wissen sicher, dass Ralph Beltz tödlich verunglückt ist. Wann haben Sie ihn das letzte Mal gesehen? Wann haben Sie zuletzt mit ihm gesprochen?«

Der Chauffeur überlegte einen Moment. »Am Mittwochnachmittag, aber nur kurz. Am Donnerstag gar nicht, und als ich Freitagnacht mit den Herrschaften nach Hause kam, es muss so halb zwei gewesen sein, da weiß ich sicher, dass die jungen Leute noch nicht zu Hause waren. Roberts Auto war nicht da.«

»Wissen Sie zufällig, ob der Golf da war?«, wollte Clara wissen.

»Ja, das weiß ich mit Sicherheit. Ich muss an unseren Haushaltsautos vorbei, um in mein Schlafzimmer zu kommen, und ich hab mich etwas geärgert, weil der Golf mal wieder sehr nachlässig geparkt worden war.«

»Wie war Ihre Beziehung zu Ralph Beltz?«, fragte Michael weiter.

»Was soll ich dazu sagen? Eine wirkliche Beziehung gab es nicht. Ralph hat sich nie mit uns anderen befasst und sich nie bei uns aufgehalten. Er war der Schatten vom jungen Herrn Steinmeyer.«

»Das heißt, Sie haben ihn am Mittwoch zum letzten Mal gesehen?«, fragte Michael.

»Ja, die beiden sind am frühen Nachmittag zusammen aufgebrochen. Der junge Herr Steinmeyer war sehr ungehalten mit Ralph. Man kann es beinahe wütend nennen. Und ich erinnere mich an Wortfetzen wie: ›Diese blöde Ziege, wie kannst du nur?

Wenn du damit nicht sofort aufhörst, brauche ich dich nicht mehr. Dich zu ersetzen wird leicht sein.‹«

Ein Melder neben der Küchentür blinkte rot.

»Ich fürchte, wir müssen unser Gespräch beenden. Der Chef kommt, und ich muss ihn vorn erwarten.«

Clara und Michael folgten Herrn Bromer durch die Garage vors Haus. Ein Bentley fuhr vor, und der Chauffeur lief um den Wagen herum, um zuerst die Beifahrertür für Herbert Schreugen und dann die Fahrertür für seinen Chef zu öffnen.

»Meine Aktentasche und die Mappe kommen wie üblich in mein Arbeitszimmer«, sagte Paul Steinmeyer und musterte Clara und Michael kritisch. »Dürfte ich erfahren, was diese Herrschaften hier zu suchen haben?«

Dieses Mal ließ Clara Michael nicht den Vortritt. »Kripo Köln, mein Name ist Clara Ahrweiler. Wir haben uns schon mit Ihrem Sohn unterhalten. Und nun haben wir Fragen zu Ihrem Angestellten Ralph Beltz.«

»Das muss sicherlich nicht hier besprochen werden«, reagierte Steinmeyer ungehalten. »Ich bin gern bereit, Ihnen einen Termin in meinem Büro zu geben.«

»Es wird nur wenige Minuten in Anspruch nehmen, und ich bin sicher, die werden Sie erübrigen können«, erwiderte Michael höflich, aber bestimmt.

»Was gibt es da noch für Fragen? Ralph war betrunken, mit Drogen vollgepumpt.«

An der Eingangstür drehte sich Herbert Schreugen um. »Fragen, immer nur Fragen. Paul, das klingt wie bei mir.«

»Nein, nicht wie bei Ihnen«, mischte sich Clara ein.

»Doch. Sie haben mir nur Fragen gestellt, aber mir auf meine wichtigste keine Antwort gegeben.« Unerwartet laut fuhr er fort: »Ich will endlich wissen, wo meine Tochter ist.«

»Das«, Clara zögerte einen Moment, »ließe sich leicht klären.«

Herbert Schreugen kam die zwei Treppenstufen wieder herunter und baute sich vor Clara auf. Sein Blick war bohrend.

»Ich weiß, dass Sie es wissen. Wann darf ich es endlich erfahren?«

»Jetzt, wenn Sie wollen.« Im selben Moment, in dem sie ihre Worte ausgesprochen hatte, war sich Clara bewusst, dass sie ihr Versprechen Julia gegenüber halten würde.

»Dann raus damit.«

»Nein, so einfach geht das nicht. Da gibt es noch immer einiges zu klären.«

»Was heißt hier klären? Wenn Sie wirklich wissen, wo mein Kind ist, habe ich das Recht, es zu erfahren.«

»Julia ist volljährig und hat ebenfalls ihre Rechte!«

Michaels Handy klingelte, er wurde dringend am Hauptbahnhof erwartet. »Clara, meinst du wirklich, dass dieses Gespräch eine gute Idee ist?«

»Ja. Ich melde mich nachher.«

Clara folgte den zwei Herren ins Haus. Die Haushälterin nahm ihren Anorak entgegen, und Clara fand sich kurz darauf in einem sehr männlich wirkenden Arbeitszimmer wieder. Ein großer Schreibtisch, drei moderne Bilder und ein Gewehrschrank, nicht ganz so groß wie der von Herbert Schreugen.

»Kann ich dir einen Malt anbieten, Herbert?«, fragte Paul Steinmeyer.

»Gern, den brauche ich jetzt wirklich.«

»Setzen Sie sich doch«, forderte Paul Steinmeyer Clara genervt auf und zeigte auf den Ledersessel, der dem schwarzen Ledersofa gegenüberstand. Ihr bot er nichts an.

Herbert Schreugen zögerte einen Moment lang und setzte sich dann Clara gegenüber.

»Ich habe nur eine Frage: Wo ist meine Tochter? Ich hoffe, Sie sind so fair und sagen es mir. Oder war das nur ein Trick, um mich noch weiter auszuquetschen?«

»Nein, das war kein Trick. Und zu Ihrer Beruhigung: Julia geht es gut.« Clara musterte ihn aufmerksam, bevor sie fortfuhr: »Es geht ihr sogar sehr gut und –«

Schreugen unterbrach sie aufgebracht. »Was, und? Heißt das,

sie ist wieder bei diesem schrägen Pack, mit dem sie so gern verkehrt?«

»Nein. Vielleicht erklären Sie mir, was Sie unter ›schrägem Pack‹ verstehen? Hat das etwas mit hohen Kontoständen zu tun?«

»Natürlich hat es auch mit Vermögen zu tun!«, mischte sich Paul Steinmeyer aufgebracht ein. »Und glauben Sie ja nicht, dass uns das alles zugeflogen ist. Wir mussten schwer dafür arbeiten. Von nichts kommt nichts! Und um Ihnen etwas zu meinem Freund Herbert zu sagen: Wenn Sie wüssten, was für eine Kindheit er hatte. Kein Wunder, dass er jetzt misstrauisch ist. Und diese Geschichte mit seiner ersten Frau – noch verletzender geht es eigentlich nicht. Dieses Weib hat ihn nach Strich und Faden betrogen. Am Anfang war sogar zweifelhaft, ob Julia seine Tochter ist. Und dann hat sie die Kleine, als sie nicht einmal fünf Jahre alt war, wie ein Stück Abfall dagelassen, um mit einem schrägen Kerl abzuhauen, als Herbert auf einer Geschäftsreise war. Alles Wertvolle aus dem Safe und aus dem Haus hat sie mitgenommen. Und dann war er alles für dieses Kind, Vater und Mutter, und er hat ihr wirklich jeden Wunsch erfüllt. Aus Julias Zimmer hätte man sofort den besten Spielzeugladen von Köln machen –«

»Paul, lass es gut sein«, unterbrach ihn Herbert Schreugen ruhig. Er klang auf einmal erschöpft. Die Erinnerung an die Vergangenheit schien ihn emotionaler gemacht zu haben. An Clara gewandt fuhr er fort: »Was sind Ihre Fragen?«

»Abgesehen vom Spielzeugeinkauf, was hat Sie an Ihrer Tochter am meisten interessiert?«

»Interessiert hat mich alles, manches hab ich einfach nicht verstanden.« Er überlegte einen Moment. »Fangen wir mit ihrem Umgang an. Warum konnte sie nicht wie Robert Tennis oder Golf spielen lernen, und das mit Jugendlichen, die ich kenne? Sie war immer eigen, und ich gebe zu, dass ich zwischendurch Angst hatte, sie würde in die Fußstapfen ihrer Mutter steigen. Mich betrügen und mich nur deshalb mögen, weil ich alles bezahle!« Er trank einen Schluck Whisky. »Ich will ehrlich mit Ihnen sein, und es fällt mir äußerst schwer, das zuzugeben … Ich habe wahrscheinlich verschiedene Verletzungen nie wirklich überwunden und lerne das endlich mit meiner neuen Frau. Gisela kümmert sich wirklich rührend um Julia.« Er nahm einen weiteren Schluck. »Ich glaube, durch diese positive Beziehung werde ich ebenfalls zu meinem Kind finden, und das ist mir wirklich wichtig. Sehr wichtig.«

»Julia ist kein Kind mehr, und deshalb hat sie ein Recht auf eigene Entscheidungen. Ich werde mit ihr reden und hoffe, Sie können auf die Bitte, ihr die Entscheidung darüber zu überlassen, wann und wo ein Wiedersehen stattfinden soll, eingehen.«

»Damit bin ich einverstanden. Als ich in der Karibik von dem ganzen Desaster hörte, da merkte ich, wie sehr ich Julia liebe. Ich will ihr Bestes und …«

»… eine glückliche Julia«, beendete Clara den Satz.

Herbert Schreugen nickte stumm.

»Herr Steinmeyer«, Clara wandte sich ihm zu, »wie konnten Sie Ralph Beltz als Fahrer beschäftigen, wenn er ein Drogenproblem hatte?«

»Was für ein Drogenproblem?«, fragte Paul Steinmeyer. Er wirkte ernsthaft überrascht, und das war es, was Clara mit ihrer Frage hatte herausfinden wollen. Sie überging seine Gegenfrage.

»War Ralph Beltz ein sicherer Autofahrer?«, fragte sie stattdessen.

»Natürlich«, versicherte Steinmeyer sofort. »Sonst hätte ich ihn niemals als Fahrer für meinen Sohn angestellt. Er hat diverse Fahrsicherheitstrainings absolviert und sich auch sonst sehr für Autos interessiert. Sogar ein Praktikum in einer Kfz-Werkstatt hat er mal gemacht.«

»Können Sie sich vorstellen, dass er unter Drogeneinfluss Auto fahren würde?«, fragte Clara.

»In diesem Haus gibt es keine Drogen!« Paul Steinmeyer

war wütend aufgesprungen. »Und deshalb lautet meine Antwort: Nein, das kann ich mir nicht vorstellen.«

»Danke, das war es vorerst.« Clara stand auf. »Falls wir noch weitere Fragen haben, werden wir uns bei Ihnen melden.«

Die beiden Herren folgten ihr zum Eingang, wo die Haushälterin bereits mit Claras Jacke wartete. Clara schlüpfte hinein. Herbert Schreugen zögerte einen Moment, dann legte er seinen Arm um Clara. »Ich glaube, ich weiß, wo meine Tochter ist.« Er lächelte. »Sie ist bei Ihnen, und das heißt für mich, dass sie in besten Händen ist.«

Clara nickte. »Im Moment lernt sie viel für die Vorabiprüfungen.« Sie schaute auf ihre Uhr. »Würden Sie mir bitte ein Taxi rufen?«

»Das kommt nicht in Frage.« Paul Steinmeyer drückte auf einen Knopf neben der Eingangstür. »Sie werden gebracht.«

So ganz schien er seine guten Manieren nicht vergessen zu haben, dachte Clara, als sie in den Wagen stieg, dessen Tür ihr Reiner Bromer geöffnet hatte.

Als Clara schon fast im Büro angekommen war, erhielt sie eine SMS: »Habe leider nur jetzt und dann erst wieder morgen Zeit! Wie wäre es mit einer gemeinsamen Runde im Stadtwald? Treffpunkt beim Tierpark.«

Herr Bromer wechselte auf ihre Bitte hin die Route und fuhr sie nach Hause. Mit schlechtem Gewissen, denn auf ihrem Schreibtisch wartete ziemlich viel Unerledigtes, schmiss Clara sich in ihren neuen Jogginganzug und rannte los.

Johannes wartete schon trippelnd am Tierpark. Sie standen sich nur wenige Sekunden gegenüber, dann schloss er sie in seine Arme. Gänsehaut. Peinlich. Johannes spürte das und schob sie lachend etwas zurück. »Ist dir kalt? Du siehst übrigens wunderschön aus. Diesen Anzug hätte ich dir lieber nicht schicken sollen. Ohne meine Begleitung hast du damit absolutes Ausgehverbot. Schau mal, die zwei Jogger, jetzt drehen sie sich schon wieder nach dir um.«

Er nahm sie bei der Hand und rannte mit ihr durch den gerade einsetzenden Wolkenbruch auf den Parkplatz des Tennisclubs »Lese Grün-Weiß«. Dort parkte nur noch ein Fiat Doblò.

»Johannes, du willst mir doch nicht weismachen, dass das dein Auto ist? Diese Kutsche ist für eine Großfamilie.«

Er lachte und schob sie hinten in das sehr geräumige Auto, zog ihr die nasse Kleidung aus, wickelte sie in eine Kaschmirdecke und schenkte ein Glas Champagner ein. Er gab ihr davon einen Schluck und ein Stück Nougatschokolade, ihrer Lieblingssorte, bevor er anfing, sie zu vernaschen.

»Ich habe dich vermisst.« Er umschlang sie mit seinen Armen. »Sehr vermisst.«

Clara lachte. »Ich gebe zu, ich dich auch. Was hast du in Washington gemacht? Du bist so lautlos verschwunden und –«

»Bitte verzeih«, unterbrach Johannes sie. »Darüber kann ich nicht mit dir reden. Topsecret. Aber sei dir gewiss: Ohne dich wäre ich sehr wahrscheinlich länger geblieben.« Sie kitzelnd fuhr er fort: »Ich hab davon geträumt, dir den Jogginganzug auszuziehen. Dieser Traum verfolgte mich, wurde langsam zum Alptraum, und da konnte mich dann nichts mehr halten.«

In diesem Moment klingelte Johannes' Handy.

»Ich fürchte, unser Rendezvous ist für heute zu Ende, aber morgen bin ich ab achtzehn Uhr nur noch für dich da.«

Julia stürzte zur Wohnungstür, als sie Claras Schlüssel im Schloss hörte. »Da bist du ja endlich. Michael hat sich mehrmals gemeldet. Er klang besorgt, und Richi und ich waren das dann ebenfalls. Vielleicht rufst du ihn noch kurz an.«

Nachdem Clara geduscht und Michael von dem Gespräch mit den Herren Schreugen und Steinmeyer berichtet hatte, ging sie in die Küche. Hier warteten ein festlich gedeckter Tisch und ein Porree-Auflauf auf sie. Clara verschob das geplante Gespräch mit Julia. Sie war plötzlich erschöpft, riss sich allerdings zusammen. Julia und Richi hatten sich mit dem Abendessen so viel Mühe gemacht.

Als sie endlich im Bett lag, konnte sie Johannes mit keinem Buch aus ihrem Kopf vertreiben, und einschlafen konnte sie ohne ein Schlafmittel ebenso wenig.

***

Mein Lernen macht Fortschritte, und auch im Kochen werde ich immer besser. Muss keine Sorgen mehr im Tagebuch loswerden. Die Seiten bleiben weiß und leer. Unser Kaputtlachen im Badezimmer bei der Rasieraktion mit Richi lässt sich leider nicht aufs Papier bringen. Schlafen ist angesagt – morgen muss ich eine gute Note schreiben. Und von Vera lass ich mich genauso wenig fertigmachen. Sie dreht gerade wieder durch, was mit Richi zu tun hat.

Dienstag, 10. Februar

Noch immer benommen von ihrem Schlafmittel, tauchte Clara um kurz nach halb neun in der Küche auf. Das Frühstück stand schon auf dem Tisch, und Richi kochte gerade den Tee.

»Julia kommt gleich, sie hat erst um neun Uhr fünfzehn Schule. Wir haben heute Morgen schon Englisch gepaukt.«

»Hier bin ich doch schon«, flötete Julia in diesem Moment und gab Clara einen schüchternen Kuss auf die Wange.

»Clara, wo steht dein Auto eigentlich? Ich hatte gestern riesigen Stress. Hatte mein Auto beim dritten Haus gegenüber geparkt und stand wirklich nur eine Handbreit in der Einfahrt. Das Gezeter von so einem knurrigen Alten hättest du mal hören sollen. Dein netter Nachbar hat das mitbekommen und mir seinen Parkplatz überlassen.«

»Mein Auto steht noch beim Präsidium. Kannst du mich ein Stück mitnehmen und am Rudolfplatz rausschmeißen?«

Richi begleitete die beiden bis zum Auto. Sanft strich er über Julias Wange. »Keine Sorge, du wirst heute erneut eine Eins auf die Beine stellen.«

Richis Worte rührten Clara, und sie fragte sich, ob das mit Johannes auch etwas Rührendes an sich hatte.

Nach kurzer Fahrt, Julia bog gerade in die Burtscheider Straße ein, sah diese streng zu Clara hinüber. »Clara, bitte, vielleicht schnallst du dich jetzt mal an.«

»Was ist mit deinem Auto, Julia? Riecht das immer so merkwürdig? Ich bin zwar heute wirklich nicht fit, doch irgendwie kommt mir der Geruch sehr merkwürdig vor.«

»Stimmt, es riecht anders als sonst. Clara, bitte schnall dich endlich an.«

»Julia, stopp! Da ist die Straßenbahn, du kannst nicht –«

Es war der letzte Waggon, mit dem sie kollidierten. Das Auto drehte sich. Clara nahm das Ganze wie in Zeitlupe wahr. Als sie schließlich auf der Aachener Straße zum Stehen kamen, schien es Clara, als seien Stunden vergangen. Dann plötzlich schien etwas in ihr die Kontrolle zu übernehmen. Sie mussten raus aus dem Auto! Julia! Was ist mit Julia?, fuhr es ihr durch den Kopf. Clara drehte sich zu ihr. Den Schmerz, der sie dabei durchfuhr, ignorierte sie.

Julia war bewusstlos. Clara riss verzweifelt an Julias Sicherheitsgurt, der sich nicht öffnen ließ. Und dann legte sich Dunkelheit über sie.

Aus diesem Alptraum aufwachen und halbwegs pünktlich bei der Arbeit sein, das wäre schön. Clara versuchte, sich umzudrehen. Warum tat ihr Arm so weh? Sie blickte in die Augen eines Mannes, der zu verhindern versuchte, dass sie sich bewegte. Wieso nur?

»Ganz ruhig. Bitte bleiben Sie liegen. Sie hatten einen Unfall. Wir fahren jetzt mit Ihnen in die Uniklinik.«

Clara griff nach seiner Hand. »Ich bin doch wach?«

Er nickte.

»Der Porsche, die Straßenbahn, Julias Sicherheitsgurt …«

»Beruhigen Sie sich, Ihre Mitfahrerin ist schon mit dem Krankenwagen unterwegs.«

In der Notaufnahme der Uniklinik begann die übliche Erstversorgung. Nur schwer konnte Clara die Untersuchungen geduldig über sich ergehen lassen. Sie bestand darauf, dass man Michael Weide informierte, und alle fünf Minuten wollte sie wissen, wie es Julia ging.

Als sie endlich auf die Station kam, wartete Michael schon dort. Nachdem die Schwester das Bett richtig positioniert und festgestellt hatte, berührte er vorsichtig Claras Wange. »Du bist wirklich immer wieder mein Sorgenkind. Als ob ich es gestern schon geahnt hätte.«

»Hör auf, es ist alles nicht so schlimm. Ich hab nur eine

Gehirnerschütterung, einen glatten Bruch am linken Unterarm und ein paar Prellungen am Bein.«

Michael zog einen Stuhl neben Claras Bett.

»Bevor du dich hinsetzt, schau doch bitte nach Julia.«

Michael tat wie ihm geheißen und kam schon bald wieder zurück.

»Julia ist noch in Behandlung. Sie musste am Oberarm genäht werden und hat zudem eine ziemlich große Schnittwunde am Oberschenkel. Da hat wohl die zerbrochene Autoscheibe ihr Unwesen getrieben. Im Gegensatz zu dir ist bei ihr nichts gebrochen. Jetzt macht man noch ein paar Untersuchungen, und dann kommt sie zu dir.«

»Gott sei Dank. Ich …« Clara stockte. »Michael, ich bin noch immer fassungslos. Ich weiß, es sah wie ein normaler Unfall aus. Aber ich habe meine Zweifel. Es hat ganz seltsam gerochen, als wir losfuhren. Und in Anbetracht der Tatsache, dass irgendwer Julia einen Mord anhängen wollte und wir nicht wissen, warum …« Clara musste eine Pause machen.

»Alles in Ordnung, Clara?«, erkundigte sich Michael besorgt. »Soll ich vielleicht eine Schwester holen? Brauchst du ein Schmerzmittel?«

»Nein, es geht schon wieder«, fuhr Clara fort. »Für mich ist es eindeutig, das Ganze war geplant. Julia ist in großer Gefahr. Bitte sorge dafür, dass niemand erfährt, wo sie ist. Und lass den Porsche genau untersuchen.« Flüsternd fuhr sie fort: »Vielleicht ging es am Bebelplatz nicht wirklich um den Mord an Max, sondern jemand will Julia loswerden. Egal, wie. Es muss etwas mit Julias Zuhause zu tun haben.«

»Meinst du, ihr Vater hat etwas damit zu tun?«, fragte Michael.

»Ich weiß es nicht«, sagte Clara und biss sich auf die Unterlippe. »Ich habe einerseits gespürt, dass er seine Tochter wirklich liebt, doch ist da auch noch diese andere Seite. Er hat nie gelernt, seine Liebe auszudrücken. Erfolgreich in jeder Hinsicht und …« Sie brach ab.

»Und was könnte sein Motiv sein?«

»Keine Ahnung, Michael. Aber ich muss dir etwas erzählen: Nachdem du gefahren warst, war ich doch ohne Auto bei Steinmeyers, und ihr Chauffeur Herr Bromer hat mich nicht wie geplant ins Büro, sondern auf meinen Wunsch nach Hause gefahren. Warum, das erkläre ich dir noch, allerdings nicht jetzt. Ich habe – und das war vielleicht mein großer Fehler – Herbert Schreugen angedeutet, dass seine Tochter bei mir lebt. Herr Bromer hat dann sehr wahrscheinlich weitergegeben, wohin er mich gebracht hat. Julias Porsche parkte gut sichtbar die ganze Nacht vor dem Nachbarhaus. Du musst zugeben, noch einfacher geht's nicht. Obwohl: Diese teuren Autos haben doch alle ein Alarmsystem, oder?«

»Die Spurensicherung wird die Ursache für den Unfall finden«, beruhigte Michael Clara.

»Michael, irgendjemand will Julia aus dem Weg schaffen.«

»Sie bekommt eine permanente Bewachung und absolutes Besuchsverbot.«

»Bitte lass uns eine Ausnahme machen. Richi darf und muss Julia besuchen. Er ist sicherlich noch bei mir zu Hause.«

»Okay. Ich lass dich jetzt eine kurze Zeit allein und werde eine Bewachung organisieren. Und ich werde dafür sorgen, dass Julia so schnell wie möglich hierherverlegt wird!«

In der Tür stieß Michael beinahe mit einem Pfleger zusammen, der Clara für einige Untersuchungen abholen wollte.

Als sie später wieder ins Zimmer kam, wartete Johannes auf sie. Er nahm sie vorsichtig in den Arm und drückte ihr einen Kuss auf die Stirn.

»Ich hab es erst vor einer Stunde erfahren. Wir hatten vor der Morgensitzung zwar von dem Unfall mit einem Porsche und der Straßenbahn gehört, uns aber nichts dabei gedacht. Michael und ich fragten uns allerdings, wo du steckst. Nach der Sitzung versuchte ich es mehrmals vergeblich auf deinem Handy. Dann trafen wir uns alle in deinem Büro, in der Hoffnung, du kämst. Und da ging dann Michaels Handy, und er ist ohne ein Wort losgestürmt. Ein Kollege, der wusste, dass ihr zusammenarbeitet, muss ihn informiert haben.«

Johannes nahm sie wieder in seine Arme, und sie spürte, wie sein Herz klopfte. Er hielt sie fest, bis eine Schwester kam, um nach ihr zu sehen.

Kurz darauf betrat Richi das Krankenzimmer. Er brachte Tulpen und eine Tasche Waschzeug und frischer Wäsche mit.

»Ich will euch nicht stören. Hab ein paar Sachen für dich zusammengesucht. Michael hat mich darum gebeten.«

»Du störst nicht, ich freu mich über deinen Besuch. Darf ich dir meinen … meinen …« Clara wurde rot wie ein Teenager. »Darf ich dir Johannes vorstellen?«

Fünf Minuten später kam auch Michael zurück. Ihm folgte ein Polizist.

»Das nenn ich mal Besuchszeit. Wie geht's dir?«, fragte er. Er gab Clara einen herzlichen Kuss auf die Wange. »Das hier ist Kollege Kiefer, der wird euch bewachen.« Sie begrüßten einander, und der Polizist bezog Stellung vor der Tür.

»Ich hab dir ein neues Handy besorgt«, fuhr Michael fort, und an Richi gewandt sagte er: »Ich bringe eine sehr gute Nachricht für euch beide. Julia wird gleich hier landen, allerdings im Zimmer nebenan. Sie benötigt noch dringend Ruhe, hat der Arzt gesagt.« Michael lachte. »Aber so brauchen wir nicht ganz so viele Leibwächter.«

»Meinst du wirklich, dass es jemand auch auf mich abgesehen haben könnte?« Clara schüttelte den Kopf. »Es war doch purer Zufall, dass ich ebenfalls im Auto war.«

»Keine Diskussion. Lass uns erst mal die Ergebnisse der Spusi abwarten. Und bis dahin kann es ja nicht schaden, wenn Herr Kiefer ein Auge auf dich hat.«

Clara bekam keine Gelegenheit mehr für einen Widerspruch, denn in diesem Moment machte der Stationsarzt seine Abendvisite. Er berichtete Clara, dass sie voraussichtlich schon in zwei Tagen aus dem Krankenhaus entlassen werden könne. Als er gerade gehen wollte, sagte er noch: »Um diese Uhrzeit sind

Besucher nicht mehr erlaubt. Ich mache eine Ausnahme für einen von Ihnen.«

»Johannes«, Michael grinste, »ich hoffe, du verstehst das nicht falsch, ich muss noch einiges mit Clara besprechen. Wir sehen uns morgen in der Sitzung.«

Richi gab Clara einen Kuss auf die Wange, Johannes verließ das Zimmer ohne Abschied. Clara wunderte sich. War er beleidigt?

»Setz dich bitte hier auf dieser Seite neben mich, das geht besser wegen meines Arms.« Clara klopfte mit der gesunden rechten Hand auf die Bettkante. »Habt ihr schon etwas herausgefunden?«

Michael schüttelte den Kopf. »Willst du wirklich darüber reden?«

»Ja, es lässt mir sowieso keine Ruhe.«

»Das hab ich mir gedacht, deshalb bin ich hiergeblieben. Um ehrlich mit dir zu sein, wir haben hier einen Fall, der mit seiner zunehmenden Anhäufung von Fragezeichen schwer in den Griff zu bekommen ist.«

»Und, gibt's nicht wenigstens eine Neuigkeit?«, hakte Clara nach.

»Doch, eins wissen wir mittlerweile: Die Lenkung des Porsches war manipuliert und sollte eine Explosion auslösen, was zum Glück nicht funktioniert hat. Und noch etwas haben die Kollegen ermittelt: Die Fahrer von Schreugens und Steinmeyers sowie zwei weitere Männer treffen sich einmal in der Woche im ›Peters Brauhaus‹. Holger Horn, der kurzzeitig mal Chauffeur war und jetzt Lastwagen fährt, gehört ebenfalls dazu.« Michael stoppte mit seinem Bericht. »Alles okay? Du bist so blass. Ich will dich nicht weiter belasten. Wichtig ist, dass du bald wieder bei uns bist.«

»Keine Angst, ich geh dir sehr bald wieder auf die Nerven. Nur Julia geht mir nicht aus dem Kopf. Ist schon etwas in den Medien erschienen?«

»Nein, eine Pressekonferenz gibt es erst morgen. Und ich

werde gleich noch mal nach Julia schauen. Außerdem habt ihr ja einen Bewacher.«

»Und was ist mit diesem Alptraum, dass ein als Arzt Getarnter oder eine als Krankenschwester Verkleidete ihr eine Spritze verpasst …«

»Clara, bitte, das wird nicht passieren.«

Nachdem Michael gegangen war, brachte die Nachtschwester Clara ihr Abendessen und ein Schmerzmittel für die Nacht.

Clara probierte noch eine Zeit lang ihr neues Handy aus, stellte es schließlich aus und schlief erschöpft ein. Sie träumte von zartem Streicheln, borstiger Haut und sanften Lippen, die über ihr Gesicht wanderten, und als sie ihre Augen öffnete, sah sie in silbergrüne Augen und spürte Johannes' Arme um sich. Ein wunderschöner Traum. Beim nächsten Aufwachen war die streichelnde warme Hand noch immer da.

Clara erschrak. »Johannes, wie spät ist es? Wie lange bist du schon hier? Und wie bist du hereingekommen?«

»Schon vergessen? Wir sind Kollegen. Und mein Dienstausweis hat Kollege Kiefer überzeugt. Rutsch mal ein Stück.« Vorsichtig legte er sich neben Clara und küsste sie sanft auf die Stirn. »Ich habe mir unser Rendezvous heute Nacht zwar anders vorgestellt, doch so ist es genauso gut. Hauptsache, du wirst schnell wieder gesund und wir können das Verpasste nachholen.«

Wann immer sie in dieser Nacht die Augen aufmachte, war er da. Erst in den frühen Morgenstunden verabschiedete er sich und versprach, so bald wie möglich wiederzukommen.

Mittwoch, 11. Februar

Am nächsten Morgen kam Michael um zehn vor sieben mit einem Pappbecher Cappuccino in der Hand in Claras Zimmer. »Kann man mit deinem natürlich nicht vergleichen«, begrüßte er sie. »Du hattest ja einen besonderen Bewacher, und das die ganze Nacht«, schmunzelte er.

»Wieso?«

»Clara, Kollege Kiefer vor der Tür muss mir schon berichten, wer bei dir ist oder war. Und mir wurde«, Michael lachte, »so manches klar, was ich in den letzten Tagen nicht kapiert habe. Ich freu mich für dich. Johannes ist ein –«

»Hör auf, es reicht«, unterbrach ihn Clara.

Michael bemühte sich, schnell das Thema zu wechseln. »Deine Mutter hat in den Nachrichten von dem Unfall erfahren. Nicht deinen Namen, doch die Stichworte ›Köln‹ und ›Kommissarin‹ waren für sie eindeutig. Sie konnte dich nicht erreichen, und das Präsidium hat sie daraufhin mit mir verbunden.«

»Ist sie im Anmarsch?«

»Nein, vielleicht machst du mal dein Handy an. Ich habe ihr deine neue Nummer gegeben.«

Eine volle Mobilbox. Zweimal ihre Mutter mit der Bitte um Rückruf. Einmal ihr Vater, wie immer lieb besorgt. Einmal sogar Hoby, der sich tatsächlich fürsorglich nach ihrem Zustand erkundigte. Clara schaltete das Handy zitternd aus. Ihre Beziehung war zwar offensichtlich zu Ende, trotzdem rührte es sie.

»Clara, du bist so blass. Brauchst du ein Schmerzmittel? Oder etwas anderes? Maja wollte mit deinem Lieblings–«

»Lieblingsrhabarberkuchen kommen«, unterbrach ihn Maja von der Tür aus und stellte den Kuchen auf Claras Nachttisch. »Tut mir leid, ich hab mich mit dem tiefgefrorenen Rhabarber verspätet.«

Clara freute sich, so liebe Menschen um sich zu haben. Sie aßen gerade das erste Stück Kuchen zum Frühstück, als Johannes das Zimmer betrat. Er zog einen iPod und Kopfhörer aus seiner Aktentasche.

»Lieblingsmusik macht angeblich gesund«, sagte er und grüßte in die Runde.

Maja gab ihm gleich ein Stück Rhabarberkuchen. Als er aufgegessen hatte, löste er die Kopfhörer aus der Verpackung, stöpselte sie liebevoll in Claras Ohren und schaltete den iPod an. Clara konnte es nicht fassen, es lief »The Future« von Leonard Cohen, und in der Playlist sah sie ihre Springsteen-Lieblingslieder, Mozart und alles, was sie sonst noch liebte.

»Johannes, woher weißt du, dass ich –«

»Hab ich dir noch nicht gestanden, dass es fast unmöglich ist, vor mir Geheimnisse zu haben?« Er machte eine Pause, und dann warf er Michael einen Blick zu. »Nein, keine Sorge: Ich habe einen Tipp bekommen. Und hier hab ich noch was für dich.« Er legte eine viereckige Schachtel auf ihr Bett.

Clara versuchte, sie zu öffnen, und er half ihr. Sie wurde rot. »Den Tipp hast du also auch bekommen ... Ich ...«

Johannes nickte. »Ich weiß, du verbringst so manche Nacht mit Online-Backgammon.«

»Na ja, ganze Nächte waren es nie.«

Johannes lachte. »Meine Liebe, lass gut sein. Mister Ching wird sich sicher nicht freuen. Er verliert einen Backgammon-Gegner, denn ab jetzt hast du einen echten Gegner.«

»Ich muss leider los«, sagte er bedauernd. »Danke für den köstlichen Kuchen, Maja.«

Donnerstag, 12. Februar

Es ist dunkel, Clara schläft neben mir. Wir liegen inzwischen in einem Zimmer und haben den Abend zu viert mit Kichern und Kartenspielen verbracht. Richi hat mir mein Tagebuch gebracht. Mir tut noch ziemlich viel weh, aber das ist alles nicht schlimm – ich habe Richi und Clara. Sie wurde mir vom Himmel … egal von wo geschickt. War ich schon einmal so lange so glücklich?

Ohne die Hölle zuvor wäre Clara nicht aufgetaucht, und Richi hätte sich sicher nicht so eindeutig zu mir bekannt. Außerdem hätte Papa das verhindert. Papa … Er hat mir nie etwas über sich erzählt. Einmal hab ich verbotenerweise in seinem Schreibtisch rumgekramt. Außer einer Scheidungsurkunde und einer Geburtsurkunde hab ich nichts gefunden. Großeltern oder andere Verwandte existieren nicht. Es gab immer nur Papa, seine Gäste, Jagd- oder Golffreunde und das wechselnde Hauspersonal. Kindermädchen, die ich nicht leiden konnte, was auf Gegenseitigkeit beruhte. Nur an Toschka, die Köchin aus Böhmen, denke ich gern. Das Kindermädchen, das auf mich aufpasste, hat mich eines Tages so gequält, dass ich zu Toschka in die Küche geflüchtet bin. Sie war zum Glück gerade allein, hob mich auf ihren Schoß und erzählte mir in ihrem gebrochenen Deutsch Geschichten, die ich nicht verstand. Sie roch nach Vanille.

Warum muss es in Krankenhäusern eigentlich immer so stinken?

***

Schon vor der Morgenvisite brachte Richi ihnen einen selbst gebackenen Kuchen. Michael kam nur wenige Minuten später mit zwei Cappuccino, die nicht schmeckten.

Er berichtete vom Stand der Ermittlungen, jedoch waren die Kollegen noch nicht wirklich weitergekommen. Als er sich verabschiedete, sagte er noch: »Clara, deine Mutter erwartet dringend einen Rückruf. Sie versteht nicht, warum sie dich nicht erreichen kann.«

Clara fühlte sich Mutters Kritik im Moment nicht gewachsen, deswegen hatte sie ihr Handy seit gestern ausgeschaltet.

Am späten Nachmittag wurde Clara durch ein leises Hüsteln geweckt. Ihr Vater stand mit seiner Reisetasche und ihrer Lieblingsschokolade neben ihrem Bett. Sie unterhielten sich lange, und als Julia zu einer Untersuchung geholt wurde und Richi sie begleitete, schüttete Clara ihm ihr Herz aus. Ihr Vater hielt sie im Arm, bis sie sich wieder beruhigt hatte. Er blieb, bis Richi ihn zum Schlafen in Claras Wohnung in der Paulistraße mitnahm.

Freitag, 13. Februar

Es ist halb fünf in der Früh, Clara schläft noch. Sie darf heute nach Hause, und ich hoffe, dass es morgen bei mir ebenfalls so weit ist.

Claras Vater ist gestern gekommen. Die zwei sind so miteinander, wie ich es mir immer mit meinem Vater gewünscht habe … Zusammen lachen, sich streiten und dann darüberstehen. Er hat sie außerdem liebevoll in den Arm genommen. Mit meinem Vater unvorstellbar, wirklich undenkbar. Richtig angefasst hat er mich nie. Mutter, an die ich mich nur vage erinnere, ganz sicher ebenfalls nicht. Bei ihr musste sogar ich Abstand halten. Sie anfassen – undenkbar. Ich hätte doch ihre Frisur oder ihr Kleid in Unordnung bringen können. Einmal hab ich sie dann mit so einem Mann im Garten überrascht. Der durfte das alles. Damals war es für mich unerklärlich, was die zwei da trieben. Ich wollte dann mit der Kinderfrau darüber reden, aber die reagierte schroff. Ich solle sie gefälligst in Ruhe lassen, das sei nichts für Kinder …

***

Der Stationsarzt bestätigte bei der Morgenvisite, dass Clara nach Hause durfte und es bei Julia ebenfalls nicht schlecht aussah.

Ein Pfleger bandagierte Claras linken Arm. Julia half ihr, die engen Knöpfe an der Bluse zuzuknöpfen.

»Michael wird dich nach Hause fahren. Er hat vorhin angerufen, als du im Bad warst.«

»Schau nicht so traurig.« Clara nahm sie in den Arm. »Richi kommt bestimmt gleich, und ich komme dich am Nachmittag besuchen.«

»Nein, das wirst du nicht. Richi ist da, und ab morgen geh

ich dir sowieso wieder auf die Nerven. Genieß die Zeit mit deinem Vater, so oft hast du ihn ja nicht um dich.«

Michael machte einen nervösen Eindruck.

»Was ist los?«, fragte Clara, als sie im Auto saßen und Michael über den Lindenthalgürtel Richtung Braunsfeld fuhr.

»Ehrlich gesagt: Wir haben noch immer keine neuen Erkenntnisse, und mir wäre es viel lieber, du wärst im Moment nicht hier in Köln. Wenn Julia morgen wirklich nach Hause darf, warum macht ihr dann nicht eine Reise, bis wir –«

»Hör auf«, unterbrach ihn Clara. »Der Anschlag galt bestimmt nicht mir, da bin ich mir absolut sicher, obwohl wir noch keine Spur haben.«

»Clara, bitte! Julia wird zwar weiterhin bewacht, das habe ich durchgesetzt, doch für dich gilt das leider nicht.« Und nach einer Pause fügte er hinzu: »Ich mache mir einfach Sorgen.«

»Was verschweigst du mir? Da ist doch was im Busch.«

»Na ja …«

»Sehr aufschlussreiche Antwort. Was ist es?«

»Richi hat mich gestern Abend angefunkt. Jemand wollte in deine Wohnung. Richi war mit deinem Vater gerade in der Küche, als jemand versuchte, die Eingangstür zu öffnen. Dann hat Richi, er ist ein kluger Junge, gut hörbar bei mir angerufen, und ich habe dann in deiner Wohnung übernachtet. Heute Morgen wurde dein Alarmsystem mit einer Direktverbindung zur Polizei aufgerüstet.«

Michael brachte Clara bis vor ihre Wohnung, wo er ihr zum Abschied noch einen Alarmpiepser in die Hand drückte. »Trag den am besten in einer Tasche deiner Kleidung nah am Körper, damit er immer griffbereit ist. Versprichst du mir das?«

Clara fand ihren Vater auf dem nicht wiederzuerkennenden Küchenbalkon. Zwei große Verbenen umrahmten die Küchentür. Fassungslos sah Clara auf die vier Blumenkästen mit Rosmarin, Basilikum und Thymian.

»Clara, schön, dass du wieder da bist. Ich muss nur noch diese zwei Rosen zwischen deinen Kräutern unterbringen. Es soll ja schließlich mal was blühen.« Er lachte. »Kräuter haben bei dir ja nie ein sehr langes Leben.«

Ihr Vater rührte sie mit seiner stillen Einfühlsamkeit. »Hast du schon gefrühstückt?«, fragte sie ihn.

»Ja, Richi hat für mich gesorgt. Gegen eine Tasse Verbenentee hätte ich natürlich nichts einzuwenden.«

Er ging hinter Clara her und setzte sich an den Küchentisch. »Ich glaube, dein Handy ruft dich.«

Clara schüttelte den Kopf und kochte weiter Tee, doch das Handy gab nicht auf.

»Meinetwegen musst du nicht auf ein Telefonat verzichten.«

»Ich glaube, das ist Mama. Es tut mir leid, ich kann im Moment wirklich nicht mit ihr reden. Ich glaube, sie hat meine und Hobys Trennung nicht verkraftet, und ich halte ihre Überredungsversuche, meinen Beruf aufzugeben und es doch noch mal mit ihm zu versuchen, nicht aus. Manchmal frage ich mich, wie du das aushältst. Sie mischt sich im–«

»Clara, bitte«, unterbrach ihr Vater. »Schau, sie liebt dich. Sie macht sich Sorgen, und das nicht ganz zu Unrecht. Du hast einen Beruf, der gefährlich ist.«

»Jeder Beruf hat seine Tücken, und eine Hausfrau kann sich mit kochendem Nudelwasser die Hände verbrennen.« Clara zögerte einen Moment. »Meine Beziehung mit Hubert funktioniert wirklich nicht mehr. Er will und kann mich nicht verstehen. Wir kommen nicht –«

»Mehr miteinander aus«, beendete ihr Vater den Satz. »Das ist mir schon seit einer Weile aufgefallen …«

»Papa, was soll dieses jungenhafte Grinsen?«

»Da ist ja offensichtlich was Neues im Busch.«

»Wie kommst du denn darauf?«, wollte Clara wissen und spürte, wie sie rot wurde.

»Na ja, da hat jemand eine Nachricht auf deinem Anrufbeantworter hinterlassen, und ich hab's gehört.« Schmunzelnd zitierte er: »›Mein Liebstes, es fällt mir sehr schwer, aber nachdem dein Vater ein so seltener Gast ist, habe ich schweren Herzens beschlossen, heute Nacht auf dich zu verzichten. Nur heute, mein geliebter Schatz.‹«

Clara war erleichtert, dass ihr Vater nun alles wusste. Gemeinsam tranken sie noch Verbenentee, bis ihr Vater sie am Nachmittag ins Bett schickte. Er hatte gemerkt, wie müde seine Tochter noch war.

Am Abend hatte Richi Sushi besorgt, das sie zu dritt gemütlich vor dem Kamin aßen.

Kurz darauf ging Clara ins Bett und wollte gerade das Licht ausmachen, als Richi noch einmal seinen Kopf in ihr Zimmer streckte.

»Bitte entschuldige. Michael hat sich gerade gemeldet. Du trägst den Piepser doch bei dir?«

»Ich bin kein Kleinkind, und schau: Der Piepser ist hier.« Sie zeigte auf ihren Nachttisch.

Richi lachte. »Ist okay. Schlaf schön.« Die Tür war schon fast zu, als er erneut den Kopf hereinstreckte. »Danke, Clara. Danke für alles. Es ist super, dass Julia und ich hier bei dir sein können.«

Samstag, 14. Februar

Wurde von einer lauten Diskussion vor meiner Tür geweckt. Vermisse Clara, aber sie haben mir versprochen, dass ich heute nach Hause darf. Muss dann jeden zweiten Tag zur Kontrolle hierher, und die Fäden werden erst Mitte nächster Woche gezogen. Habe Glück gehabt, keine Narben im Gesicht, nur eine am Hals und zwei am Unterschenkel. Alles nicht schlimm.

Hab heute Nacht von meiner Freundin Zahra geträumt. Wie es ihr wohl geht? Ich hab sie bewundert. Hab mich schon damals gefragt, wie sie nur zu dieser Selbstsicherheit gefunden hat. In ihrem winzigen Zuhause herrschte bei den sechs Personen immer ein Chaos, aber es wurde zusammen gelacht und zusammen gestritten. Die Mutter lernte mit ihren Kindern. Und schon beim zweiten Besuch gehörte ich dazu, obwohl ich so anders war. Für mich etwas völlig Neues, jede menschliche Beurteilung von Äußerlichkeiten zu trennen. Ich wusste bis dahin nicht, dass so etwas möglich ist. Ich hab mir dann von Papa nur noch Stifte, Malblocks und Gemeinschaftsspiele gewünscht. Und damit ging die »Mensch, ärgere dich nicht«- und »Siedler von Catan«-Zeit los. Und alles war besser als mein Alleinsein mit den Bergen von Spielzeug zu Hause.

***

Als Clara etwas verschlafen in der Küche auftauchte, wartete ein fertiges Frühstück auf dem Küchentisch. Ihr Vater werkelte auf dem Balkon, und das in einem Anzug.

»Guten Morgen, Papa. Ich hoffe, du hast gut geschlafen? Willst du nicht mit mir frühstücken?«

»Ich komme sofort. Hab nur auf dich gewartet.«

»Du bist ja schon im Anzug. Heißt das, du reist ab?«, fragte Clara, als sie gemeinsam am Frühstückstisch saßen.

»Ja, meine liebe Tochter. Diese warmen Croissants sind einfach köstlich.«

Er biss genussvoll in eines hinein.

»Kann ich dich nicht überreden, noch ein bisschen zu bleiben? Richi holt morgen frische Croissants. Wir könnten ins Rautenstrauch-Joest-Museum am Neumarkt oder in die Flora gehen.«

»Das geht leider nicht.« Er runzelte die Stirn. »Wie soll ich sagen? Ich habe am Donnerstag, als deine Mutter beim Friseur war, die Gelegenheit genutzt und den nächstbesten Zug bestiegen, ohne mit ihr darüber geredet zu haben.«

»Du hast was? Das gibt doch sicher einen Riesenärger –«

»Keine Sorge, wir haben schon mehrmals telefoniert«, unterbrach ihr Vater Clara schmunzelnd. »Und mein Brief auf ihrem Kopfkissen hat offensichtlich schon einiges aus dem Weg geräumt. Außerdem ist es gut, wenn man nicht immer greifbar ist, dann wird man vermisst. Aber sie ein ganzes Wochenende allein lassen, das kann ich nicht.«

Er schaute auf seine Armbanduhr. »Ich muss gleich los. Wie wäre das? Ich räume noch schnell die Küche auf, und du besorgst mir ein Taxi?«

Fünf Minuten später klingelte der Taxifahrer. An der Haustür nahm ihr Vater Clara fest in den Arm. »Bitte pass auf dich auf, mein Liebes.«

Clara beschloss, faul zu sein, und landete mit dem Stadt-Anzeiger auf dem Sofa in der Bibliothek. Hoby hatte es gehasst, wie sie die Zeitungen immer zerpflückte, und manchmal hatte sie es nur getan, um ihn zu ärgern. Doch heute blieb ihr nicht viel Zeit, ein Zeitungschaos zu veranstalten. Es läutete, und Clara ging zur Tür. Draußen stand Willi Sebald, der Fahrer der Schreugens. Michael würde ausrasten, wenn sie die Tür öffnete, deshalb ließ sie es bleiben und griff instinktiv nach dem Piepser, als es ein weiteres Mal läutete. Ihr Herz pochte, und sie war sich sicher, dass Sebald es auf der anderen Seite der

Tür hören musste. Ein drittes Läuten blieb aus, dafür wurde ein Brief unter der Tür durchgeschoben.

Clara griff danach, riss den Umschlag auf und las.

Sehr geehrte Frau Ahrweiler,
um mich wirklich an unser Versprechen zu halten, habe ich diesen Brief unserem Fahrer gegeben.
Ich hatte in den letzten Tagen immer wieder auf eine Nachricht von Ihnen gehofft.
Wenn meine Tochter sich noch zu keiner Begegnung durchringen konnte, hoffe ich doch sehr, dass Sie sich weiter bemühen.
Ich wünsche mir ein Wiedersehen!
Deshalb freue ich mich über eine baldige positive Antwort und bin jederzeit abkömmlich.
Mit freundlichen Grüßen
Herbert Schreugen

Clara hatte gerade zu Ende gelesen und erleichtert aufgeatmet, als es wieder klingelte.

Diesmal war es Johannes mit einer Pizza, und die rutschte bei ihrer Begrüßung fast auf den Boden, so leidenschaftlich küsste er Clara. Nach einer Weile wehrte sie ihn ab. Ihre Prellungen schmerzten zu sehr.

Sie aßen gerade die Pizza auf dem Sofa, als sich Johannes' Handy meldete und nicht mehr aufhören wollte zu klingeln. Er nahm den Anruf entgegen. Zum Telefonieren ging er in die Küche. Als er zurück zu Clara kam, hatte er seine Jacke schon in der Hand. »Ich muss leider los.« Eilig schlüpfte Johannes in seine Jacke.

Clara begleitete ihn zur Tür. Und obwohl sie selbst oft genug diejenige gewesen war, die Hoby mit dem Essen hatte sitzen lassen müssen, spürte sie nun eine maßlose Enttäuschung in sich aufsteigen.

Johannes beugte sich zu ihr herunter. »Ich bin leider bis morgen Nachmittag nicht in Köln. Michael weiß Bescheid und wird auf dich aufpassen.«

Clara lachte. »Wie, aufpassen? Fängst du auch schon an wie Michael?«

»Mach dich nicht lustig über uns sorgende Männer«, verteidigte sich Johannes. Dann küsste er sie zum Abschied. »Morgen Abend möchte ich dich gern zu einem exquisiten Essen einladen. Etwas Besonderes. Bitte hab Hunger, ich hol dich um halb acht ab.«

Clara machte sich gerade einen Cappuccino, als Michael mit Richi und Julia auftauchte.

»Da komm ich ja gerade im richtigen Moment«, freute er sich. »Gegen einen Cappuccino hab ich nichts einzuwenden. Im Gegenzug habe ich leider schlechte Neuigkeiten: Die zwei Sicherheitsbeamten wurden nur noch für die nächsten zwei Tage genehmigt.«

»Warum nur für zwei Tage?«, fragte Clara.

»Hans ist der Meinung, dass wir uns ranhalten sollen mit den Ermittlungen.«

»Wie bitte? Der hat sie doch nicht mehr alle!«, entfuhr es Clara. Wahrscheinlich lag es wieder an den Sparzwängen ihres Chefs.

»Stimmt, vor allen Dingen, wo jetzt schon wichtige Details aus der Spurensicherung da sind. Der Sprengstoff war mit der Lenkung verbunden. Offenbar gab es einen Wackelkontakt. Jedenfalls hat das nicht funktioniert.«

»Bitte, Michael, ich kapier heute etwas schwer, erklär es mir.«

»Das zweimalige Abbiegen hätte eine Explosion auslösen sollen.«

Clara überlegte. »Stimmt, wir sind erst rechts und dann einmal links abgebogen, bis wir auf der Aachener Straße landeten und –«

Michael beendete den Satz: »… dann blockierte das Lenkrad, und ihr seid gegen die Straßenbahn geknallt. Nur die Explosion blieb aus.«

»Unglaublich, aber dafür braucht es doch einen Spezialisten.«

Michael nickte. »Vor allem, weil die Spusi wirklich lange gebraucht hat, um die Vorrichtung zu entdecken. Bei einer Explosion hätten sie wahrscheinlich gar nichts mehr gefunden … und dann landet so etwas als Unfall mit Fahrzeugschaden in den Akten.«

»Michael, wie und wo finden wir solche Profis?«

»Schwierig, allerdings habe ich eine Idee, die ich gleich verfolgen werde.«

Als Michael gegangen war, kam Richi in die Küche und warf einen Blick in den Kühlschrank. Gähnende Leere kam ihm entgegen. »Soll ich vielleicht ein bisschen was einkaufen?«, bot er an.

»Das wäre lieb. Ich bleibe bei Julia.«

Wo steckte Julia überhaupt? Clara ging in der Wohnung auf Suche. Als sie sich dem Badezimmer näherte, hörte sie ein seltsames Geräusch.

Sie klopfte und öffnete vorsichtig die Tür, als sie keine Widerworte hörte. Julia hockte auf dem Boden neben der Badewanne, ihr Gesicht in den Händen vergraben. Sie weinte. Der Brief ihres Vaters an Clara lag neben ihr.

Clara hockte sich neben sie und legte liebevoll ihren Arm um sie.

»Julia, komm, wir sollten darüber reden.«

Julia reagierte nicht. Clara stand auf und zog sie sanft ins Schlafzimmer und aufs Bett. Sie setzte sich neben sie und streichelte sie so lange, bis Julia sie anschaute.

»Julia, bitte verzeih mir, dass ich mit deinem Vater geredet habe, ohne es mit dir abzustimmen. Es war eine zufällige Begegnung.« Sanft strich sie Julia über die Wange. »Bitte schau nicht so bedrückt. Du bist für mich …« Clara überlegte einen Moment. »Siehst du, ich hab dich so lieb, dass mir jetzt nicht einmal die richtigen Worte einfallen. Du bist mir nah, und ich weiß, wenn du plötzlich nicht mehr hier bist, werde ich dich sehr vermissen.«

Ein Lächeln schlich über Julias Gesicht.

»Ich traf deinen Vater bei den Steinmeyers. Wir waren wegen Ralph Beltz dort. Ich muss es zugeben, ich war sehr kritisch mit ihm. Bis mir klar wurde, dass er dich liebt.«

»So ein Schwachsinn, das glaube ich dir nicht. Wieso hat er mir das nie gesagt oder gezeigt? Immer nur Zeug gekauft, damit ich Ruhe gebe.«

»Julia, ich fürchte, weil er das nicht kann. Er hat sehr wahrscheinlich nie wirkliche Liebe oder Zuwendung bekommen.«

»Wie meinst du das?«

»Wo sind denn die Oma, der Opa, Onkel, Tanten, die ihn in den Arm genommen haben könnten?«

»Stimmt, da gab's und gibt es niemanden außer seinen«, Julia kicherte, »Sportschieß-Scheißangebern.«

»Na bitte, da gab's niemanden.«

Julia nickte. »Das leuchtet ein. Wenn ich so darüber nachdenke, tut er mir leid. Er hatte nie einen wirklichen Freund, ebenso wenig wie Herr Steinmeyer. Man ›verkehrt miteinander‹. Golfen, auf die Jagd gehen, Cocktailpartys. Über wirklich Privates redet man nicht. Es wird zu viel getratscht, ein Grund mehr, nichts Familiäres preiszugeben. Es ist ein Theater, in dem man gern mitspielt und die eigenen Probleme versteckt.«

»Siehst du. Dein Vater hat Sehnsucht nach dir, aber ich habe darauf bestanden, dass es ausschließlich deine Entscheidung ist, wann und wo ihr euch trefft.«

Julia zögerte. »Ich muss das erst verdauen. Und was ist, wenn er sich über dich oder Richi aufregt? Womöglich darauf besteht, dass ich wieder nach Hause komme? Clara, das kann und will ich auf gar keinen Fall.«

»Ich auch nicht, aber du bist volljährig. Du musst nicht zu ihm zurückgehen, wenn du es nicht möchtest. Und nun komm: Richi wollte einkaufen gehen. Wenn er inzwischen zurück ist, können wir etwas Feines kochen. Ich weiß ja nicht, wie es bei dir aussieht, ich habe langsam Hunger.«

***

Richi schläft, und ich bin mit meinen Gedanken bei meinem Vater. Es ist sehr einleuchtend, was Clara mir heute klargemacht hat. Wie soll er mir Liebe zeigen, wenn er sie nie selbst erfahren hat?

Wenn ich darüber nachdenke, ist es jetzt immer Gisela, die ihn streichelt. Er macht ihr nur Komplimente, über die ich mich schon genug geärgert habe. Vielleicht sollte ich nicht so kritisch sein … Wir brauchen alle Streicheleinheiten. Ich bekomme jetzt meine Streicheleinheiten. Bei mir sind es immer Richi oder Clara, die mich in den Arm nehmen, und ich … ich bin darin genauso eine Niete. Wann hab ich Clara in den Arm genommen? Okay, ich hab hier immerhin schon gelernt, ihr ein Küsschen zur Begrüßung zu geben – aber sonst …

Noch was zum Lernen … Das hört im Moment ja gar nicht auf – lohnt sich jedenfalls.

Sonntag, 15. Februar

Clara durchwühlte sofort nach dem Aufwachen noch einmal ihren Kleiderschrank. Verzweifelt probierte sie alles und gefiel sich in nichts. Ihre einzigen schicken Anziehsachen hingen bei Hubert in Berlin, allerdings wollte sie heute Abend schön aussehen. So wie die Frauen, auf die sie immer wieder arrogant herunterschaute. Als sie deprimiert zum Mittagessen in der Küche auftauchte, bohrte Julia so lange, bis Clara ihr von ihren Abendplänen und ihrem Kleiderproblem erzählte. Dann verschwand Julia mit ihrem Handy aus der Küche. Kurze Zeit später kam sie lächelnd zurück und setzte sich wieder an den Esstisch. Es war kein Wort aus ihr herauszukriegen, und Clara wollte sie nicht drängen.

Sie saßen noch am Tisch, als es an der Tür läutete. Clara wunderte sich, doch Julia war schon aufgesprungen.

»Das ist meine Überraschung für dich: André, der beste Stylingberater Kölns. Er wird dich neu einkleiden.«

Julia rannte zur Wohnungstür und öffnete sie. Die Sicherheitsbeamten waren gerade dabei, die vielen Taschen und Tüten des Unbekannten zu überprüfen. Erst dann durfte er einen Fuß über die Schwelle setzen.

André umarmte Julia.

»So einen Securitycheck gibt's ja nicht einmal auf den Flughäfen. Wenn's nicht für dich wäre, hätte ich bestimmt schon nach der zweiten Tüte Reißaus genommen!« Er umarmte Julia noch einmal. »Endlich, wir haben uns zu lange nicht gesehen. Julia, was ist mit dir? Du siehst nicht wohl aus? Was kann ich für dich tun?«

»Hier.« Julia schob Clara in seine Richtung. »Heute machst du bitte aus meiner liebsten Freundin ein Model.«

Das professionelle Einkleiden durch einen Stylingberater war für Clara eine fremde Welt. Anziehen, wieder ausziehen – und das schon bei den Dessous. Erst beim siebten BH war André zufrieden. Er kombinierte und ließ nicht locker, probierte immer wieder neue Möglichkeiten aus und änderte die kleinsten Details. Als Letztes kam ihre wilde Mähne dran. Clara wunderte sich. Er machte sie noch wilder und dekorierte sie dann mit einem zum Outfit passenden Kamm. Nur ihre Schuhe, alle eine Katastrophe, konnte er nicht ändern.

Wer war die Fremde, die sie schließlich aus dem großen Spiegel im Badezimmer anschaute? Fassungslos drehte Clara sich in alle Richtungen, und Julia strahlte.

Als Johannes sie wie versprochen um halb acht abholte, blieb er regungslos vor ihr stehen. »Clara, bist du das wirklich? Diesen Edelstein, den trau ich mich ja gar nicht anzufassen oder zu umarmen.«

Sie fuhren über die Aachener Straße stadtauswärts auf die Autobahn.

»Wohin soll unsere Reise eigentlich gehen, Johannes? Ich dachte –«

Johannes lachte. »Jetzt sei doch nicht so ungeduldig. Wir sind fast da.«

Er bog in die Einfahrt des beleuchteten Schlosses von Bensberg.

»Johannes, hier ist doch das Drei-Sterne-Restaurant Vendôme. Soweit ich weiß, das beste von Deutschland.«

Johannes nickte und parkte.

»Johannes, bist du verrückt geworden?«

»Nein, nur überglücklich, dass es dich gibt.«

Er nahm sie sanft an die Hand. »Ich bin etwas durcheinander … mit einem Mannequin habe ich noch nie etwas unternommen. Ich muss mich erst daran gewöhnen. Als du im Krankenhaus lagst, hab ich mir geschworen, dich auf außergewöhnliche Reisen zu entführen. Spontan sind mir Afrika, die

Sahara und die letzten Winkel von Island eingefallen ... leider ist das im Moment nur ein Wunschtraum, und deshalb hab ich mich für eine Kurzreise in diesen Gourmettempel entschlossen!«

Damit öffnete er die Tür und hielt sie für Clara auf. Ein sehr freundlicher Kellner nahm sie in Empfang, führte sie zu ihrem Tisch und brachte ihnen die Speisekarten. Clara studierte sie aufmerksam.

»Johannes, Hilfe«, stöhnte sie leise, »ich bin schrecklich verfressen und kann mich nicht entscheiden.«

Johannes lachte. »Ich habe nichts dagegen, wenn du alles probierst. Solange du nicht platzt. Ich probiere das Überraschungsmenü. Das ist bestimmt ein exquisites Abenteuer.«

Clara entschloss sich auch dafür. Schon der erste Gang, ein Gemüse-Panaché mit Mousse de Chèvre, war so köstlich, dass Clara es verschlang – nicht wie die sechs belgischen Gäste am Nebentisch. Die feierten jeden Bissen mit großer Andacht.

Das Publikum dieses Gourmettempels war bunt, fröhlich, international, wie Clara mit einem Blick auf die übrigen Gäste feststellte.

Und dann entdeckte sie an einem Tisch in der rechten Ecke Gisela Schreugen. Sie saß dort mit einem Unbekannten. Auffallend und merkwürdig: Keiner aß etwas. Die zwei Teller, die vor ihnen standen, waren unberührt, und das blieb so. Er war ausschließlich damit beschäftigt, die Innenseite von Gisela Schreugens Hand zu küssen. Sie lachte und strich ihm zärtlich eine Haarsträhne aus der Stirn. Clara konnte es kaum glauben. Verhielt sich so eine Frischvermählte?

»Du schaust so gebannt in die Ecke?«, riss Johannes sie aus ihren Gedanken. »Ich hoffe, es gefällt dir hier?«

»Gefallen? Bitte, Johannes, ich finde es unglaublich. Schau mal: Da drüben ist Gisela Schreugen, Julias Stiefmutter. Und der Herr, der ihre Hand küsst, ist nicht Julias Vater.«

»Tatsächlich? Das ist ja interessant. Nur ist das leider kein Fall für die Mordkommission«, lachte Johannes. »Wir können sie ja im Auge behalten, während wir uns weiter unserem Essen widmen.«

Clara verstand die Andeutung. »Verzeih, ich werde jetzt auch diese letzten Brösel aufessen. Sei froh, dass ich meinen Teller nicht abschlecke!«

Johannes lachte. »Auf Teller, die du abschleckst, bin ich nicht eifersüchtig. Dass du eine leidenschaftliche Genießerin und Köchin bist, hat Michael mir verraten, und da fand ich diesen Ausflug eine gute –«

»Eine supersupergute Idee«, unterbrach ihn Clara und nahm ihr Weinglas. »Komm, lass uns anstoßen und danke für die Einladung.«

Johannes erhob ebenfalls sein Glas. »Du bist für mich ein Geschenk und gefällst mir, egal, was du anhast oder anstellst«, sagte Johannes liebevoll.

Die geschmorten Zucchiniblüten mit Morcheln und Gänseleber zergingen im Mund. Darauf folgten Langoustine croustillante mit grünem Tomatenchutney, immer mit einem dazu passenden Glas Wein. Das Tartar vom Atterochsen im gelierten Tafelspitzsud konnte man nicht beschreiben, so unglaublich schmeckte es.

»Johannes, ich bin verwirrt. Ich wusste nicht, dass es auch essbare Kunstwerke gibt. Unglaublich inspirierend, diese unterschiedlichsten Geschmacksempfindungen.«

Nach dem fünften Gang entschuldigte sich Clara kurz, um die Damentoilette aufzusuchen. Am Tisch von Gisela Schreugen hatte sich nichts geändert. Die Gerichte standen noch immer unberührt vor beiden.

Schon leicht beschwipst und in Gedanken stieß Clara im Foyer fast mit einem Herrn zusammen. Es war Herbert Schreugen. Sie bekam im Vorbeigehen ein anerkennendes Lächeln, dann hielt er plötzlich inne, drehte sich noch einmal um und kam zu ihr.

»Clara Ahrweiler! Sie sind es tatsächlich. Ich gestehe, ich habe Sie im ersten Moment nicht erkannt.«

»Sie meinen, Sie hätten mich einfache Kommissarin nicht in einem Drei-Sterne-Restaurant erwartet?«

»Bitte, da haben Sie mich jetzt völlig falsch verstanden. Sie sehen so anders aus, und ich wusste nicht, wohin ich Sie einordnen sollte. Ich wollte Sie auf keinen Fall kränken. Gibt es etwas Neues?«

»Ich denke, dass sich Ihre Tochter bald bei Ihnen melden wird.«

»Ich bin Ihnen so dankbar, Frau Ahrweiler. Sagen Sie Julia bitte, dass ich sie zu jeder Zeit erwarte, ob zu Hause oder –«

»Nein, weder zu Hause noch in Ihrem Büro«, unterbrach ihn Clara. »Julia möchte das erste Treffen sicherlich in einer neutralen Umgebung haben.«

»In Ordnung. Für mich ist nur eins wichtig, und das ist ein Wiedersehen mit meiner Tochter! Ich wünsche einen schönen Abend«, verabschiedete er sich mit einem Lächeln und steuerte auf den Tisch mit seiner Frau und dem Unbekannten zu.

Als Clara zurückkam, hatte sich die Situation am Tisch der Schreugens völlig geändert. Der Unbekannte saß da wie bestellt und nicht abgeholt, und Gisela Schreugen konzentrierte sich ausschließlich auf ihren Mann.

Clara sollte es recht sein. Sie konzentrierte sich lieber auf die nächsten Gänge, einer köstlicher als der andere.

»Ist es nicht unglaublich, was man alles in sich reinstopfen kann, wenn es so wundervoll schmeckt?«, sagte sie, als sie wieder im Auto Richtung Köln saßen.

Johannes' Hunger ging zu Hause trotz aller Köstlichkeiten weiter. Er knabberte an ihr, bis sie glücklich in seinen Armen einschlief.

***

Mir geht's gut, ich fühl mich wieder fit, und Richi lernt mit mir, begleitet mich mit den Sicherheitstypen ins Krankenhaus zur

Nachkontrolle, und mit seiner Hilfe verkrampfe ich mich bei einer Umarmung langsam nicht mehr, sondern kann ihn kaum noch loslassen. Das freut ihn, geht ihm aber gleichzeitig auf die Nerven – too much of one thing is good for nothing.

Montag, 16. Februar

Etwas kitzelte Clara im Gesicht, als sie am Morgen aufwachte. Es war ein Zettel, der auf dem Kopfkissen lag. Darauf stand: »Danke für den wunderschönen Abend. Du hast so schön geschlafen, ich wollte dich nicht wecken, freue mich auf heute Abend. J.«

Clara ging ins Badezimmer, duschte, soweit ihr das mit dem Gipsverband möglich war, und zog sich an. Anschließend ging sie in die Küche. Von Richis Frühstück brachte Clara noch keinen Bissen hinunter. Stattdessen zog sie sich mit ihrem Handy aufs Sofa zurück. Ein Blick auf die Uhr zeigte ihr, dass die Morgensitzung vorbei sein musste, und Clara wählte Michaels Nummer. Sie wollte endlich wissen, was die Spurensicherung bei der Untersuchung von Ralph Beltz' Unfallwagen herausgefunden hatte.

»Guten Morgen, Lieblingskollegin«, begrüßte Michael sie. »Du hast einen denkwürdigen Tag im Präsidium verpasst: Hans hat es in der Sitzung tatsächlich die Sprache verschlagen. Ich habe ihm nämlich die Ergebnisse der Spurensicherung in Bezug auf Ralph Beltz' Wagen serviert.«

»Und genau deshalb rufe ich an«, sagte Clara. »Schade, dass ich nicht dabei sein konnte. Was ist denn passiert?«

»Unser Superspusi Thomas Happer hat herausgefunden, dass der Golf ebenfalls manipuliert war. Zwar etwas anders als Julias Porsche, aber nach ähnlicher Machart«, fasste Michael die Ergebnisse zusammen. »Die Lenkung war genauso manipuliert. Dazu noch der Drogeneinfluss …« Er unterbrach sich. »Clara? Ist alles in Ordnung?«

Nichts war in Ordnung. Bei Michaels Nachricht hatte sie unbemerkt den Atem angehalten, und jetzt schnappte sie verzweifelt nach Luft. Tränen stiegen ihr in die Augen. »Clara?«, hörte sie Michael noch einmal ins Telefon rufen.

Reiß dich zusammen, ermahnte sie sich. »Ja, alles in Ordnung. Es ist nur …« Sie stockte. »Die Sache zieht auf einmal so weite Kreise. So viele tote Jugendliche, und im Grunde haben wir keinen Anhaltspunkt.«

»Doch«, sagte Michael, und Clara hörte aufmerksam zu, »einen kleinen Anhaltspunkt haben wir: Die Manipulation war so geschickt getarnt, dass Thomas Happer sie zunächst übersehen hatte. Erst nachdem er durch Julias Porsche wusste, wonach er suchen musste, fiel sie ihm auf.« Michael machte eine Pause. »Das bedeutet, unser Täter muss Ahnung von Autos haben. Und deshalb nehmen wir jetzt die Werkstätten unter die Lupe. Davon haben wir Ahnung!«

Michael hatte versucht, zuversichtlich zu klingen, doch er wusste selbst, wie wenig sie wirklich in der Hand hatten und wie mühsam die Suche sein würde. Clara war ihm dankbar für seinen Aufmunterungsversuch und hielt sich mit ihren Zweifeln zurück.

Nach dem Gespräch ging Clara noch einmal alle Infos durch, die sie in den letzten Wochen gesammelt hatte. Bei dem Wort »Werkstatt« hatte etwas in ihrem Kopf geklingelt.

Als Julia am Nachmittag aus der Schule kam, war Clara froh über die Ablenkung. Sie machten es sich in der Bibliothek gemütlich.

»Ich habe eine Nachricht, die dich sicher freuen wird«, plapperte Julia drauflos. »Ich habe mit meinem Vater telefoniert, und er war … wie soll ich das erklären? Er war lieb, soweit er das kann. Wir sind am Mittwoch um fünfzehn Uhr im Café Printen Schmitz in der Breite Straße verabredet.«

»Das freut mich wirklich sehr.« Clara nahm Julia in den Arm, und sie unterhielten sich noch länger über Julias Familie.

Johannes kam erst spät und sah müde und abgespannt aus.

Er umarmte Clara. »Für heute habe ich wirklich genug. Lass uns nicht über die Arbeit reden. Ich will nur entspannen.«

Dabei half der Rotwein von Jayja, den sie vor dem Kamin tranken. Er schmeckte, und Clara spürte Jayjas Nähe und war traurig, dass sie nicht in ihrem Rollstuhl bei ihnen saß.

»Clara, was geht dir gerade durch den Kopf?«, wollte Richi wissen, der gerade Cola einschüttete.

»Ich musste an meine Ersatzgroßmutter denken. Wir genießen ihren Wein, ihre Wohnung, und ich habe mir vorgenommen, sie morgen mit einer Kamelie auf dem Melaten-Friedhof zu besuchen.«

Clara zog Johannes vom Sofa. »Und heute bring ich dich ins Bett. Gute Nacht, meine Lieben, schlaft schön und bis morgen.«

Noch im Schlaf hielt Johannes Clara fest im Arm. Eine köstliche Gefangenschaft, die sie glücklich einschlafen ließ.

***

Nur kurz, es ist zwei Uhr früh. Bin aufgewacht und kann irgendwie nicht einschlafen. Bin aufgeregt wie ein Kleinkind – aufgeregt, wie meine Begegnung mit Vater wird.

Hab Angst, dass ich mir Illusionen mache, dass Clara immer positiv …

Was auch immer, übermorgen wird sich's zeigen …

Dienstag, 17. Februar

Vier Uhr früh. Clara fuhr hoch und schaute sich panisch um. Johannes saß neben ihr und wirkte besorgt. »Mein Liebstes, was geht in deinem Kopf vor?«

Clara rieb sich die Augen. »Ich habe furchtbar geträumt.«

»Das glaube ich, so laut, wie du geschrien hast.«

»Es ist schrecklich. Johannes, ich habe geträumt, dass nicht nur Ralph Beltz dran glauben musste. Es wird weitergehen, bis es Julia trifft. Und wir finden einfach keine Spuren.«

Johannes streichelte sie. »Wir werden den Fall auflösen und eine Spur bei den Werkstätten finden. Allerdings nicht jetzt. Jetzt musst du dich ausruhen und schlafen. Vergiss den Rest bis morgen früh.«

»Das kann ich nicht, solange wir nicht irgendeinen Ansatz haben. Wozu liegt ein Superprofi neben mir?« Clara sprang aus dem Bett und zog Johannes die Bettdecke weg. Der wollte sich beschweren, aber sie duldete keinen Protest: »Bitte, Johannes, komm an meinen PC!«

Während Clara in der Küche Kaffee zubereitete, machte Johannes sich auf die Suche. Autowerkstätten gab es ohne Ende, und Johannes konzentrierte sich erst einmal auf große Firmen.

Clara kam zurück, den fertigen Kaffee und einen Küchenstuhl mit dem gesunden Arm balancierend. Johannes nahm ihr den Kaffee ab, und sie setzte sich neben ihn und beobachtete ihn bei seinen Recherchen.

Johannes war so konzentriert bei seiner Suche, dass Clara ihn nach einer Weile anstupste, damit sein Kaffee nicht ganz kalt wurde.

»Schau, ich habe einiges gefunden.« Er trank einen Schluck Kaffee und blätterte Seiten zurück. »Ich bin hier bei einer großen Autowerkstatt auf etwas Seltsames gestoßen. Es ist die Firma Cober, die laut Handelsregister den Brüdern Fritz und José Cober gehört.« Johannes trank noch einen Schluck Kaffee. »Mir ist aufgefallen, dass sie Gebrauchtwagen sehr preiswert anbieten. Vor allem Importe aus Südamerika. Und José Cober, den ich zuerst nicht finden konnte, ist in Venezuela gemeldet.«

»Venezuela ... Ich musste mal mit Hoby in Caracas umsteigen, als wir in der Karibik Ferien machten«, erinnerte sich Clara. »Es war eine Katastrophe. Ich habe noch nie so ein Desaster erlebt, und natürlich ging es um Drogen.«

»Das ist mir auch dazu eingefallen, muss aber nichts heißen. Wir dürfen uns nicht von Vorurteilen leiten lassen. Meine weiteren Recherchen ergaben, dass José Cober zusätzlich in Cartagena in Kolumbien gemeldet ist.«

»Und was bedeutet das?« Clara konnte ein Gähnen kaum mehr unterdrücken.

»Das, meine Liebste, werde ich herausfinden. Du gehst jetzt bitte wieder ins Bett und schläfst noch etwas.« Johannes gab ihr einen Kuss, und Clara ließ sich bereitwillig ins Bett schicken.

Sechs Uhr zehn. Das Kopfkissen neben Clara war leer. Johannes saß noch immer am PC.

»Hallo, meine Süße, ich habe weitere Daten für dich! Bin mir fast hundertprozentig sicher, dass es die Autowerkstatt ist, nach der wir suchen. Ich habe eine Polizeiakte gefunden: Es sind Daten eines Autounfalls von vor einem Jahr und drei Monaten. Gerhard Kochl, ein leitender Mitarbeiter der Firma Cober, ist bei der Überführung eines Gebrauchtwagens tödlich verunglückt – Bremsversagen auf der Severinsbrücke. Das Fahrzeug landete im Rhein.«

Clara bekam eine Gänsehaut. »Schon wieder ein Autounfall. Genau wie bei Ralph Beltz und Julia und mir.« Dann überfiel sie ein eisiger Schauer, als es endlich klick machte und sie wusste, warum es bei »Werkstatt« bei ihr geklingelt hatte. »Ralph Beltz ...«, flüsterte sie.

»Alles in Ordnung, Clara?« Johannes schaut besorgt zu ihr auf.

»Natürlich, Ralph Beltz! Er hat ein Praktikum in einer Kfz-Werkstatt gemacht. Das hat mir Paul Steinmeyer erzählt, und ich möchte wetten, dass es bei den Cobers war.« Clara blickte aufgeregt auf die Uhr. »Halb acht. Ich rufe sofort bei den Steinmeyers an.«

Als Clara auflegte, strahlte sie. »Ralph Beltz war drei Monate lang Praktikant bei den Cobers. Und rate, wer ihm das vermittelt hat.« Clara ließ Johannes keine Chance, seinen Tipp abzugeben. »Holger Horn, der damalige Chauffeur der Steinmeyers und Vera Horns Vater. Als Fahrer von Robert Steinmeyer sollte Ralph Beltz lernen, wie man kleine Autoreparaturen selbst übernehmen kann.«

Erleichtert fiel Clara Johannes um den Hals. Endlich hatten sie eine Spur!

Sieben Uhr neunundvierzig. Clara schmiss sich, ohne lange zu überlegen, in die Anziehsachen, die auf dem Stuhl lagen. Die Dusche musste bis heute Abend warten, sie wollte schnell ins Präsidium.

Aus der Küche drangen laute Stimmen herüber.

Clara schmunzelte. »Hörst du das, Johannes? Selbst unser junges Paar hat Auseinandersetzungen. Ich wusste gar nicht, dass Julia so laut werden kann.«

»Ich will nicht mehr ins Krankenhaus, Richi!«, hörten sie Julia. »Die Fäden ziehen sie sowieso erst nächste Woche. Und du musst nicht auf mich aufpassen. Ich bin doch kein Baby.«

»Manchmal schon. Komm, wir fahren jetzt.« Clara fiel auf, wie bestimmt Richi auftreten konnte.

»Nur wenn du dann mit mir in den Zoo gehst«, reagierte Julia. »Ich war schon superlange nicht mehr da.«

»Ich denke, du bist kein Baby mehr?«, zog Richi Julia auf. »Außerdem brauchen wir dafür wenigstens ein Okay von Clara.«

»Wenn nicht, dann kannst du mich mal, dann mach ich gar nichts.«

Clara kam mit Johannes in die Küche. »Guten Morgen, ihr Lieben.«

»Ebenso einen guten Morgen. Bitte, Clara, du musst mir helfen. Julia geht's so gut, dass sie nach dem Krankenhaus unbedingt in den Zoo will, und sie kann entsetzlich stur sein.«

»Wie wäre es, wenn wir jetzt erst einmal frühstücken? Ich, übrigens auch ein Sturkopf, bestehe darauf. Danach rede ich mit den zwei Sicherheitsbeamten. Eine kleine Runde ist sicher okay«, erwiderte Clara und mischte sich ein Müsli.

Johannes wartete mit Clara vor dem Präsidium auf Michael. Clara hatte ihn unbedingt vor der Morgensitzung abfangen wollen. Als er nun kam, stieg sie aus Johannes' Auto aus.

»Na, jetzt weiß ich definitiv, warum ich die zweite Geige spiele. Ausgeschlafen sehen wir nicht gerade aus.«

Clara winkte ab. »Hör auf, ich habe einiges, was dich wirklich interessieren wird.«

Sie drehte sich zu Johannes. »Bis hoffentlich heute Nachmittag, und heute Abend will ich endlich wissen, wo du dich immer rumtreibst. Wer weiß …«

Johannes warf ihr durch das geöffnete Fenster eine Kusshand zu und gab dann Gas. Er hatte noch etwas erledigen wollen.

Auf dem Weg in ihr Büro dachte Clara über Johannes und sich nach. Was war das, was sich da entwickelte? Entwickelte sich überhaupt etwas, oder war er nur eine willkommene Ablenkung nach der Trennung von Hoby? Ein Sexrausch, der sich nach einiger Zeit auflösen würde? Clara nahm sich vor, hierüber einmal gründlich nachzudenken.

»Clara!« Michael riss sie aus ihren Gedanken. »Hörst du mir überhaupt zu?«

»Entschuldige, Michael, ich war in Gedanken. Was hattest du gesagt?«

»Ich sagte, ich gebe Ludwig noch schnell Bescheid.«

Clara nutzte die Zeit, um drei Cappuccino zuzubereiten. Die Maschine tröpfelte gerade den letzten Espresso in den Milchschaum der dritten Tasse, als Michael und Ludwig hereinkamen. Clara zeigte ihnen die Ausdrucke, die Johannes von seinen Ergebnissen gemacht hatte, und fasste die Recherche kurz zusammen.

»Unglaublich.« Michael schob die drei Seiten zusammen. »Wie konnte Johannes diese Firma so schnell finden? Da gibt's doch sicher Hunderte. Da rufe ich gleich mal an.«

Er probierte die angegebene Telefonnummer der Firma Cober, erreichte jedoch auch nach dem dritten Versuch nur einen Anrufbeantworter.

»Am besten, ich schau dort vorbei, und das sofort.« Michael schob die Papiere zusammen und sprang auf.

»Und ich schau mal in unseren Systemen, ob ich noch etwas zu diesem José Cober finde«, bot sich Ludwig an.

»Und was ist mit mir?«, fragte Clara. »Ich bin fit, Michael, ich komme mit dir.«

»Clara, wie wäre es, wenn du mit deinem Gipsarm im Archiv der Spurensicherung schaust, ob es noch Daten über Autounfälle gibt?«, fragte Michael skeptisch.

»Michael!«, empörte sich Clara. »Du willst mich doch nicht aufs Abstellgleis schicken. Das meinst du doch nicht ernst? Ich will mitkommen.«

»Ich kann die Archivsuche gern übernehmen«, bot sich Ludwig schmunzelnd an. Er hatte selbst erlebt, wie hartnäckig Clara sein konnte.

Michael gab sich geschlagen, als Clara ihre Jacke nahm und ihm folgte.

Die Deutz-Mülheimer Straße war zum Teil gesperrt. Nach mehrfachem Zickzack landeten sie an einem Tor mit dem Schild: »Cober Autowerkstatt – Wir sind immer für Sie und Ihr Auto da«. Auf dem Parkplatz standen nur zwei mittelgroße Lastwagen.

»Meinst du, wir sind hier richtig?« Clara klang enttäuscht. »Das sieht überhaupt nicht nach einem Großbetrieb aus.« Sie hoffte, dass sich ihre heiße Spur nicht gleich wieder verlaufen würde.

»Nachschauen kostet nichts. Komm, da drüben steht eine Tür offen.«

Die offene Tür führte in ein Lager mit etwa fünfzig zum Teil sehr beschädigten Fahrzeugen unterschiedlichster Fabrikate und einem Kleinlaster. Drei Männer brüllten sich auf Russisch an und hörten nicht einmal auf, als Michael sich an den ältesten wandte.

»Wie finden wir das Büro?«

Genervt winkte dieser nach links, bevor sie sich lautstark weiterstritten. Michael und Clara fanden einen Durchgang, der in ein Ersatzteillager führte – wieder voll mit alter, kaputter Billigware. Auch hier unterhielten sich zwei Männer, dieses Mal in einer Sprache, die Clara nicht gleich einordnen konnte. Sie überlegte noch, als sie beinahe über einen jungen Schwarzen gestolpert wäre, der unter einem Auto hervorkroch.

Auf Michaels Frage nach dem Büro führte er sie über eine Treppe und einen schmalen Gang zu einer Stahltür, die er mit einem Zahlencode öffnete. Sie kamen in eine lichtdurchflutete Halle, die mit besonderen Sammlerstücken von Mercedes, Audi und BMW gefüllt war. Die Wände zierten Cober-Embleme und Fotos von Oldtimern. Eine Glaswand trennte die Halle von einem sehr beeindruckenden Eingang und Treppenhaus.

»Michael, unglaublich!« Clara blieb staunend stehen. »Dieses Treppenhaus wirkt, als hätte Andrea Palladio höchstpersönlich es gebaut.«

Michael zog fragend eine Augenbraue hoch, während er auf den Empfangstresen zusteuerte, an dem eine durchgestylte junge Dame saß und telefoniert.

»Das ist der bedeutendste Architekt der Renaissance«, flüsterte Clara ihm zu.

Inzwischen waren sie am Tresen angekommen, doch die junge Dame ließ sich Zeit mit dem Gespräch und schien nicht bereit, aufzuhören.

»Hören Sie, es ist wichtig«, versuchte es Michael. »Kripo Köln. Wir möchten mit Herrn Cober sprechen, und vielleicht sind Sie jetzt so nett und …«

Zwei gestikulierende Herren in nadelgestreiften Maßanzügen kamen die Treppe herunter. Clara brauchte einen Moment, bis ihr einfiel, wo sie den einen schon einmal gesehen hatte. Es war der unbekannte Begleiter von Gisela Schreugen im Vendôme in Bensberg.

Das ist ja interessant, dachte Clara und schöpfte wieder Hoffnung, dass ihre Spur doch nicht im Sande verlaufen würde. Da gibt es über diesen unbekannten Mann also Zusammenhänge zwischen Gisela Schreugen und Fritz Cober.

Das konnte nur Fritz sein, denn sein Bruder José befand sich nach Johannes' Recherchen bei der Bundespolizei im Ausland. Er war ihr auf Anhieb unsympathisch.

Der Unbekannte zog gerade eine Zigarre aus seiner Jackentasche und reichte sie Cober. »Beinahe hätte ich es vergessen. Ich habe dir eine ganz besondere Kuba-Delikatesse mitgebracht.«

»Das brauchst du doch nicht. Aber danke, die werde ich mir jetzt sofort gönnen. Frau Klein, wo ist die Zweitbesetzung? Ich brauche jetzt jemanden für ein Diktat in meinem Wagen.«

»Alles vorbereitet, Herr Cober.« Die angesprochene Empfangsdame hatte den Hörer sofort beiseitegelegt. »Ihre Wagen und Fahrer warten schon draußen.«

Michael stellte sich vor ihn.

»Was wollen Sie?«, fragte Cober ihn unfreundlich. »Ich habe jetzt keine Zeit, und ohne einen festen Termin geht bei mir nichts! Wenden Sie sich an meine Sekretärinnen und mein Büro.«

»Wir sind von der Kripo Köln und haben ein paar wichtige Fragen.« Michael ließ sich nicht aus der Ruhe bringen und zeigte ihm seinen Ausweis.

Cober schien irritiert, dass sein Auftreten nicht die gewünschte Wirkung erzielte. »Also gut, was wollen Sie wissen?«

»Nein, nicht hier in der Öffentlichkeit.«

»Wenn Ihnen eine Privataudienz lieber ist, dann wenden Sie sich an meinen Anwalt, der wird sich um einen Termin kümmern.« Cober ließ sie stehen und ging hinaus.

Vor der Tür warteten bereits ein Mercedes und ein laufender Porsche. Clara sah, wie beide Herren sich freundschaftlich mit Schulterklopfen verabschiedeten. Eine gehetzte junge Frau schaffte es gerade noch mit ihren Schreibutensilien auf den Vordersitz des Mercedes, bevor er losraste.

Frau Klein hing weiter am Telefon, und sie bekamen nur sehr unwillig die Adresse des Anwalts. Es achtete niemand auf sie, als sie sich wieder auf den Weg durch die Halle machten.

Bei einem Mercedes Cabriolet stoppte Michael. »Schau dir mal diesen Superschlitten an. Wenn mir den jemand schenken würde – ich würde nicht Nein sagen!«

»Hör auf, du würdest doch nicht mit so einem Angeberschlitten –«

»Ach Clara, das ist doch ein Traumauto! Echte Männer mögen halt Autos, und du … du sammelst zum Beispiel Antiquitäten. Da sag ich auch nicht ›Angeberkommode‹. Deine Antiquitäten, die sind doch mindestens genauso viel wert.«

Bei einem BMW mit offener Motorhaube blieb er erneut stehen. »Noch eine Superkiste. Was so was kosten mag?«

Ein älterer Mann tauchte gerade unter der geöffneten Motorhaube hervor, und Michael bekam einen grimmigen Blick zugeworfen.

»Entschuldigen Sie, können Sie uns vielleicht bei einigen Fragen weiterhelfen?«, fragte Michael höflich.

»Von den Preisen han ich keine Ahnung, dafür is dat Büro zuständig!«

»Wir wollen keine Preise wissen. Wir sind von der Kripo Köln und haben ein paar Fragen«, antwortete Michael.

»Dat kann doch jeder behaupten. Lassen Se mich gefälligst in Ruh, ich han zu don.«

»Hier, mein Ausweis, und wenn Sie mir nicht hier antworten wollen, dann werden Sie vorgeladen.« Clara wunderte sich, dass Michael dem Mann damit drohte – bei Herrn Cober wäre es ihrer Meinung nach wesentlich angebrachter gewesen.

Der Alte wischte seine Hände an der Hose ab. »Wat wollen Se denn wissen?«

»Sind Sie schon lange hier tätig?«

»Am längsten von allen.« Er schob seine Stirnmütze nach hinten und kratze sich am kahlen Kopf.

»Ralph Beltz, ist er Ihnen –«

»Damit han ich nichts zu don«, unterbrach der Alte ihn.

»Davon sind wir auch nicht ausgegangen. Wir brauchen allerdings Infos, um weiterzukommen. Wann haben Sie Ralph Beltz das letzte Mal gesehen?«

»Wat is mit Ralph?«

»Er ist bei einem Unfall ums Leben gekommen, und wir ermitteln noch, ob es Selbstverschulden war.«

»Tot?«

Michael nickte. Der alte Mann sank in sich zusammen und murmelte: »Nee, dat halt ich nicht mer us, nicht schon wieder!«

»Was meinen Sie? Ich habe Sie jetzt nicht verstanden.« Michael horchte auf.

»Ich kann jetzt nicht mit Ihnen quatschen, aber Sie können …« Er kratzte sich wieder nervös am Kopf. »Wat is heut für en Datum?«

»Heute ist der 17. Februar«, erwiderte Michael.

»Egal, und es is jut! Jetzt wird endjültig gekündigt, und davon hält mich niemand mehr ab. Meine Klappe halt ich bis zum 30.! Bis da halt ich meine Klappe …«

Er drehte sich um und machte sich wieder unter der Motorhaube zu schaffen. Michael beugte sich zu ihm. »Ihren Namen und Ihre Adresse –«

»Nix da«, unterbrach ihn der Alte. »Nix gibt's, bis ich hier draußen bin!«

Clara gab Michael ein Zeichen, den Mann nicht zu bedrängen. Sie spürte, dass er es ernst meinte, und wollte vermeiden, dass er komplett zumachen würde, wenn Michael weiterbohrte. Besser war es, ihn in ein paar Tagen noch einmal zu besuchen – sie wussten ja, wo sie ihn finden würden.

Alle weiteren Versuche eines Gesprächs mit den anderen Mitarbeitern brachten nichts.

»Da ist doch eindeutig einiges stinkfaul«, sagte Clara, als sie wieder im Auto Richtung Präsidium saßen.

»Da gebe ich dir recht«, antwortete Michael, während er sich in den Messe-Kreisel einfädelte. »Hier lohnt es sich, weiterzugraben.«

Am späteren Nachmittag verweigerte Clara Johannes den Willkommenskuss, obwohl sie sich danach sehnte. Sie wusste, sie würden nur im Bett statt im Internet landen.

Johannes war wie ein Maulwurf. Er schaffte es tatsächlich, die Konten von Fritz und José Cober zu öffnen, und über diese Konten konnte er eine Verbindung mit einem Schwarzgeldkonto ausgraben. Die Summen in US-Dollar, die dort immer wieder für eine Weile lagerten, wurden anschließend auf zwei weitere Schwarzgeldkonten verschoben und waren gigantisch – unmöglich, diese mit Gebrauchtwagen einzukassieren. Die Gelder der Konten flossen mit unterschiedlichen Beträgen, teils in Millionenhöhe, in eine Firma mit dem Namen »F.J.C.«. Ein Unternehmen mit eigenem Firmenflugzeug, mit Niederlassungen in New York, Hongkong und Köln. Der Flieger war noch letzte Woche in Venezuela, Barbados, um dann wieder in Köln zu parken, wie Johannes anhand von Flugdaten herausfand. Außerdem entdeckte er eine imposante Villa der Firma F.J.C. in Barbados.

Gerade war er in Köln auf zwei Briefkastenadressen gestoßen – eine auf der Kieler Straße in Mülheim und eine auf der Bonner Straße in der Südstadt –, als Julia ins Zimmer kam.

»Pause, ihr zwei«, begrüßte sie Clara und Johannes. »Wir haben euch etwas zu essen gemacht. Das Internet kann man nicht essen, und ich will heute Abend mit Richi in ein Konzert. Clara, bitte schau nicht so. Ich werde mich so umstylen, dass mich keiner erkennen wird.«

Nach dem Essen landeten Johannes und Clara wieder vor dem Computer. Bevor Johannes startete, vergrub er sein Gesicht in Claras Nacken. Seine Finger konnten es nicht lassen, an ihren empfindlichsten Stellen Feuer zu entfachen.

»Langsam werde ich …« Clara zog sich ihren Pullover aus.

»Was wirst du, mein Liebstes?«

»Na ja, nicht nur verrückt, auch unruhig darüber, die Wievielte ich bin. Sei ehrlich, wie viele Frauen hast du schon zum Schmelzen gebracht? Das müssen doch mehrere hundert bei deinen Erfahrungen sein.«

Johannes lachte.

»Johannes, bitte sei ehrlich. Was soll ich denn anderes denken, wenn du immer spurlos verschwindest!«

»Irgendwann werde ich dir alles erzählen, aber jetzt ist nicht …« Statt den Satz zu beenden, entführte er sie mit seinem Mund und seinen Fingern. Er entführte sie in Welten, die alles andere verdrängten.

***

Wir waren in einem wirklich tollen Konzert: »Grenzenlos«, ein internationales Musikprojekt mit Flüchtlingen. Clara ist im Moment nur so beschäftigt, dass nichts anderes zählt! Und ich war so umgestylt, dass ich mich selbst nicht erkannt habe. Kam mir vor wie eine Fremde. Dann hab ich mir vorgestellt, wie deren Leben aussehen könnte … Das war einerseits ganz seltsam und andererseits total spannend. Im Grunde führe ich ja schon ein ganz neues Leben.

Mittwoch, 18. Februar

Während des Frühstücks erzählte Julia begeistert von ihrem Abend. Sie hörte gar nicht auf zu reden.

»Julia, soll ich dich heute Nachmittag ins Café Printen Schmitz begleiten?«, unterbrach Clara sie am Ende des Frühstücks.

»Nein danke, die Sicherheitsbeamten bringen mich. Vielleicht holst du mich ab, ich ...« Sie hörte mitten im Satz auf und schaute Clara verzweifelt an.

»Ich bin um zwanzig nach drei da. Komm, lass dich umarmen, es wird alles gut!«

Als hätten sie sich abgesprochen, hielten sowohl Clara und Johannes als auch Michael und Ludwig ihre Ergebnisse zu den Cobers bei der Morgenkonferenz zurück. Erst als sie zu viert in Claras Büro saßen, brachten sie Ludwig auf den gleichen Stand. Mit Michael hatte Clara schon am Vorabend telefoniert. Sie waren sich einig: Vorerst sollte niemand etwas darüber erfahren. Cober unterlag der absoluten Geheimhaltung.

»Übrigens habe ich heute Morgen versucht, den anstehenden Flugplan des F.J.C.-Jets herauszubekommen.« Michael machte ein zerknirschtes Gesicht. »Ich gebe es zu, ich habe aufgegeben. Die zuständigen Stellen sind nicht ermächtigt, irgendwelche telefonischen Informationen zu geben.«

»Warte einen Augenblick, das kläre ich noch.« Johannes brauchte nur zwei Minuten. »Der Jet der Firma F.J.C. wird heute am frühen Nachmittag wieder in Köln landen, kommt von Valencia, und bis übermorgen ist nichts angemeldet. Das kann sich allerdings immer wieder kurzfristig ändern – es ist ja ein Firmenjet. Nun muss ich los.« Er streichelte kurz über Claras Wange, bevor er eilig verschwand.

Clara machte sich mit Michael auf den Weg in die Kieler Straße 53.

Es gab fünf Mehrfamilienhäuser mit vierundvierzig Wohneinheiten, und sie fanden einen Briefkasten mit dem Namensschild »F.J.C.«. Michael öffnete ihn mit seinem Spezialschlüssel. Der Briefkasten war leer. Eine ältere Frau, die gerade ihre Post holte, musterte ihn kritisch.

»Das gibt's doch gar nicht! Ich dachte, dieser Briefkasten ist von einem Geist.«

»Wie kommen Sie darauf?«, wollte Clara von ihr wissen.

»Na ja, es ist komisch, man sieht nie jemanden, doch der Briefkasten ist immer geleert. Bei allen anderen quillt Reklame raus. Die können es nicht lassen, obwohl wir bei mehreren Eigentümerversammlungen den Antrag auf Reklamesperre gestellt haben. Schauen Sie sich nur den Krempel an, der seit gestern Abend meinen Briefkasten verstopft! Deshalb gehe ich immer morgens und am Abend nachschauen. Das hier muss noch später gekommen sein.«

Sie verabschiedeten sich von der Dame und gingen Richtung Auto.

»Denkst du, was ich denke?«, fragte Clara, als sie wieder im Auto saßen.

»Was denkst du denn?«

»Wenn gestern Abend Reklame eingeworfen wurde und der Briefkasten heute schon leer ist ...«

»... dann hat heute Morgen schon jemand den Briefkasten geleert«, vollendete Michael den Satz. »Ja, ich denke, was du denkst.«

Clara rief Johannes an, der zum Glück wieder im Präsidium war, und bat ihn, für sie mehr über die Briefkästen herauszufinden. Wer war unter diesen Adressen gemeldet?

Nach einer Weile rief er sie zurück und berichtete die Ergebnisse seiner Abfrage beim Einwohnermeldeamt: Hinter dem Kürzel »F.J.C.« auf der Kieler Straße steckte José Cober, und das schon seit mindestens 2001, und den Briefkasten auf der

Bonner Straße erreichte Post an eine Frau Cober mit einem Hauptwohnsitz in der Marienburger Straße.

Clara und Michael machten sich sofort auf in Richtung Kölner Süden. Der Briefkasten auf der Bonner Straße war leer. Vom Haus in der Marienburger Straße war außer einer hohen Mauer und einem großen Eisentor nichts zu sehen.

»Immerhin wissen wir jetzt, dass es auch eine Frau Cober gibt.« Michaels Handy schlug Alarm, ein dringender Fall am Rudolfplatz. Clara fuhr mit und stieg von da aus in die KVB Richtung Präsidium um.

Zurück in ihrem Büro, versuchte Clara, die angesammelte Post und Akten auf ihrem Schreibtisch abzuarbeiten. Hoffnungslos, sie war mit ihren Gedanken bei Julia. Um Viertel nach drei war sie vor dem Café Printen Schmitz. Zwei Minuten später stürmte Julia heraus. »Bitte, komm rein. Ich möchte, dass du uns noch ein bisschen Gesellschaft leistest.«

Sie zog Clara hinter sich her an den vordersten Tisch.

»Wir haben uns extra hierhergesetzt, damit wir dich nicht verpassen. Vater fand es eine gute Idee! Er ist dir dankbar und froh über meine Bleibe, froh über dich und –«

»Komm, Liebes«, mischte sich Herbert Schreugen ein, »ganz ruhig. Reg dich bitte nicht so auf. Es ist richtig, ich bin dankbar für deine jetzige Bleibe und glücklich, dass du dein Abitur machst.« Clara schenkte er ein Lächeln. »Ich hoffe, ich kann mich einmal erkenntlich zeigen.«

Julia hatte aufgeregt ihren Arm um sie gelegt. »Clara, bitte stell dir vor, noch was ganz Tolles ist passiert! Ich kann es kaum glauben: Wir haben uns fürs nächste Wochenende eine Reise zu zweit vorgenommen. Und weißt du was? Vater überlässt mir die Wahl des Ziels. Und selbst gegen die Sahara hätte er nichts einzuwenden!«

Am Abend gab es bei Clara zu Hause nur noch die Suche nach den schönsten Ausflugzielen dieser Welt. Alles, was die Bibliothek hergab, wurde herausgezogen. Johannes tauchte erst spät auf und machte einen gestressten und müden Eindruck. Sie tranken noch ein Glas Rotwein, und dann schlief er sofort in Claras Armen ein.

Donnerstag, 19. Februar

Ich kann es noch immer nicht fassen. Alle schlafen, nur ich nicht, ich bin zu aufgeregt. Es ist fast wie ein Wunder, und deshalb war unser Autounfall, egal, wie schlimm er war und wie schlimm er hätte ausgehen können, ein Glücksfall. Was hätte mich ohne diesen und Clara mit Vater zusammenbringen können? Muss pauken …

***

Johannes musste nach Berlin, und Clara brachte ihn zum Flughafen. Sie trug nur noch einen Verband um den linken Arm, und ihr Audi war zum Glück ein Automatikwagen. Johannes machte einen bedrückten Eindruck. Vor dem Terminal nahmen sie sich in den Arm.

»Weißt du, was ich gerade beschlossen habe, Johannes? Ich möchte dich morgen in Berlin treffen … natürlich nur, wenn du willst. Ich möchte, dass mein Vater dich kennenlernt.«

Johannes schaute sie an und strahlte. »Bist du sicher?«

»Ich bin sehr sicher. Schick mir eine Nachricht, wo wir uns morgen Abend treffen können.«

Auf der Abzweigung zurück nach Köln fiel ihr plötzlich der Flieger der Cobers ein, und kurzerhand änderte Clara ihre Pläne.

Die Einfahrt zum General Aviation Terminal für Privatflugzeuge wurde kontrolliert, und sie musste aussteigen. Es gab einen ziemlichen Zirkus. Ihr Polizeiausweis reichte nicht. Ein schwarzer Mercedes hatte sich hinter sie gestellt, und der Fahrer sprang heraus. Er hatte den Passierschein in der Hand. »Wir haben es wie immer eilig, sind schon etwas spät.«

Der Beamte fixierte Clara. »Okay, jetzt machen Sie schon. Ich mach jetzt Unerlaubtes, das nächste Mal bestehe ich aber auf den nötigen Passierschein!«

Clara hatte es im Gegensatz zu dem Mercedes hinter ihr nicht eilig. Sie stieg langsam in ihr Auto, schnallte sich noch langsamer an und fuhr gemächlich los. Manchmal überkam sie diese Art von Zynismus. Sie ließ sich Zeit, bis sie sich dann endlich kichernd nur wenige Meter vor dem Ziel von dem Mercedes überholen ließ, der vor einem Gebäude hielt. Clara stellte sich dahinter.

Der Fahrer sprang aus dem Auto, um die hintere Tür für seinen Fahrgast zu öffnen. Es war Fritz Cober, der telefonierend ausstieg. Er nickte einem Mann in Pilotenuniform, der an der Tür gewartet hatte, kurz zu und verschwand im Gebäude. Der Mann folgte mit der Aktentasche, und der Fahrer kämpfte mit einer Weinkiste und einem Koffer.

Clara war nicht schnell genug. Fritz Cober verließ gerade hinter der Sicherheitskontrolle den Raum. Der Fahrer packte hektisch den Koffer und die Weinkiste auf das Fließband. Der Copilot legte die Aktentasche dazu und folgte dem Gepäck. Den Gedanken, Cober ohne Genehmigung aufs Flugfeld zu folgen, verwarf Clara. Von dem Fahrer, den sie am Ausgang ansprach, bekam sie nur ein unfreundliches Kopfschütteln. Er stieg in den Mercedes und knallte demonstrativ die Autotür zu.

Wahrscheinlich ist der noch immer beleidigt, dass ich ihn vorhin ausgebremst habe, dachte Clara und ging zum Beamten am Eincheckschalter. Dieser wurde gesprächig, als er Claras Ausweis sah.

»Der Jet der Firma F.J.C. ist heute Morgen für Paris gemeldet. Neunzehn Uhr zehn Weiterflug nach Miami und dann geht's morgen um zwölf Uhr zwanzig weiter nach Barbados … Rückkehr nach Köln ist noch offen. Herr Cober fliegt im Durchschnitt mindestens einmal die Woche mit dem Flieger der Firma F.J.C. in der Weltgeschichte herum. Aber Barbados ist eigentlich, soweit ich weiß, sein Hauptziel.«

»Fliegt er allein?«, wollte Clara wissen.

»Von hier ja, aber zurück fast immer in Begleitung. Zum Teil sehr hübsche, junge Südamerikanerinnen, denen er hier eine

Ausbildung zukommen lässt. Das nennt man eine gute soziale Einstellung.« Auf seinem Gesicht machte sich ein anzügliches Grinsen breit. »Bis jetzt waren es immer nur sehr hübsche Mädchen.«

Als Clara die Kosten eines solchen Fluges erfuhr, bekam sie eine Gänsehaut. Woher stammte das ganze Geld? Mit Sicherheit nicht vom Gebrauchtwagenverkauf.

Michael kam auf einen Cappuccino in Claras Büro. Er hörte ihr sehr aufmerksam zu.

»Ich glaube, Clara, wir haben Glück«, sagte er im Anschluss. »Ich weiß nämlich, wer uns dabei helfen wird: Seit November ist Rolf Kerein für Steuerhinterziehung zuständig und hat entsprechend gute Kontakte zum Finanzamt. Wir sollten ihn bitten, sich diese Sache anzuschauen. Wenn jemand sich damit auskennt, dann er. Du wirst erstaunt sein, was er schon alles für Betrügereien aufgedeckt hat.«

Damit überließ er Clara wieder ihren Akten, die sie einigermaßen erfolgreich bearbeiten konnte.

Als Clara nach Hause kam, herrschte dort aufgeregtes Chaos. Julia hatte noch nie eine Reise zu zweit mit ihrem Vater unternommen.

»Wir fliegen nach Venedig, Clara«, rief sie aufgeregt, »und wir wohnen im schönsten Hotel. Ich muss und will elegant sein. Wie ist das Wetter, was soll ich einpacken, womit könnte ich ihm eine Freude machen? Clara, bitte sag, ob ich so wirklich hübsch ausschaue?«

Und so ging das den ganzen Abend, bis Richi und Clara genug hatten und alle ins Bett gingen.

Freitag, 20. Februar

Die Sicherheitsbeamten würden Julia bis zum Flughafen begleiten. Richi war Wohnungshüter und musste für seine nächsten Examen pauken.

Clara kämpfte mit sich und ihrem Handy. Wann sollte sie den Besuch bei ihren Eltern ankündigen? Oder war es besser, es blieb bei einem Überraschungsbesuch? Ein Wiedersehen mit Hubert wollte sie auf keinen Fall.

Es klopfte an der offenen Tür. Michael kam mit einem Mann herein und stellte ihn als Rolf Kerein vor. Er saß im Kommissariat 14 am Walter-Pauli-Ring in Kalk, weshalb man sich bis jetzt noch nicht kennengelernt hatte. Sie erzählten ihm alles, was ihnen über Fritz Cober einfiel. Er hörte sehr aufmerksam zu und machte sich Notizen.

»Ein interessanter Fall, ich werde mich drum kümmern. Wir sehen uns Anfang der Woche, da werde ich bestimmt schon einiges haben.«

Clara machte Michael noch einen Cappuccino.

»Leider hab ich dieses Wochenende schon wieder keine Zeit für meine Freunde.«

»Was steht denn an?«, wollte Michael wissen. »Das kann doch nur Berlin sein.«

Clara grinste. »Gut geraten.«

»Du siehst froh aus. Heißt das, es gibt wieder Frieden mit –«

Clara unterbrach ihn. »Nein, lieber Michael, meinen Ehemann gibt's nicht mehr und wird es nicht mehr geben. Vorbei ist vorbei.« Dabei dachte sie an Johannes, und es machte sie glücklich.

Samstag, 21. Februar

Papa schläft noch. Es ist wirklich unglaublich, und warum kann das erst jetzt so sein? Unser Tag gestern war unbeschreiblich. Mit der Gondel fahren, köstlich essen, über Brücken und einsame kleine Straßen laufen, originelles und liebevolles Shoppen. Er war so geduldig. Er wollte vieles wissen, auch über Richi und Clara und warum ich da so glücklich bin. Ob er das wirklich verstanden hat, weiß ich allerdings nicht. Diese Art von Gemütlichkeit – er hat sie nie erlebt. Sein Kommentar dazu: »Was du mir erzählst, das sind Geschichten wie aus einem Buch.« Wenn ich jetzt in diesem Moment über ihn nachdenke, tut er mir unendlich leid. Natürlich, es geht ihm gut, er kann sich alles kaufen, und das hat er selbst geschafft. Darauf kann er stolz sein.

Wir wohnen im Hotel Cipriani. Das Feinste vom Feinen. Liegt wie ein privater Landsitz mitten in Venedig. Wir haben eine große Suite mit zwei Schlafzimmern und einem Salon dazwischen. Beim Einkaufen braucht man nicht auf den Preis zu schauen und beim Essen ebenso wenig. Aber Streicheleinheiten, die von Herzen kommen, kennt er nicht.

Und dann ging's ihm gestern Abend, als ich ihm Gute Nacht sagte, plötzlich nicht gut – Bluthochdruck. Wie lange wird er schlafen? Wir waren eigentlich um neun verabredet, aber noch habe ich nichts aus seinem Zimmer gehört … und wenn es ihm in der Nacht nicht gut ging? Ich will ihn auf keinen Fall wecken. Zusammen gefrühstückt haben wir früher nie. Gesehen hat man sich am Spätnachmittag und zu gemeinsamen Mittagessen an den Wochenenden, wenn kein Golfturnier oder Jagdwochenende angesagt war.

***

Die Sonne schien schon auf ihr Bett, als Clara aufwachte. Im ersten Moment musste sie sich orientieren, dann hörte sie Johannes, der mit jemandem sprach und Sekunden später einen Wagen voller Frühstücksköstlichkeiten an ihr Bett schob.

Sie waren in einem kleinen Hotel in der Nähe des Berliner Savignyplatzes. Clara hatte gestern Abend noch einen Flieger nach Berlin genommen, und Johannes hatte sie in Schönefeld abgeholt. In der Times Bar in der Fasanenstraße hatten sie noch ein Glas Champagner getrunken, bevor sie sich auf ihr Zimmer zurückzogen, wo es nur noch sie beide gab.

»Guten Morgen, Sonnenschein!«, begrüßte Johannes sie. »Darf ich dir einen Kaffee einschenken?«

In diesem Moment war Clara überglücklich: Das alles war kein Vergleich zum Aufwachen neben Hoby in Berlin. Sie musste nicht mehr länger darüber nachdenken, was das mit ihr und Johannes war: Es war etwas Ernstes.

Der Rest des Frühstücks wurde sehr leidenschaftlich.

Bei ihren Eltern wurden sie um halb eins erwartet. Ihr Vater öffnete die Tür und strahlte, als er Clara sah.

»Komm, lass dich umarmen, damit ich weiß, dass ich nicht träume. Ich freu mich sehr. Deine Mutter hat dir ja schon am Telefon gesagt, dass wir heute unser Samstagmittag-Büfett haben, und ausladen konnten wir so kurzfristig nicht mehr.«

Er drehte sich zu Johannes. »Sie müssen Johannes sein …« Er schmunzelte. »Herzlich willkommen! Ich freu mich, dass Sie mir meine Tochter nach Berlin gebracht haben.«

Im Esszimmer war das Büfett bereits angerichtet. Die Gäste waren zum Aperitif auf der Terrasse und im Garten, und Mutter stand mit Hubert und einer Gruppe Bewunderer vor der blühenden Magnolie. Clara holte tief Luft, ging zu ihr, um sie zu umarmen. Dann stellte sie Hoby und Johannes einander vor. Zum Glück nahm er es einigermaßen gelassen, seinem Nachfolger die Hand zu geben.

Ihr Vater, der ihr gefolgt war, versuchte, die Situation zu

entspannen. »Ich möchte auf dieses besondere Samstags-Büfett anstoßen.« Er erhob sein Glas.

Die übrigen Gäste taten es ihm nach. Clara musterte Hoby unauffällig. Hoby, jetzt Hubert, und ein sehr erfolgreicher Businessman mit grau gestreiftem Maßanzug, Hermès-Krawatte und handgemachten englischen Schuhen, war das krasse Gegenteil von Johannes mit seiner Tweedjacke. Johannes' Lächeln verzauberte jedenfalls nicht nur Clara. Eine Dame unbekannten Alters, Clara kannte ihren Namen nicht, sehr wahrscheinlich eine Freundin ihrer Mutter, hatte sich bei ihm eingehakt.

Das Büfett wurde eröffnet, und Hubert nahm Clara am Ellbogen. »Du hast dich aber schnell getröstet.«

»Hoby, ich ... entschuldige, ich wusste nicht, dass du heute hier sein würdest. Ich ... Es tut mir leid.«

Hoby musterte sie kurz, und für einen Moment schien es Clara, als wollte er seinem Unmut noch weiter Luft machen. Dann entspannten sich seine Gesichtszüge. »Komm, ich finde, wir sollten den Tisch im Wintergarten besiedeln. Deine Eltern haben nicht mit diesem warmen Vorfrühlingstag gerechnet, deshalb sind alle Tische im Esszimmer gedeckt. Magst du dich hierhin setzen?«, fragte er und zog für Clara den Stuhl zurück. Er musterte Johannes. »Wollen Sie sich nicht auch hierhersetzen?« Hoby deutete auf den Stuhl gegenüber.

Johannes folgte dem Angebot.

Der Tisch füllte sich schnell mit weiteren Gästen, und Vater erwischte gerade noch den Stuhl links von Clara. Gesprächsthema Nummer eins waren Hoby und sein Fernsehauftritt vor zwei Tagen. Darüber wurde ausgiebig diskutiert. Die Komplimente von Johannes' Nachbarin nervten. Immer wieder sagte sie Dinge wie: »Ich finde, er ist göttlich. Er macht das einfach super! So lässig kann man nur sein, wenn man sehr erfolgreich ist.«

Einer der Gäste wollte von Clara wissen, ob sie noch als Kommissarin tätig sei. Clara nickte. Zu mehr kam sie nicht, denn jetzt entfachte sich eine rege Diskussion unter den anwesenden Damen, die sich allesamt von ihren Männern aushielten ließen und kein Verständnis für Frauen hatten, die einer Arbeit nachgingen und für ihre erfolgreichen Männer keine Ent-, sondern nur eine Belastung waren.

Clara versuchte, dieses Affentheater so lange wie möglich ohne Widerrede auszuhalten. Irgendwann war es genug. Dieses ganze Palaver von arbeitenden Frauen und Ehen, die dann zwangsweise scheitern müssten. Kopfschüttelnd und für alle offensichtlich verließ Clara den Tisch, und Johannes folgte ihr. Sie gingen zu ihrem Vater, der seinen Gartenfreunden draußen ein neu angelegtes Beet erklärte. Clara umarmte ihn.

»Papa, ich komme morgen zum Frühstück. Bitte richte es Mama aus. Ich möchte sie jetzt lieber nicht stören.«

Johannes' Umarmung tat gut, sobald die Haustür hinter ihnen ins Schloss gefallen war. Und liebevoll hielt er ihre Hand, bis sie im Hotel waren.

»Mein Liebling, ich hab einiges, was da diskutiert wurde, nicht nachvollzieh–«

»Ist gut. Komm, vergessen wir es«, unterbrach ihn Clara.

Johannes half ihr, glücklich zu sein.

Sonntag, 22. Februar

Ein sonniger Morgen und nur sehr kurzes Geschmuse. Claras Eltern erwarteten sie zum Frühstück. Ihre Mutter behandelte Johannes sehr distanziert, und ihr Vater schleppte ihn deshalb bald in den Garten. Kaum waren sie allein, ging es sofort los.

»Raus mit der Sprache, Clara: Wer ist dieser junge Mann, und was hat er außer der Arbeit mit dir zu tun? Ich hab mich schon gefragt, warum du nicht hier bei uns übernachtet hast. Oder warst du, was ich sehr begrüße, bei deinem Ehemann?«

»Mama, bitte …«

»Was, bitte? Du hast doch hoffentlich bei Hubert geschlafen! Ihr seid alle drei so früh aufgebrochen.«

»Nein, ich habe nicht bei ihm geschlafen, und das wird in diesem Leben nicht mehr vorkommen! Wir haben uns getrennt – einvernehmlich.«

»Clara, hatten wir das nicht schon einmal?«

»Nein, so nicht. Ich kann dieses Leben, das er von mir verlangt, nicht leben. Ich bin mir absolut sicher. Und mal ehrlich – Hoby ist doch genauso unglücklich mit mir.«

»Clara, ich versteh dich nicht. Er ist doch ein so wunderbarer und erfolgreicher Mann. Und natürlich will er nur dich, und das, obwohl es hier in Berlin eine Menge junger Frauen gibt, die alles darum geben würden, an der Seite solch eines Mannes zu glänzen.« Claras Mutter fuhr fort, ohne Luft zu holen. »Er will dich verwöhnen, das hat er mir schon mehrmals erzählt. Du musst nicht arbeiten, und er macht sich mit Recht Sorgen. Deine Arbeit ist nun wirklich nichts für Frauen und zu gefährlich, wie dein Autounfall gezeigt hat. Auch ich habe große Angst um dich.«

»Mama, bitte hör auf.« Clara stand auf. »Ich bin, und das musst du endlich akzeptieren, erwachsen. Ich muss mein eigenes Leben führen!«

Johannes musste zu einem Meeting und hatte Termine bis Montagnachmittag. Bei ihrem Abschied wurde es selbst ihrer Mutter klar, dass sie nicht nur zusammenarbeiteten.

Mit einem großen Blütenstrauß aus dem Garten brachte Vater sie zum Flughafen.

»Ich finde Johannes sehr sympathisch, und wenn ich ehrlich bin – ganz im Gegensatz zu deiner Mutter, man kann jedoch nicht immer dieselbe Meinung haben –, ist Hubert, seit er so erfolgreich ist, nicht mehr mein Fall, und ich verstehe dich sehr gut.«

In Schönefeld angekommen, schaltete sie zum ersten Mal seit mehr als vierundzwanzig Stunden ihr Handy ein. Sechs Nachrichten, alle von Michael und Richi. »Bitte melden. Es ist dringend, bitte melde dich.«

Sowohl bei Richi als auch bei Michael bekam sie nur die Mobilbox, und auch Julia war unerreichbar.

Im Flieger schickte sie dann die letzte SMS mit ihrer Ankunftszeit an Michael in Köln/Bonn.

Michael stand hinter der Absperrung, nahm ihren Rollkoffer und machte sich ohne weitere Worte mit großer Eile auf den Weg zu seinem Auto, das im Halteverbot direkt vor der Tür parkte.

»Was ist los, Michael?« Clara hatte Mühe, hinterherzukommen. »Bitte, wo brennt es?«

»Lass uns losfahren und schnall dich an.«

»Aber was ist denn? Du machst einen sehr –«

»... ratlosen Eindruck. Julias Vater ist gestern Morgen nicht aufgewacht, und alle Versuche, ihn zu wecken, blieben ergebnislos. Der Notarzt stellte Herzversagen fest, konnte ihn nach mehreren Versuchen reanimieren. Sie brachten ihn mit einem Notarztboot in das beste Klinikum von Venedig. Seine Frau wurde informiert und machte sofort die Flugambulanz mobil. Sie holte ihn mit zwei Kölner Ärzten nach Köln.« Michael bog auf die Autobahn Richtung Zentrum ab. »Er liegt auf der Intensivstation der Uniklinik und ist noch im Koma. Nach Aussage von Julia hatte er vergessen, seine Medizin für den Bluthochdruck zu nehmen, und hat dann eine doppelte Dosis genommen. Die Ärzte waren jedenfalls der Meinung, dass dies nicht die alleinige Ursache sein konnte. Sie haben ihm schon im Flugzeug Blut abgenommen, und in den Blutuntersuchungen fand sich Digoxin in viel zu hoher Dosierung.«

»Michael, was heißt das?«

»Auf Deutsch: Er ist vergiftet worden! Digoxin ist ein Wirkstoff in Herzmedikamenten zur Behandlung von Herzrhythmusstörungen und Herzschwäche. Das Medikament ist verschreibungspflichtig und in zu hoher Dosis stark giftig bis tödlich.« Clara war entsetzt.

»Wie konnte das passieren? Und wo ist Julia jetzt?«

»Ich glaube, sie ist bei dir. Ein Haftbefehl liegt bereits vor. Wieso das so schnell ging, verstehe ich genauso wenig!«

Michael bremste scharf, beinahe wäre er bei Rot über den Bonner Verteiler gefahren. Die A 4 war dicht, und nun wollte er über den Militärring nach Braunsfeld fahren.

»Wer hat Julia angezeigt? Michael, wer?«

»Das kann sich eigentlich nur um die zwei Ärzte handeln, die Herbert Schreugen nach Köln brachten. Die haben die Vergiftung festgestellt.«

»Da ist doch eindeutig schon wieder was faul«, empörte sich Clara. »Erstens kann er die Überdosis rein theoretisch selbst genommen haben, und zweitens muss es ein anderer als Julia gewesen sein. Du hättest sie mal erleben sollen, wie sehr sie sich auf die Reise mit ihrem Vater und über ihr neues gutes Verhältnis gefreut hat. Das würde sie auf keinen Fall zerstören!«

Julia hockte weinend in der Küche. Als sie Clara sah, sprang sie auf und schlang die Arme um sie.

»Gott sei Dank, du bist wieder da. Es ist … es ist alles so schrecklich, wirklich mehr als grauenhaft!«

»Komm, Julia, wir müssen reden.« Clara zog Julia an den Küchentisch.

»Clara, ich weiß gar nicht, wo ich anfangen soll. Wir hatten es traumhaft schön.« Julia putzte sich die Nase. »Papa war so anders, so lieb, und wir haben geredet. Ja, geredet wie noch nie, und er hat mir von seiner Kindheit erzählt, und da hab ich dann endlich begriffen, warum er so ist, wie er ist! Wir sind ziemlich spät ins Bett, und getrunken haben wir einiges. Die Bar vom Cipriani ist speziell. Und dann ...« Sie schüttelte den Kopf. »Ich fass es noch immer nicht. Er hat mit mir zu der Musik ein Tänzchen aufs Parkett gelegt, obwohl da kein Mensch getanzt hat. Das heißt, es waren nur noch zwei Italiener da, und die wollten mit mir tanzen, und deshalb sind Papa und ich dann bald in unsere Suite gegangen. Wir wollten um neun Uhr frühstücken, Zeit für neue Entdeckungen haben. Er hat sich sogar bei der Rezeption nach einem Flug am Montag erkundigt, so glücklich waren wir zusammen.«

Sie schwieg und wischte sich die Tränen ab.

»Gestern früh hab ich nichts bei ihm gehört, und es war schon halb neun. Um Viertel vor neun rührte sich bei ihm noch immer nichts. Da bin ich zur Tür, die er einen Spalt offen gelassen hatte. Er lag zur Seite gedreht und ...« Julia schluckte mehrmals. »Es sah so friedlich aus, und ich wusste doch nicht, wie seine Nacht war. Ich hab geschlafen wie ein Stein, und da wollte ich ihn noch nicht wecken. Als er sich so um halb zehn noch immer nicht rührte, da ...« Julia sprang auf. »Warum? Clara, warum und gerade jetzt, wo es so schön war?«

Clara nahm sie in den Arm und streichelte ihr über den Rücken. »Alles wird gut, meine Liebe. Michael und ich werden herausfinden, wer das deinem Vater angetan hat.«

Für Clara war es eindeutig: Jemand wollte Julia an den Kragen. Und sie wollte herausfinden, wer es war. Julia hatte sich zurückgezogen, und Clara sprach in der Küche mit Michael.

»Wie können wir beweisen, dass sie unschuldig ist? Es

spricht doch schon wieder alles gegen sie – du musst zugeben, sehr raffiniert gegen sie. Wir müssen unbedingt wissen, wann die Vergiftung eingetreten ist und wann das Gift eingenommen wurde.«

»Clara, bitte, mach nicht gleich einen Mord daraus. Das Erste, was wir klären müssen, ist, ob er regelmäßig ein Medikament mit Digoxin einnimmt. Vielleicht hat er sich bei der Einnahme vertan oder es mit einem seiner anderen Mittel verwechselt.«

Clara nickte. »Das heißt Kontakt mit seinem Hausarzt aufnehmen.«

Julia hockte im Wohnzimmer auf Richis Schoß und hatte ihren Kopf in seinen Hals vergraben, als Clara und Michael hereinkamen.

»Sie glaubt, sie ist schuld …«, erklärte Richi auf die unausgesprochene Frage. »Sie glaubt, sie hätte besser auf ihn aufpassen und schauen müssen, dass er seine Mittel nimmt.«

»Das stimmt doch«, kam es schluchzend von Julia.

»Julia, bitte … er ist erwachsen! Für uns ist wichtig, wie wir euren Hausarzt erreichen können«, mischte sich Michael ein.

»Dr. Schäfer, seine Telefonnummer hab ich in meinem Handy gespeichert.«

Julia kramte in ihrer Jackentasche. »Verdammt, in der Aufregung weiß ich nicht einmal, wo mein Handy ist. Als sie Vater in den Krankenwagen packten, gab's ein großes aufgeregtes Chaos.«

»Julias Tasche hängt im Eingang.« Richi schob Julia sanft von seinem Schoß. »Der Taxifahrer hat sie vorhin abgegeben.«

Clara hatte es zwar erwartet, war aber dennoch enttäuscht, dass sie Dr. Schäfer nicht erreichten: In der Praxis verwies sie der Anrufbeantworter auf den Notdienst am Wochenende.

Sie würden es gleich morgen früh probieren.

Montag, 23. Februar

Richi und Clara schlafen noch.

Papa, bitte, bitte wach wieder auf. Warum, warum, warum? Endlich habe ich dich, meinen Vater, gefunden und … jetzt muss ich schon wieder heulen …

***

Sie frühstückten zusammen. Julia sah schrecklich aus, hatte sich jedoch weitgehend gefangen.

»Ihr Lieben, mir kam heute Nacht eine gute Idee.« Clara schaute Julia an.

»Ganz das Gegenteil von mir«, reagierte Julia.

»Deshalb. Du brauchst dringend einen Tapetenwechsel, und Besuche in der Uniklinik sind im Moment sowieso untersagt. Ich denke an was Grünes, was Romantisches und –«

»Clara, ich kann doch jetzt nicht einfach abhauen«, unterbrach Julia. »Ich muss doch in der Nähe von Papa bleiben und ihn besuchen, wenn er aufwacht.«

»Das wird, soweit ich von den Ärzten erfahren habe, frühestens übermorgen sein, und wenn er dich dann in diesem Zustand sieht, erreichst du eher das Gegenteil. Dann wirst du ihm auch noch Sorgen machen.«

»Verschweigst du mir etwas?«

»Julia«, Claras Stimme wurde bestimmter, »ich habe dich sehr lieb gewonnen, und deshalb möchte ich, dass du jetzt ohne viele Fragen deine Sachen packst und auf meinen Vorschlag eingehst …« Von dem gegen sie vorliegenden Haftbefehl hatten Michael und Clara ihr nichts erzählt. Aber es war dringend ratsam, sie aus Claras Haus zu schaffen.

Richi nahm Julias Hand. »Komm, Clara hat recht. Und so ein Ausflug ist –«

»… genau das Richtige«, beendete Clara den Satz. »Ich denke da an einen bestimmten Traumplatz, der nicht sehr weit von hier ist.«

Clara rief Siegfried von Stehel an. Er hasste telefonieren und war entsprechend kurz angebunden.

»Okay, unter einer Bedingung: Du kommst noch heute zum Räumen, und ganz ohne Infos lass ich dich nicht gehen.«

»Ich komme heute Nachmittag«, konnte ihm Clara gerade noch sagen, bevor er auflegte.

»Ihr zwei Lieben, kommen wir zum Praktischen. Ihr könnt mein Auto haben, und ich schlage vor, dass ihr ein paar Sachen einpackt. Zu essen ist wichtig! Ich mache mit Richi den Kühlschrank leer. Julia, du fängst schon mal mit eurem Waschzeug an. Ihr braucht Turnschuhe, etwas gegen den Regen und etwas Warmes, falls es morgens kalt wird. Der Laptop mit ein paar DVDs ist auch keine schlechte Idee, weil es keinen Fernseher oder Internetanschluss gibt.«

Clara stopfte mit Richi alles Essbare in zwei Körbe und eine Kühltasche. Dabei erzählte sie ihm von ihren Vermutungen.

»Richi, es ist besser, wenn Julia es nicht weiß. Sie ist in großer Gefahr! Sie muss in den nächsten Tagen unauffindbar sein. Bitte beschränkt eure Ausflüge auf die oberen fünf Höfe von Heseln. Zum Einkaufen fährst du allein mit dem Fahrrad. Gut, dass es nur eins gibt! Mein Auto darf auf keinen Fall nach eurer Ankunft irgendwo gesehen werden. Versteck es in dem Schuppen. Es ist offiziell kaputt und hier in einer Werkstatt. Am besten, ihr fahrt jetzt gleich über die Aachener Straße auf die Autobahn.«

Clara nahm Richi bei den Schultern und schaute ihn ernst an. »Ein Glück, dass es dich gibt. Ich weiß, du wirst gut auf sie aufpassen.«

Clara brachte die beiden zum Auto und zog einen Zettel mit der Wegbeschreibung aus ihrer Jackentasche.

»Der Schlüssel liegt unter dem losen Baumstumpf rechts neben dem Eingang.« Sie überlegte einen Moment. »Wasser gibt es aus dem Brunnen hinter dem Haus. Holz zum Feuermachen liegt schon bereit. In dem Regal gleich neben dem Eingang ist ein Memozettel mit allem, was man wissen muss, um es gemütlich zu haben. Es ist ein Paradies aus einer anderen Zeit. Ich bin mir sicher, dass ihr glücklich sein werdet.«

»Halt, jetzt hätte ich beinahe unsere Schul- und Unitaschen im Flur vergessen.« Julia rannte noch einmal zurück. »Schließlich haben wir noch einiges zu lernen.«

Als die Lernsachen verstaut waren, umarmte Clara Julia, die sich hinter das Steuer klemmte. Sie winkte, bis das Auto mit den beiden verschwunden war.

Hans veranstaltete aus ihrem Zuspätkommen zur Morgenkonferenz genussvoll ein Theater. »Hier kommt sie ja endlich … Möchtest du noch immer behaupten, dass Julia Schreugen die Unschuld in Person ist? Jetzt, wo sie ihren Vater auf dem Gewissen hat?«

»Hans, was redest du da?« Michael wurde laut. »Herbert Schreugen ist auf dem Weg der Besserung, und es ist noch keineswegs erwiesen, dass Julia Schreugen etwas damit zu tun hat.«

»Interessant. Wie ihr seht, hat unsere Kommissarin auch die Leitung unserer Mordkommission infiziert. Dann werde ich diese Ermittlung wohl jemand anderem übergeben müssen. Das war es für heute, und ich wäre dir sehr dankbar, jetzt in mein Büro zu kommen.«

Michael blieb stur und begleitete Clara. Zum Hinsetzen wurden sie nicht aufgefordert. Hans hatte es offensichtlich eilig.

»Für mich ist es eindeutig. Julia Schreugen hat versucht, ihren Vater umzubringen. Die Staatsanwaltschaft ist bereits eingeschaltet.«

»Hans, ich verstehe nicht, wie man so kurzfristig solche Entscheidungen treffen kann. Wieso geht das alles so schnell, ohne dass es handfeste Beweise gibt?«, wollte Michael wissen.

»Was sollen diese idiotischen Fragen? Gestern rief mich Herr Friedrich Plitter an. Er gehört zur Kölner Hautevolee und ist sehr eng mit dem Ehepaar Schreugen befreundet. Er fürchtet um das Leben seines Freundes Herbert. Wir haben uns länger unterhalten, und die Tatsachen sind eindeutig. Herbert Schreugen war mit der Tochter allein in Venedig. Von dieser spontanen Reise wusste niemand.«

»Das heißt noch lange nicht, dass –«

Michael wurde von dem hereinstürmenden Jörg unterbrochen. »Hans, komm, wir sind spät. Das Turnier hat vielleicht schon angefangen, und wir sind bestimmt nicht die einzigen Gäste von Friedrich Plitter.«

Erst jetzt bemerkte Clara, wie peinlich Hans herausgeputzt war. Er stand auf und knöpfte die zu eng sitzende Weste seines hellgrünen Anzugs zu.

»Bis morgen hat das Ganze Zeit, doch ich werde als Chef dieser Abteilung heute noch eine Entscheidung treffen, wer diese Untersuchung dann übernimmt.«

»Spinner«, zischte Michael und drückte wütend auf sein Handy, das schon eine Weile nervte. »Da ist wohl ein Verrückter am Werk. Das klingt mir alles nach Kölner Klüngel – von welchem Turnier hat Jörg gesprochen?«

Clara hatte keine Ahnung. »Wir sollten auf jeden Fall die Gelegenheit nutzen, dass Hans außer Haus ist, und weiterermitteln.«

Und das taten sie. Clara erreichte endlich jemanden bei Dr. Schäfer. Die Arzthelferin stellte sie gleich durch, und nach ein paar Minuten wusste Clara, dass Herbert Schreugen lediglich ein Mittel gegen Bluthochdruck, nicht aber ein Medikament mit dem Wirkstoff Digoxin einnahm. Sie informierte Michael darüber und verabredete sich für den Abend mit ihm und Johannes bei sich zu Hause. Dann machte sie sich in ihrer Mittagspause auf zu Siegfried ins Antiquariat.

Die Tür des Antiquariats war abgesperrt. Clara klopfte so lange, bis Siegfried mit einem Buch in der Hand, die Brille auf der Nase, an der Tür erschien.

»Ich dachte, du hättest es dir anders überlegt.« Er grinste. »Jetzt komm schon rein.«

»Siegfried, es tut mir leid. Wir können –«

»Nicht wir«, unterbrach er sie lachend. »Du räumst auf. Vorher bestehe ich jedoch darauf, zu erfahren, was eigentlich los ist. Du klangst so panisch am Telefon, und glaub ja nicht, ich lass dich ziehen, bevor ich weiß, was los ist.«

Er umarmte Clara. »Warum zuckst du jetzt auch noch vor mir zurück?«

»Siegfried, bitte, ich hatte einen Unfall.«

»Was für einen Unfall?«, wollte Siegfried streng wissen und befreite zwei Stühle von Büchern. Er schob Clara dorthin.

»Bevor wir räumen, möchte ich alles wissen.«

Clara erzählte es ihm, so kurz es ging.

»Ich freu mich über diesen Besuch in Heseln«, sagte Siegfried, als Clara geendet hatte. »Es tut meinem Haus gut, wenn es bewohnt wird, und ich hoffe, den beiden gefällt es. Ich gebe zu, ich war schon viel zu lange nicht mehr oben. Vor vier Wochen ist ein Bekannter für ein verlängertes Wochenende hin. Er ist nach einer Nacht wieder abgereist … war ihm zu einsam.«

»Richi und Julia wird schon nicht langweilig werden. Sie sind ein Liebespaar. So, nun lege ich mal mit dem Räumen los.«

Clara stellte fest, dass ihr das Buchstöbern und Räumen guttat. In ihrer ersten Zeit in Köln hatte sie fast ihre ganze Freizeit bei Siegfried verbracht. Sie liebte dieses Abtauchen in andere Welten, liebte dieses Entdecken von Unbekanntem. Man vergaß alles, sogar die Zeit.

Verstaubt und verschwitzt fuhr sie etwas spät nach Hause, um den Nachmittag von dort aus weiterzuarbeiten.

Tief in ihre Akten versunken, schreckte Clara hoch, als es um Punkt sieben klingelte. Johannes und Michael standen vor der Tür. Johannes nahm sie kurz in den Arm, Michael grinste und folgte ihnen in die nicht aufgeräumte Küche.

»Was ist denn hier los? Alles so anders, und wo sind denn unsere jungen Leute?« Er schaute sich um.

»Das kann ich dir nicht verraten, bis wir diesen Fall gelöst haben.«

»Bist du wahnsinnig, Clara?«, versuchte Michael, wurde aber von Johannes unterbrochen.

»Stopp – um was geht es? Vielleicht seid ihr so nett und klärt mich auf«, mischte sich Johannes ein.

Michael erzählte es ihm, und Johannes verschwand zum PC in der Bibliothek. Clara fing an, die Küche aufzuräumen.

»Michael, ich kann mich täuschen, aber ich werde das Gefühl nicht los, dass Gisela Schreugen einen Liebhaber hat und ...« Clara stellte sich vor ihn.

»Mach es nicht so spannend. Wer ist dieser Liebhaber?«

»Ich glaube, Friedrich Plitter. Ich brauche sein Foto zur Bestätigung. Und irgendwie glaube ich jetzt sogar, dass sie mit diesen Vernichtungs...« Clara schwieg einen Moment. »Lassen wir es. Jedenfalls bin ich überzeugt davon, dass Gisela Schreugen etwas damit zu tun hat.«

»Clara, bitte, sie hat für den Zweiundzwanzigsten ein handfestes Alibi. Sie war doch ebenfalls im Maritim.«

Johannes kam in die Küche und drückte ihnen einen Stapel Ausdrucke in die Hand. Sein Gesichtsausdruck erschreckte Clara.

»Was ist los?«

»Ich brauche jetzt einen sehr starken Kaffee«, bekamen sie statt einer Antwort zu hören.

Schweigend trank er seinen Kaffee, und Clara und Michael studierten die Daten, die er ausgedruckt hatte. Friedrich Plitter, ein sehr angesehener Bürger der Stadt Siegburg, Betreiber einer großen Autowerkstatt und Großhändler für Gebrauchtwagen. Ein Foto hatte Johannes ebenfalls gefunden, entstanden bei der Schenkung eines gebrauchten Kombis an die Stadt Siegburg, auf dem er zufrieden lächelte, dazu zwei Berichte von großzügigen Autospenden in Köln. Auf einem der Ausdrucke standen die

Vermerke »F. Plitter, deutsche Staatsbürgerschaft, seit fünfzehn Jahren verheiratet mit Carmen Rosello in Cartagena, Kolumbien«, »F. Plitter, in Puerto Cabello, Venezuela, Eigentümer einer Bootswerft«, »F. Plitter, Professor in Valencia, Spanien«. Und unter dem Namen Fritz Hofer hatte er schon mit fünfzehn wegen krimineller Delikte in der JVA Ossendorf gesessen. Clara studierte sehr genau und sorgfältig die heruntergeladenen Fotos. Es war eindeutig der Begleiter von Gisela Schreugen im Vendôme und der Zigarrenfreund von Fritz Cober.

»Danke, Johannes, und du bist sicher, dass es sich um ein und dieselbe Person handelt?«, fragte Michael.

»Hundertprozentig sicher!«

Michael faltete die ausgedruckten Seiten zusammen.

»Leider musst du noch einmal für uns graben. Autounfälle im Zusammenhang mit der Firma Cober oder Plitter.«

»Meinst du damit ähnliche Unfälle wie Claras und Julias?«

»Ja, allerdings schlimmere. Clara und ich waren bei der Firma Cober, und ein alter Mitarbeiter schien einiges zu wissen, wollte nur nicht damit herausrücken!«

»Den sollten wir uns auf jeden Fall noch mal vornehmen«, sagte Clara.

Johannes schaute Clara prüfend an. Ihre dunklen Locken führten ein besonderes Eigenleben, vielleicht, weil sie sich in ihrer Angespanntheit öfter durch die Haare gefahren war.

»Ich glaube, wir machen jetzt eine Pause. Ich verspreche euch bis morgen früh alle Unfälle und die geheimen Konten von Friedrich Plitter.«

»Und ich werde dieses Liebespaar jetzt seinem Schicksal überlassen. Clara, ich hol dich morgen früh ab. Bitte kein Zuspätkommen! Und weißt du, was ich mir eben überlegt habe? Warum kaufen wir nicht morgen Nachmittag in einer dieser zwei Firmen einen Gebrauchtwagen für dich?«

An der Wohnungstür drehte sich Michael noch einmal um. »Einen Moment muss ich noch nerven.«

Johannes schlang seine Arme demonstrativ um Clara.

»Mir ist gerade etwas Wichtiges eingefallen. Das Gepäck von Julia und ihrem Vater – wohin ist das gekommen, und wer hat es ausgepackt?«

Clara löste sich aus Johannes' Armen.

»Verdammt, du hast recht. Das Gift könnte in seine Medizin gemixt worden sein. Oder Frau Schreugen hat ihm die Pillendosen gepackt. Verdammt, wir wissen einfach viel zu wenig über seine Gepflogenheit–«

»Aufhören!« Johannes schob Michael zur Tür. »Komm, es reicht, heute Abend könnt ihr sowieso nichts mehr machen.«

»Ich werde es trotzdem versuchen, und den Zeitpunkt der Vergiftung brauchen wir außerdem. Wollen mal sehen, wie weit ich komme.«

»Michael, du bist ein Optimist. Wenn das Digoxin wirklich unter seine täglichen Medikamente gemischt wurde, ist es wahrscheinlich schon ausgetauscht und entsorgt«, mischte sich Clara ein.

»Das sehen wir morgen«, erwiderte Michael grinsend und verschwand.

Als Clara in der Nacht aufwachte, war das Bett neben ihr leer – wie eigentlich immer, wenn Johannes bei ihr war. Und wie immer fand sie ihn am PC. Er machte einen nervösen Eindruck.

»Johannes, was ist? Hat das nicht bis morgen Zeit?«

Er kam zu ihr und nahm sie in die Arme. »Ich mach mir Sorgen, Clara, und zwar nicht zuletzt um dich! Das ist ein Fall, der definitiv mit Rauschgift zu tun hat. Wir sollten das entsprechende Dezernat einschalten. Und du musst aus der Schusslinie.«

»Fang du jetzt nicht auch noch damit an. Ich kann es nicht mehr hören. Das war unter anderem ein Grund, warum es in meiner Ehe nicht funktionierte. Es gab ununterbrochen dieses Sorgenpalaver, und ob er sich wirklich Sorgen gemacht hat, weiß ich bis heute nicht. Ich glaube, er wollte nur, dass ich ausschließlich für ihn –«

»Mein Liebling, es geht nicht um deine Arbeit«, unterbrach Johannes sie. »Es ist dieser spezielle Fall.« Er schwieg einen Moment. »Ich habe nach tödlichen Autounfällen gesucht, und mir gefällt das Ganze gar nicht. Doch lass uns jetzt ins Bett gehen. Morgen sind wir klüger.« Er zog Clara an sich.

Dienstag, 24. Februar

Richi schläft noch, und ich war draußen. Die Sonne ging gerade auf und tauchte alles in ein goldenes Licht. Die Vögel, die es hier gibt, zwitschern schon sehr zeitig. Leider hab ich kein Vogelbuch oder Internet, und deshalb weiß ich nicht einmal, wer sie sind. Nur Adler kenne ich, und davon kreiste heute einer über die Wiese. Feuer machen, damit wir Tee kochen können – das hab ich gelernt. Warum will es heute nicht so richtig? Ohne Richi, ich gebe es zu, klappt vieles nicht.

Wie anders ist eine Welt, in der man plötzlich unerreichbar ist. Kein Handy, kein Fernsehen, keine Nachrichten, keine Geräusche von Autos oder irgendetwas außer dem Rauschen der Eichen, die direkt neben dem Eingang stehen. Natur pur. Richi hat mich gestern vor dem Brunnen gewaschen. Wir haben uns dabei gekringelt vor Lachen, bis es zu kalt wurde und ich mit blauen Lippen vor dem Feuer von ihm wieder warm geknutscht wurde.

Dann hat er darauf bestanden, mit mir zu lernen. Da ist er so streng und macht mich rasend, aber er hat recht.

***

Clara machte Frühstück, und Johannes hing an seinem Handy und tätigte mehrere Anrufe. Er war in der Bibliothek, sie konnte ihn durch die offene Tür sehen. Erregt lief er von einem Fenster zum nächsten, und es dauerte, bis er kam.

Clara deutete auf seinen Teller. »Dein Spiegelei ist kalt. Soll ich dir ein neues machen?«

Er reagierte nicht, begann nur, sich ein Brot zu schmieren.

»Johannes, was ist los?«

»Los ist, dass ich beschlossen habe, eine Auszeit zu nehmen. Los ist, dass ich mir Sorgen mache. Los ist, dass ich vor zehn Minuten Urlaub beantragt habe und der nicht akzeptiert wurde. Dann sollen sie mich halt rausschmeißen, auch egal.« Er zuckte mit den Schultern.

»Okay.« Clara stand auf, stellte sich hinter ihn und massierte seinen Nacken. »Vielleicht bist du jetzt endlich so lieb und erzählst mir, was du wirklich machst? Das in Köln, das ist doch nur –«

»... mein Deckmantel, und den behalte ich. Du wirst jetzt keine Sekunde mehr allein gelassen.«

Johannes' Handy ging. Der Anrufer redete ohne Pause, und Johannes' Antwort war kurz. »Diese Voraussetzungen sind okay, damit bin ich einverstanden. Ich denke, länger als vierzehn Tage werde ich nicht brauchen ... bin aber jederzeit erreichbar, und stehe HP auch über Mail zur Verfügung.«

»Johannes, warum willst du mir nichts sagen?« Clara baute sich vor ihm auf.

Er nahm sie in den Arm und flüsterte: »Das Einzige, was ich dir sagen will, ist, dass ...«

An der Tür klingelte es ausdauernd. Johannes verschluckte den Rest des Satzes, ging zur Tür und ließ Michael herein. Er war zur Lagebesprechung gekommen.

Clara machte zwei Cappuccino, und Michael schmierte sich ein Brot.

»Es ist besser, ich weihe euch jetzt ein«, eröffnete Johannes das Gespräch. »Ich habe heute Nacht drei tödliche Autounfälle allein in den letzten sechs Wochen gefunden. Natürlich alle in den Akten als ›Autounfälle‹ vermerkt.«

»Gute Arbeit«, lobte Michael mit vollem Mund. »Aber du machst einen ziemlich erschöpften Eindruck. Solltest du nicht mal Pause machen und die Nacht zum Schlafen nutzen?«

»Da hast du recht! Ich bin fix und fertig, weil ich mir Sorgen um Clara mache. Sie ist durch Julia in diesem Alptraum gelandet, und ich bin mir sicher, dass wir auf einen der großen Drogenumschlagplätze gestoßen sind. Der Drogenhandel ist das bedeutendste Deliktfeld der organisierten Kriminalität.

Kein Wunder, bei mehreren hundert Milliarden, die dabei herausspringen.«

Michael zog die Augenbrauen zusammen. »Jetzt mal langsam, heute geht mir alles etwas schnell. Wir waren doch gerade noch bei den Unfällen, und jetzt bist du bei Drogen.«

»Leider gehören unsere Fälle dahin.«

»Und was machen wir jetzt?«

»Wir müssen es an Europol weitergeben, da das weite Kreise zieht. Ich habe dort Kontakte und werde das sofort in Angriff nehmen, und dann sollten wir uns mit der GER in Verbindung setzen.«

»GER?«, fragte Clara.

»Gemeinsame Ermittlungsgruppe Rauschgift von Polizei und Zoll«, erklärte Johannes.

Michael stand auf. »Wir sind jetzt weg und treffen uns heute Mittag. Und du«, er wandte sich an Johannes, »solltest dich etwas hinlegen.«

»Nein, dazu bin ich viel zu nervös. Wir fahren zu dritt. Leider hab ich noch nicht herausgefunden, was die Schreugens damit zu tun haben. Nachher werde ich noch einmal zur Sicherheit in dieser Richtung graben.«

Hans und Jörg kamen fünf Minuten zu spät. Nummer eins war die Messerstecherei auf dem Hansaring, Nummer zwei der Fall Max Happ.

»Für diesen Fall ist ab jetzt ausschließlich Jörg Schmorn zuständig. Gestern auf dem Turnier haben wir Herrn Friedrich Plitter versprochen, dass wir uns persönlich darum kümmern werden. Er wird als enger Freund der Schreugens sicher eine große Hilfe sein. Frau Schreugen war gestern ebenfalls anwesend. Sie bezeichnete Julia als entzückend, aber leider emotional schizophren, und das schlägt bei diesem gestörten jungen Mädchen immer wieder in Vaterhass um. Deshalb ist es nicht vertretbar, Julia Schreugen noch weiter frei herumlaufen zu lassen. Ich übergebe jetzt an Jörg.«

Jörg fragte Clara: »Wo ist Julia Schreugen? Wir haben gestern erfahren, dass sie bei dir wohnt. In der Schule war sie heute jedenfalls nicht.«

»Es tut mir leid, bei mir ist sie das letzte Mal vor ihrer Venedig-Reise gewesen.« Clara lächelte Jörg zuckersüß an.

»Dir ist doch hoffentlich klar, was es bedeutet, eine Straffällige zu decken?«, mischte sich Hans ein.

»Clara deckt sie nicht, und für diesen Fall braucht es noch definitive Beweise«, erwiderte Michael. »Wenn die Ursache eine Vergiftung aufgrund einer Überdosis an Medikamenten war, wovon im Moment ausgegangen wird, dann stellt sich die Frage, wie Julia Schreugen an dieses rezeptpflichtige Medikament gelangen konnte. Es gehörte nicht zu den verschriebenen Medikamenten, die Herbert Schreugen täglich einnehmen muss. Das wissen wir von seinem Hausarzt, der dies bereits schriftlich per Fax bestätigt hat.«

»Michael, das geht dich nichts mehr an. Das ist nicht mehr dein Fall, kümmere dich um deinen Kram«, reagierte Hans wütend. Dennoch schien er Bedenken zu haben. Er wandte sich an Jörg: »Und du siehst zu, dass du das überprüfst.«

Johannes setzte sich in seinem Büro sofort vor den PC, als Clara, Michael und Ludwig in Claras angrenzendes Büro kamen. Sie ließen ihn in Ruhe arbeiten und flüsterten nur. Dann sprang Johannes auf, kramte in seiner Aktentasche und zog ein Kuvert mit einem Handy heraus. Er stellte sich wegen des Empfangs neben das Fenster, hörte die Mobilbox ab, bevor er schließlich wählte und sich als »PB 6« meldete. Schweigend hörte er zu und wiederholte dann: »Dirección Nacional de Estupefacientes, DNE, verwaltende Drogenbehörde. Ein großes Depot in Bogotá? Okay, ich melde mich wieder. Namen gebe ich dir per SMS.«

Das Handy wurde ausgeschaltet und verschwand wieder im Kuvert in seiner Aktentasche.

»Keine guten Neuigkeiten. Wartet einen Moment, ich muss

nur noch schnell eine SMS mit den Daten von Friedrich Plitter und Fritz Cober weiterleiten.«

Als er damit fertig war, zog er seinen Stuhl neben Clara.

»Die letzten Neuigkeiten: Die GER und die Drogenfahnder vom NRW-Landeskriminalamt sind ab jetzt mit im Boot. Sie sind nicht nur damit einverstanden, sondern bestehen darauf, dass ich die Undercover-Mission übernehme. Gut für uns – das gibt uns Rückendeckung und absolut freie Bahn für alles.«

»Aber da war doch noch mehr. Du warst so betroffen. Was hast du noch erfahren?«, wollte Clara von ihm wissen.

Nach einem kurzen Zögern antwortete er. »Es ist äußerst gefährlich, was sich da jetzt tut, und ich schwanke noch immer, ob es gut ist, euch einzuweihen und –«

»Für solcherlei Bedenken ist es jetzt zu spät«, unterbrach ihn Michael. »Wir hängen doch eh schon mit drin.«

»Okay, einiges solltet ihr wissen. Die DNE ist die verwaltende Drogenbehörde in Bogotá. Sie finanziert sich durch Verkäufe der eingezogenen Güter der ›Narcos‹, der verhafteten Drogenbosse, braucht demnach keine staatliche Unterstützung. Bekannt ist, dass schon mehrere der eingesetzten Verwalter wegen Veruntreuung verhaftet wurden. Zweitens: Die Drogenmafia setzt die Verwalter der DNE unter Druck, und selbst dem Senator werden Verbindungen nachgesagt. Sehr schlechte Voraussetzungen. Vierhundertachtzig Tonnen weißes Gold haben im letzten Halbjahr Bogotá verlassen. Geschätzter Marktwert: sechsundneunzig Milliarden Euro! Schlimm, man bekam es nicht in den Griff.«

»Sechsundneunzig Milliarden! Kein Wunder, dass da einiges –«, sagte Michael.

»›Einiges‹ ist noch gelinde ausgedrückt. Auftragsmörder werden immer wieder eingesetzt, und, Michael, das sind wirkliche Profis.«

»Wie kommen die Drogen trotz aller Kontrollen und der Drogenhunde hier an?«, wollte Michael von Johannes wissen.

»Drogenhunde lassen von Paketen ab, die mit Geruchsmarken von ranghöheren Tieren markiert sind. Und dazu wird der Mist von Löwen und Nilpferden benutzt.«

Ludwig schlürfte den letzten Schluck seines Cappuccinos. »Nicht zu fassen … erschreckend!«

»Mehr als erschreckend, und deshalb darf auf keinen Fall auch nur der geringste Verdacht aufkommen, dass wir irgendwie in diese Richtung ermitteln.«

»Und wie soll es jetzt weitergehen? Siehst du tatsächlich eine Verbindung mit Cober und Plitter?«, wollte Michael wissen.

»Eindeutig. Deshalb schlage ich vor, dass Ludwig und ich jetzt zur Firma Cober fahren. Uns kennt dort keiner.«

»Ich hoffe, ihr habt mehr Glück bei dem alten Automechaniker.«

»Wir werden unser Bestes versuchen. Michael, du musst mir versprechen, auf Clara aufzupassen, bis wir wieder hier sind.«

Michael bekam einen Alarm aus der Mittelstraße und nahm Clara trotz Protest mit.

Clara wartete im Auto und wollte gerade Zeitung lesen, als ein Paar in auffallend inniger Zweisamkeit aus dem »Apropos« kam. Friedrich Plitter hatte seinen rechten Arm sehr liebevoll um Gisela Schreugens Taille gelegt. An der linken Hand trug er diverse Einkaufstüten, und Clara beobachtete, wie die beiden Richtung Neumarkt davongingen.

Michael kam nach wenigen Minuten zurück.

»Das ging ja schnell.« Clara faltete die Zeitung zusammen.

»Ein Fehlalarm.«

»Mir ist noch etwas eingefallen. Julia hatte mir in unserem ersten Gespräch erzählt, dass sie im Maritim schon so benommen gewesen und später am Bebelplatz kaum die Treppe hochgekommen sei. Sie wollte und konnte nicht mehr, wollte sich nur noch hinlegen und –«

»Und was ist dir dazu jetzt Neues eingefallen?«

»Gisela Schreugen hat sie vom Maritim mit Julias Porsche zum Bebelplatz gefahren. Wie ist Julia in diesem Zustand überhaupt in den vierten Stock gekommen, wenn sie kaum mehr laufen konnte? Gisela Schreugen muss ihr geholfen haben. Und warum hat Madame dann nicht die Polizei und den Notarzt gerufen?«

»Du hast recht. Wenn wir davon ausgehen, dass Julia es nicht allein nach oben geschafft hat, ist es naheliegend, dass Gisela Schreugen ihr geholfen hat und mit Julia am Tatort gewesen sein muss. Nur wie können wir das beweisen, wenn Julia sich nicht erinnern kann?«

»Warte, da gibt es noch etwas. Gisela saß bei der Veranstaltung im Maritim neben Julia. Da hatte sie die perfekte Gelegenheit, Julia die K.-o.-Tropfen und das Morphin ins Glas zu schütten. Ich habe Gisela Schreugen und Friedrich Plitter gerade in inniger Zweisamkeit aus dem ›Apropos‹ kommen sehen. Irgendetwas ist faul an der Sache. Ich weiß nur noch nicht, was.«

»Das heißt, wir fahren so schnell wie möglich in den Hahnwald, um mit Gisela Schreugen zu sprechen. Und ich hake noch mal bei Rolf Kerein nach, was der bezüglich der Schwarzgeldkonten herausfinden konnte.«

Bei den Schreugens meldete sich nur die Haushälterin. Die gnädige Frau war bei ihrem Mann in der Uniklinik. Michael machte kehrt, und sie fuhren dorthin. An der Ampel zum Uniparkhaus kam ihnen aus der Einfahrt ein nicht unbekannter Porsche entgegen. Statt in die Einfahrt abzubiegen, stellte Michael seinen Wagen quer über den Bürgersteig und versperrte dem Porsche die Ausfahrt. Wütendes Hupen ertönte. Michael stieg aus und klopfte an die Fahrerscheibe des Porsches. Als diese hinuntergelassen wurde, blickte ihnen Frau Schreugen mit einem gekünstelten Lächeln entgegen.

»Ich weiß nicht, ob Sie sich an mich erinnern? Michael Weide, Kripo Köln, wir müssen uns unbedingt unterhalten, und zwar dringend!«

Ihr Lächeln wurde breiter. »Selbstverständlich, wann immer Sie wollen.«

Michael wollte gerade sagen, dass er jetzt mit ihr sprechen wolle, als Clara neben ihn trat und dazwischenfuhr: »Wir sind um siebzehn Uhr bei Ihnen.« Dann zog sie Michael ins Auto zurück.

»Zum Präsidium«, sagte Clara auf seinen fragenden Blick, als er den Motor anließ. »Johannes hat sich gemeldet. Es gibt wichtige Neuigkeiten.«

Michael wendete und fuhr los.

Johannes und Ludwig warteten in Johannes' neu ausgestattetem Büro. Sein neuer Schreibtisch und der kleine Konferenztisch mit sechs Stühlen machten einen professionellen Eindruck.

»Bitte setzt euch. Leider haben wir keine guten Neuigkeiten. Wir waren in der Cober-Werkstatt. Walter Hoschke, der ältere Mitarbeiter, den ihr getroffen habt, war seit dem 19. Februar nicht mehr bei der Arbeit. Der Angestellte, von dem wir das erfuhren, bekam deswegen von dem Bürohengst, der uns einige Autos zeigte, einen gewaltigen Rüffel. Die Adresse haben wir aus dem Melderegister und sind gleich hingefahren.« Johannes überlegte kurz, bevor er weitersprach.

»Hoschke hat einen Sohn, Lkw-Fahrer, und ihn konnte ich vor zehn Minuten auf dem Weg nach Basel erreichen. Joachim Hoschke war seit Sonntag bis heute Morgen in Köln. Eigentlich hat er versucht, sich Sonntagabend mit seinem Vater zum Essen zu verabreden, ihn aber nicht erreicht. Da Walter Hoschke sich bis gestern nicht zurückgemeldet hat, ist Joachim Hoschke zu ihm nach Brück gefahren. Er fand seinen Vater tot neben dem noch laufenden Fernseher. Das Bestattungsunternehmen Gron hat ihn heute Morgen abgeholt. Die Beisetzung ist für nächsten Dienstag geplant.«

Michael informierte die Pathologie, und Dr. Markus Niehoff, der Leiter, wollte in diesem Fall die Untersuchungen selbst durchführen.

»Mit einem DNA-Test werden wir sicher einiges feststellen

können«, versicherte er Michael. »Ihr müsst lediglich dafür sorgen, dass der Tote in den nächsten zwei Stunden hier bei mir in der Pathologie abgeliefert wird.«

Ludwig machte sich sofort auf den Weg. Michael telefonierte noch einmal mit dem Sohn, erklärte ihm die Notwendigkeit seiner Einwilligung und bekam sie. Für Clara und Michael wurde es Zeit, zu den Schreugens zu fahren.

Die Haushälterin Frau Jakobs öffnete und brachte sie in den Salon auf der rechten Seite des Eingangs.

»Die gnädige Frau wird gleich kommen.«

Friedrich Plitter stand am Renaissance-Schreibtisch, drehte sich um und korrigierte die Haushälterin: »Agathe, nicht gleich, in einigen Minuten.«

Mit Hausherren-Allüren ließ er sich in die Mitte des einzigen großen Sofas fallen und zeigte auf die zwei Sessel gegenüber. »Wollen Sie sich nicht setzen? Ich finde es unbegreiflich, dass Julia so spurlos verschwinden konnte und dass selbst die Polizei sie nicht findet. Ich bin immer davon ausgegangen, dass so etwas in der heutigen Zeit nicht mehr möglich ist.«

Er zündete sich einen Zigarillo an und zog genüsslich daran. »Ich mache mir übrigens große Sorgen um Frau Schreugen. Für sie ist es besonders schwer. Alle ihre Bedenken, die Julia anbelangen, haben sich mehr als bestätigt. Sie macht sich jetzt große Vorwürfe, dass sie diese Reise zugelassen hat. Sie fand die Idee von Anfang an nicht akzeptabel.«

»Was fand ich nicht akzeptabel?«, mischte sich Gisela Schreugen ein, die unbemerkt im Salon aufgetaucht war und sich neben Friedrich Plitter aufs Sofa setzte.

»Wir sprechen gerade darüber, dass du gegen diese Venedig-Reise warst.«

»Ja, das war ich, und schon deshalb finde ich dieses Gespräch begrüßenswert. Eins kann ich allerdings nicht begreifen … wie ist es möglich, dass Julia noch immer nicht gefunden wurde? Sie ist eine Gefahr für ihre Umwelt, und das nicht zum ersten

Mal. Ich finde, sie muss so schnell wie möglich aus dem Verkehr gezogen werden.«

»Liebling, bitte reg dich nicht schon wieder so schrecklich auf. Deshalb sitzen wir doch hier.« Plitter versuchte, sie mit einem sanften Handstreicheln zu beruhigen.

»Lass das, Friedrich.« Gisela Schreugen entzog ihm ihre Hand. »Ich hatte gerade eine Maniküre, und der Lack ist noch nicht ganz trocken. Jetzt zu Ihnen.« Sie musterte Clara. »Julia wohnte doch die letzte Zeit bei Ihnen, oder bin ich da falsch informiert?«

»Ja, sie wohnte bei mir, nur leider ist das vorbei. Wir hatten eine wunderschöne Zeit.«

»Siehst du, Friedrich.« Gisela Schreugen nahm Friedrich Plitters Zigarillo und zog genüsslich daran. »Das hab ich dir doch erzählt. Julia ist eine unglaublich gute Schauspielerin.« Sie schaute Michael an. »Und da ist Ihre Kollegin sicher nicht die Einzige, die darauf hereingefallen ist.«

»Meine Kollegin und ich sind nicht hier, um mit Ihnen über Julia zu sprechen, sondern wir haben noch einige offene Fragen zu Donnerstag, dem 22. Januar.«

»Ich dachte, das ist abgeschlossen. Aber natürlich interessiert es mich sehr, wie diese unheimliche Story wirklich verlaufen ist. Hat man jetzt wenigstens den Täter gefunden?«

»Nein, und deshalb gibt es noch Punkte, die zu klären sind. Wo haben Sie Julia abgesetzt?«

»Ich bin mit ihr bis zum Bebelplatz gefahren und habe ihren Porsche direkt vor dem Haus geparkt. Ich hatte es eilig, da ich noch einmal zurück ins Maritim wollte.«

»Und Julia ist dann allein ins Haus gegangen?«, fragte Michael.

»Aber nein, Julia ist im Auto geblieben. Sie war nicht bereit, auszusteigen, sondern wollte im Auto auf ihre Freundin Richi warten.«

»Und wie sind Sie zurück ins Maritim gelangt?«, hakte Clara nach.

»Ich wurde von unserem ehemaligen Fahrer Holger Horn abgeholt. Er springt manchmal ein, wenn Herr Sebald freihat. Was sollen diese Fragen?«, wollte Gisela Schreugen aufgebracht wissen. »Was hat das mit der Schießerei zu tun? Es geht Sie nichts an, wer mich abgeholt hat.«

»Ich finde es unverantwortlich, jemanden in diesem Zustand, in dem Julia sich befand, allein zu lassen.« Clara konnte sich nicht mehr zurückhalten und bereute es gleich darauf.

Gisela Schreugen stand auf und ging. An der Salontür drehte sie sich noch einmal um. »Friedrich, schmeiß sie raus, und das sofort!«

Das tat er keineswegs betroffen. »Dieses Gespräch werde ich mit größtem Vergnügen an höchste Stelle weitergeben. Da bemüht man sich als Bürger, hilfreich zu sein, und wird dann wie der letzte Verbrecher behandelt. Nicht mit uns!« waren seine Abschiedsworte.

Als Michael und Clara zurück ins Präsidium kamen, war Johannes nicht mehr allein. Rolf Kerein hatte dem Computerspezialisten inzwischen einen Besuch abgestattet, und gemeinsam waren sie nun mit Internetrecherchen beschäftigt. Sie hatten bereits herausgefunden, dass der Hauptgewinn der Drogengelder nicht in Deutschland, sondern auf zwei verschlüsselten Konten in Genf und Neapel landete.

»Es wird schwer sein, das zu beweisen«, Johannes stand auf, »doch wir werden einen Weg finden.«

Nur fünf Minuten später kam der Anruf aus der Pathologie. Die toxikologischen Untersuchungen der Leiche Walter Hoschkes lagen vor. Er war eindeutig an einer Vergiftung durch Methadon in hoher Dosierung gestorben.

Michael bekam vom Staatsanwalt einen telefonischen Hausdurchsuchungsbeschluss für Walter Hoschkes Wohnung.

Gemeinsam mit Clara fuhr er durch eine trostlose Ansammlung sozialer Wohnungsbauten nach Brück. Einzige bunte Verschönerung: die mit Graffiti beschmierten Untergeschosse. Sie mussten ins Haus Nummer 26, vierter Stock, Wohnung Nummer 328, und begegneten keiner Menschenseele. Die knapp zwanzig Quadratmeter große Ein-Zimmer-Wohnung mit einem Bett, zwei Sesseln und einem Fernseher auf einem kleinen Tisch war bemerkenswert aufgeräumt, das Bett mit blau-schwarz karierter Bettwäsche ordentlich gemacht. Nur ein leeres Glas stand auf dem Beistelltischchen.

»Lass uns aufteilen«, schlug Michael vor. »Du kümmerst dich um die Wohnung, und ich werde versuchen, in der Nachbarschaft etwas herauszubekommen.«

»Einverstanden.« Clara zog ihre Latexhandschuhe an und verstaute das leere Glas vorschriftsmäßig. Im einzigen Schrank hingen ein Anzug, eine Hose und eine Lederjacke. Das Schränkchen mit Küchenutensilien, so aufgeräumt wie alles andere, war schnell durchsucht. Clara wunderte sich, was ein geöffnetes, aber noch volles Paket Kaffee in dem Schrank machte, obwohl es nichts dafür gab, um einen Filterkaffee zu kochen. Clara nahm eine ihrer Sicherungstüten und schüttete den Kaffee hinein. Ein zusammengefalteter DIN-A4-Bogen rutschte ebenfalls aus der Packung. Er war eng mit einer schwer leserlichen Schrift beschrieben und begann mit: »Sohn, ich bin ein Mörder, der Mörder von Gerhard Kochl und von Ralph Beltz. Ich wurde von Fritz Cober gezwungen. Ich war zu feige, es nicht zu tun …«

»Na, da hat ja jemand was Besonderes gefunden.«

»Das kann man wohl sagen. Ich glaube, wir haben den ersten Punkt, um gegen Fritz Cober vorzugehen.«

»Für meine Augen ist das unlesbar, Clara. Ich habe Thomas Happer von der Spurensicherung erwischt. Er ist unterwegs. Ist schon besser, er schaut sich das hier auch noch mal an.«

Michaels Nachbarschaftsbefragung hatte nichts ergeben. Clara versuchte es auf dem Weg zum Auto bei der alten Frau, die am Ende des Gangs mit einer Mülltüte auftauchte. Ohne stehen zu bleiben, zischte sie sehr abweisend: »Mich in Ruhe lassen, sonst ich hole Polizei.«

Clara fragte die zwei Jungs, die mit einem kaputten Fußball vor der Haustür spielten: »Wohnt ihr schon lange hier?«

»Das geht euch einen Scheißdreck an«, antwortete der Größere, streckte ihr die Zunge raus und rannte, gefolgt von dem Kleineren, um die nächste Hausecke. Clara wollte gerade etwas hinterherrufen, als ein roter Fiat hupte und neben ihr stoppte. Es war Thomas Happer von der Spurensicherung, der aus seinem Auto stieg.

»Schöner Ausflug an meinem Feierabend, aber für dich, liebe Clara, mach ich doch fast alles. Dafür ist mal wieder eine deiner berühmten Lammkeulen angesagt.«

»Die Lammkeule bekommst du, und das habe ich schon sichergestellt.« Clara gab ihm die Tüten. »Wundere dich nicht über das ausgeschüttete Kaffeepulver in der Wohnung, das war ich. Ich habe in der Kaffeetüte Geschriebenes gefunden.« Sie lachte.

Johannes hing mit Rolf Kerein noch immer vor seinem PC. Er spürte Claras Auftauchen, sprang auf, streckte sich und nahm sie in den Arm. Es war ihm egal, dass Michael und Rolf da waren. Clara liebte diese Nähe, es tat so gut in seinen Armen. Michael hüstelte und wollte nervös wissen: »Habt ihr etwas Neues ausgegraben?«

Johannes löste sich von Clara und drehte sich zu Michael. »Leider gibt's nichts wirklich Neues. Die Gelder sind besonders raffiniert versteckt, und es wird sehr schwer sein, das zu beweisen. Eins ist neu: Plitter hat, was das Finanzielle angeht, ganz offensichtlich große Probleme. Warum, müssen wir aufdecken.«

»Das Geld ist nicht so wichtig wie die Todesfälle, die in der Firma Cober in den letzten, na sagen wir mal …«, Michael überlegte einen Moment, »… vier Jahren vorgekommen sind.«

Es war ein Alptraum, der immer schlimmer wurde, und Clara merkte, wie ihr langsam schwindelig wurde. In was war Julia da hineingeraten? Sie brauchte frische Luft, obwohl es gerade wieder zu gießen anfing. Sie zog sich ihre Jacke an.

Johannes' sechster Sinn schlug Alarm. »Was hast du vor?«

»Ich muss raus. Der Fall nervt mich, und ich brauche dringend frische Luft.«

»Kommt nicht in Frage. Du solltest bei dem Wetter nicht raus.«

»Ich muss, und keiner kann mich aufhalten!«

»Gedulde dich noch etwas. Ich brauche wenigstens noch eine Stunde, und dann kann ich dich –«

»Keine Stunde und keine fünf Minuten. Jetzt!« Damit verschwand sie.

Michael grinste. »Diese Seite kennst du offenbar noch nicht. Nachdem ich dich hier nicht ersetzen kann, werde ich die Bewachung übernehmen.«

***

Hatten großen Krach. Richi ist gestern Nachmittag allein ins Dorf, um Milch und Brot zu holen. Ich wollte mit. Es gibt zwar nur ein Fahrrad, aber auf den Gepäckträger würde ich passen. Ich wollte mit, um zu telefonieren. Muss doch wissen, wie es Vater geht – doch Richi blieb stur. Ich hab nicht mehr mit ihm geredet, obwohl er mir eine gute Nachricht von Papa mitbrachte. Er muss nicht mehr auf der Intensivstation liegen. Ohne Essen hab ich mich ins Bett verkrochen. Und jetzt ist es gleich ein Uhr früh, und Richi hockt draußen und starrt den Vollmond an. Es ist sehr kalt. Und was mach ich, wenn er wegen mir auch noch krank wird? Das halte ich nicht aus …

Die Sonne geht gerade auf. Richi schläft neben mir, und wir sind wieder eine Einheit. Hab erfahren, warum ich nicht mitfahren durfte. Er musste Clara versprechen, mich hier zu verstecken, bis sie sich meldet! Dass ich in großer Gefahr bin, dass Vater vergiftet wurde …

Ist das alles meine Schuld? Warum? Diese Schießerei, der Autounfall und Vater. Was habe ich getan? Was ergibt das für einen Sinn? Richi – er ist so lieb. Was täte ich eigentlich ohne ihn?

Am besten der Sonne guten Morgen sagen, versuchen, das Gezwitscher der Vögel zu verstehen, Feuer machen und mit Richi knutschen, wenn er wach wird …

Mittwoch, 25. Februar

Am nächsten Morgen fuhr Johannes Richtung Präsidium, ohne auf Verkehrsregeln zu achten. Sie schwänzten die Morgenbesprechung und setzten sich gleich wieder an ihre Schreibtische. Michael und Ludwig kamen auch.

Johannes hatte sieben Todesfälle bei Autofahrten aus dem Internet und den Archiven der Polizei gegraben, alle in den letzten drei Jahren. Laut den Akten waren es alles Herzinfarkte, die zu den Autounfällen geführt hatten. Einzige Ausnahme: der älteste Mitarbeiter der Firma Cober und der letzte Fall.

»Zu diesem Fall habe ich auch noch einiges. Walter Hoschke wurde als Profi immer wieder gezwungen, Autos zu präparieren. Dazu gibt es verschiedene Rechnungen für Autoersatzteile auf seinen Namen. Teile, die nur in sehr außergewöhnlichen Fällen gebraucht werden. Die Firma Cober distanzierte sich schriftlich von diesen Bestellungen.« Johannes gab Michael eine ausgedruckte Seite.

»Schaut hier, unterzeichnet von Gerhard Kochl, leitender Angestellter. Er war zu diesem Zeitpunkt schon tot. Einer der ersten sieben Todesfälle. Gute Fälschung. Und hier …«, Johannes zeigte auf einen Brief, »Hoschke bestellte angeblich alles privat, um sein eigenes Auto zu einem Rennauto umzufunktionieren. Tatsache ist, Hoschke besaß kein Auto. Es handelt sich bei den anderen Todesfällen ebenfalls immer um Angestellte der Firma Cober, die mit Autos der Firma fuhren. Und ich bin mir ziemlich sicher, dass es eine Verbindung zu den Drogen gibt.«

In diesem Moment klingelte Michaels Handy: die Spurensicherung. Thomas Happer hatte in dem sichergestellten Glas Partikel von Methadon, aber keine Fingerspuren gefunden. Michael stellte das Telefon auf laut, als Thomas Happer den in der Kaffeetüte deponierten Brief vorlas:

»Sohn, ich bin ein Mörder, der Mörder von Gerhard Kochl

und von Ralph Beltz. Ich wurde von Fritz Cober gezwungen. Ich war zu feige, es nicht zu tun. Coshan war der Einzige von uns, der sich geweigert hat, und das war's – nach anderthalb Tagen gab es ihn nicht mehr. Sein Mofa zockte, und ein Lastwagen, und zwar einer von unseren Lieferanten, hat ihn dann zu Brei gefahren. Die Lieferanten bewegen sich in einer anderen … da fehlen mir die Worte. Sie transportieren Viecher, aber ebenso anderes, und da blicken wir hier nicht durch. Coshan hatte keine korrekte Aufenthaltsgenehmigung, und so konnte man alles bequem unter den Tisch wischen. Ein Unbekannter für die Firma. Ich habe die Autos von Gerhard Kochl und Ralph Beltz präpariert. (Du siehst, mein Sohn, meine Schulbildung ist zwar nicht die beste, aber zum Morden hat sie gereicht.) Diese Autos sind dann nicht mehr lenkbar, knallen gegen was, und dadurch wird der Auslöser für eine Explosion aktiviert. Das Ganze ist so raffiniert. Am Ende bleiben keine Spuren. Meine Schuld verfolgt mich. Ich muss sie loswerden! Egal, was dann womöglich mit mir passiert! Nach meiner Kündigung werde ich es gestehen und dann abhauen! Ein neues Leben, woanders. Habe meine Konten aufgelöst, brauche nur noch dieses nächste Gehalt, und dann wird alles anders. Das schwör ich mir jetzt.«

Clara spürte, wie ihr eine Eiseskälte den Rücken hinunterkroch. Dann zog sich ihr Magen zusammen, und sie begann zu frösteln. Sie realisierte, wie viel Glück sie und Julia gehabt hatten. Die Männer schienen das Gleiche zu denken, denn sie waren alle auffallend still.

Michael stand auf und nahm sie fest in den Arm. »Immerhin haben wir nun einen wichtigen Anhaltspunkt«, brach er das Schweigen und löste die anderen aus ihrer Starre.

Johannes leitete die Nachricht sowie all seine Erkenntnisse zum Thema Cober und Drogenhandel sofort ans LKA weiter. Sie waren jetzt für die weiteren Ermittlungen zuständig.

Schon nach zweieinhalb Stunden kam eine Rückmeldung. Das Drogenthema stand weiter unter strengster Geheimhaltung. Was Cober anbelangte, war die Kölner Staatsanwaltschaft bereits informiert. Die vier Kommissare warteten nur noch auf den Haftbefehl wegen Mordes und die zugehörigen Durchsuchungsbeschlüsse.

Sie überlegten gemeinsam, was das Ganze mit der Schießerei am Bebelplatz zu tun hatte und wie Plitter und die Schreugens darin verwickelt sein könnten. Sie zerbrachen sich den Kopf, kamen aber nicht weiter.

Erst als sie beschlossen, Feierabend zu machen, spürte Clara, wie sehr sie die Ereignisse mitgenommen hatten und wie erschöpft sie war. Kaum dass Johannes und sie in ihrer Wohnung ankamen, verschwand sie ins Bad und bald darauf ins Bett. Als Johannes sie nach Essenswünschen fragen wollte, schlief sie schon tief und fest.

Donnerstag, 26. Februar

Hab gestern mein Tagebuch draußen vergessen, und ein Wolkenbruch hat es in Matsche verwandelt. Hoffentlich kann ich es, wenn es trocken ist, wieder benutzen.

Das schreib ich jetzt ganz hinten auf meinen »Lernblock«. Muss mich kurzfassen, aber ewig wird das hier sowieso nicht mehr dauern. Es ist wunderschön, obwohl ich manches doch vermisse! Jetzt muss ich erst einmal Feuer machen.

***

Clara fühlte sich am Morgen körperlich zwar so ausgeruht wie schon lange nicht mehr, doch sie hatte wild geträumt, und ihre Gedanken ließen ihr keine Ruhe. So konnte sie Hans' Ausführungen in der Morgenkonferenz kaum folgen. Gerade führte er aus, dass in der Nacht schon wieder Jugendliche bei Einbrüchen erwischt worden seien, und er beauftragte Clara, sich darum zu kümmern.

»Hans, nicht alles ist negativ. Wenn ich dich daran erinnern darf: Gestern war ein sehr erfolgreicher Tag für unsere Abteilung.« Clara drehte sich zu Michael um. »Möchtest du es berichten?«

Michael winkte ab. »Nein, mach weiter.«

»Die Todesursache von Ralph Beltz ist endlich geklärt, und wir haben nicht nur dessen gewaltsamen Tod, sondern auch die von sechs Mitarbeitern der Firma Cober aufgedeckt. Außerdem gibt es Hinweise auf Drogenhandel, Schwarzgeldkonten und andere Machenschaften. Das volle Programm der organisierten Kriminalität. Entsprechend haben die zuständigen Stellen die Ermittlungen übernommen.«

Es gab ein Beifallsklopfen der Kollegen auf den Tisch.

»Was jetzt noch zu klären ist«, fuhr Michael fort, »sind die

Zusammenhänge mit Plitter und den Schreugens und wer es auf Julia abgesehen hat.«

Hans wollte gerade den Mund öffnen, um seine Meinung kundzutun, wie Clara mutmaßte, doch Michael ließ sich nicht unterbrechen.

»Hans, ich glaube, es wäre besser, zuzuhören. Wir glauben nämlich, dass jemand Julia etwas anhängen und sie deshalb als Tatverdächtige hinstellen will. Claras Verdacht liegt auf Frau Gisela Schreugen, der Stiefmutter.«

»Allerdings sind Michael und ich uns wegen des Motivs unsicher«, ergänzte Ludwig.

»Was ist mit ganz klassischer Gier?«, warf eine junge Kollegin ein, die frisch von der Polizeischule kam.

Clara bewunderte sie für ihren Mut, sich in einer Runde langjähriger Kommissare mit typischem Lehrbuchwissen zu melden. Noch mehr bewunderte sie die Kollegin allerdings für die Idee. Die Motive hinter Straftaten waren oftmals gar nicht so ausgeklügelt, wie man meinen mochte. Deshalb nahm sie den Gedanken schnell auf, eh ihre Kollegen ihre Kommentare loswerden konnten.

»Das ist ein sehr guter Einwand«, lobte Clara sie und sah, wie die junge Kollegin zufrieden lächelte. »In der Tat wirkt Gisela Schreugen nicht wie jemand, der aus reichem Hause stammt. Wir werden das weiterverfolgen.«

»Noch ist die junge Schreugen unsere Tatverdächtige, was die Vergiftung ihres Vaters angeht«, warf Hans ein.

»Gisela Schreugen könnte ebenfalls Zugriff auf die Medikamente gehabt haben«, gab Ludwig zu bedenken.

In diesem Moment stürmte Hans' Sekretärin herein. »Ich störe ungern, aber ich weiß langsam nicht mehr, wo mir der Kopf steht. Alle Telefonanschlüsse laufen nonstop, und das ZDF will heute Morgen noch ein Interview. Sie kommen in einer halben, nein halt, sie kommen in vierzehn Minuten!«

Hans sprang auf. »Was für ein Interview?«

»Fritz Cober und sechs tote Mitarbeiter. Ich habe Ihnen

doch einen Zettel hingelegt – haben Sie den nicht gesehen? Es war doch heute Morgen schon in den Nachrichten, ich hatte zufällig …«

Hans raffte seine wenigen Unterlagen zusammen und winkte seinem Spezi Jörg. »Du kommst mit.«

Damit war die Sitzung beendet. Nicht allerdings für Clara, Johannes, Ludwig und Michael. In Claras Büro beratschlagten sie, wie es weitergehen sollte.

»Ich will alle eure Ideen hören, vor allem die abstrusesten«, eröffnete Michael das Gespräch. »Was hat Cober mit Julia zu tun? Warum die Schießerei, das manipulierte Auto und der Giftanschlag auf ihren Vater?« Er schaute alle drei fragend an.

»Vielleicht ist Friedrich Plitter …« Clara verwarf ihren Gedanken wieder, fuhr dann aber fort. »Seine Verbundenheit sowohl mit Cober als auch mit Gisela Schreugen … vielleicht bringt uns das weiter?«

»Du hast recht.« Michael schaute Clara anerkennend an. »Ich bin mir ziemlich sicher, dass es mit seinen zwei südamerikanischen Identitäten eine Verbindung zu Fritz Cober gibt. Ich schlage vor, dass ich mit Ludwig nach Siegburg fahre.«

»Und was ist mit mir?« Clara stellte sich vor Michael. »Ich möchte Julia besuchen, natürlich unerkannt.«

Johannes stand auf und legte einen Arm um Clara.

»Eigentlich wollte ich mir Plitter noch einmal vornehmen, doch da ich diesen Dickschädel hier jetzt langsam kenne, werde ich das verschieben müssen.«

Am Haupteingang des Präsidiums produzierte sich Hans gerade vor dem ZDF-Team und ließ sich vor laufender Kamera interviewen. Mit ins Bild zu geraten war das Letzte, was sie wollten. Sie schafften es ohne Aufmerksamkeit hinaus.

Bevor sie sich auf den Weg nach Heseln machten, unternahmen sie einen Abstecher zum REWE am Barbarossaplatz, um neue Vorräte für ihre Schützlinge zu kaufen. Clara war beim Lebensmitteleinkauf nicht zu stoppen.

»Liebling, übertreibst du da nicht ein bisschen? Das ist Futter für einen ganzen Monat und für mindestens sechs hungrige Wölfe.«

Clara lachte nur und schob den vollen Wagen zur Kasse.

Auf dem Parkdeck setzte sie eine blonde Perücke, eine riesige Sonnenbrille und einen grauen Hut auf – Verkleidungsrequisiten, die sie aus dem Präsidium mitgenommen hatte. Unerkannt fuhren sie so aus Köln in Richtung Heseln.

Sie parkten in Eckenhagen hinter der Tankstelle. Der restliche Weg war nur per Fußmarsch zu bewältigen, und die Tüten wogen schwer. Clara bekam die zwei leichten. Nach einer Viertelstunde begann sie zu schnaufen.

»Eins ist bei unserem Ausflug doch auf jeden Fall positiv, meine Liebste bekommt ein Fitnesstraining«, zog Johannes sie auf.

»Danke, mein lieber Fitnesstrainer. Komm, setz den Krempel ab. Ich brauche eine Pause.«

Julia und Richi freuten sich, als sie Clara und Johannes sahen. Sie machten einen glücklichen Eindruck.

»Jeden Tag ist Pauken angesagt. Darauf besteht Richi. Manchmal geht er mir allerdings auf die Nerven. Aber ich liebe ihn und war noch nie in meinem Leben so happy!«

Julia reichte Clara ein Glas mit Apfelsaft.

»Koste das, wir haben ihn selbst gemacht. Und dann erzähl mir das Wichtigste. Papa geht's doch besser?«

»Es geht ihm jeden Tag besser.«

»Ich würde ihn so gern besuchen.«

Clara nahm sie in den Arm. »Das kann ich gut verstehen«, sagte sie. »Aber im Moment ist es noch zu gefährlich für dich. Wir müssen erst wissen, wer hinter allem steckt.«

Richi und Julia machten sich daran, die mitgebrachten Einkäufe in den Schränken zu verstauen, während Clara und Johannes es sich draußen gemütlich machten. Sonnenstrahlen kämpften sich durch die Wolken, um das erste sprießende Grün zu küssen.

»Ich freu mich, wie glücklich die zwei sind«, sagte Clara. »Richi ist ein echter Schatz, und irgendwann werden wir diesen Fall lösen. Wir sollten uns auf Gisela Schreugen konzentrieren.«

»Aber was spricht wirklich gegen sie?«, wandte Johannes ein. »Die Bemerkungen, die Julia zwischendurch über ihre Stiefmutter losgelassen hat, sind typisch für eine Stieftochter. Es ist schwer, wenn sich das einzige Familienmitglied, das man hat, plötzlich in einer neuen Beziehung auflöst. Und dass sie ihrem Mann nicht so ganz treu zu sein scheint, kommt leider in den besten Familien vor.«

Clara überlegte eine Weile.

»Du glaubst also ebenfalls, dass Gisela Schreugen als Tatverdächtige nicht in Frage kommt? Michael hat schon angedeutet, dass es meine typisch weiblichen Vorurteile seien. Frauen sehen Frauen jedoch in einem anderen Licht, und wir haben auch einen sechsten Sinn für unser Geschlecht.«

»Clara, du bist für mich zwar die Schönste im ganzen Land. Aber gib es zu, manche dieser Beurteilungen entstehen, weil sie wirklich sehr attraktiv ist.«

»Das bestreite ich nicht. Aber irgendwie ist sie mir in ihrer geschraubten Liebenswürdigkeit nicht geheuer.«

»Soweit ich weiß, hatte sie für diesen Abend ein hieb- und stichfestes Alibi.«

»Der Abend fing mit einem großen Empfang an. Da ist es doch leicht, zu verschwinden, und dann ist man pünktlich zum Essen wieder da. So weit ist es vom Heumarkt zum Bebelplatz gar nicht.«

Johannes legte seine Arme um Clara. »Einen Zusammenhang gibt es definitiv.«

»Meinst du denn, wir haben eine Chance, dieses verflixte Rätsel zu lösen?«

Johannes schloss seine Arme fester um sie. »Ja, alles lässt sich auflösen.«

***

Ich freu mich. Clara hat ihren Traummann gefunden, und jetzt muss ich meinem Traummann helfen. Wir werden heute auf offenem Feuer ein super Drei-Sterne-Essen kochen – bei den Vorräten, die wir haben, kein Problem …

Freitag, 27. Februar

Die Nächte mit Johannes waren immer zu kurz, und als Clara in ihrem Büro saß, glitten ihre Gedanken immer wieder von ihrer Arbeit zu ihm.

Sie dachte an die Unterhaltung gestern Abend auf der Rückfahrt von Heseln. Johannes hatte vieles über sie wissen wollen und sie über Hubert gelöchert. Aber was wusste sie eigentlich über ihn? Wenn sie ihn etwas Persönliches fragte, hatte er bis jetzt immer sehr geschickt abgelenkt. Woher kam er? Wo hatte er sein wirkliches Zuhause? Im Agnesviertel gab es eine Bleibe. Warum trafen sie sich nie dort? Wen gab es sonst noch? Wo war seine Familie?

Michael riss sie aus ihren Gedanken, als er laut an die offen stehende Tür klopfte. Hinter ihm erschien Ludwig im Türrahmen, und Johannes hörte aufmerksam von seinem Schreibtisch im Nachbarbüro aus zu, was sie zu berichten hatten.

Ihr Besuch bei Friedrich Plitter hatte nichts Neues ergeben, auch wenn die Mitarbeiter, fast alle mit spanischer Herkunft, freundlich und mitteilsam waren. Wirklich viel hatten sie nicht beisteuern können.

»Wen könnten wir in Valencia einspannen?«, überlegte Michael laut. »Ich habe das Gefühl, sein Umschlagplatz ist nicht wie bei Cober in Deutschland, sondern in Spanien.«

»Gib mir fünf Minuten. Ich kenne jemanden in Dénia, das ist quasi ein Vorort von Valencia, und diese Verbindung könnte hilfreich sein.« Johannes war inzwischen rübergekommen und setzte sich an Claras PC.

Clara stellte sich neben ihn. »Wenn du dort eine Verbindung hast, warum machen wir uns nicht auf nach Valencia? Gegen einen Meerspaziergang hätte ich nichts einzuwenden.«

Johannes lächelte verkrampft. »Schlechte Jahreszeit, da entführe ich dich lieber irgendwo in die Sonne.«

Michael kramte aus seiner Aktentasche einen Stapel Zeitungen.

»Bevor wir jetzt von irgendwelchen Reisen reden, solltet ihr das hier lesen. Ihr habt es ja mal wieder nicht in die Morgensitzung geschafft …«

»Danke, aber ich habe etwas für dich.« Johannes gab Michael eine Prospekthülle mit mehreren Seiten. »Vielleicht schaust du kurz drüber. Es sind weitere Einzelheiten über Friedrich Plitter. Seine verschiedenen Identitäten, aber leider nichts wirklich Relevantes. Nichts, womit wir jetzt eine Untersuchungshaft anleiern könnten. Ein wichtiger Punkt: Er hat im Moment große finanzielle Schwierigkeiten und auch keine Aussicht, von irgendeiner Bank einen Kredit zu bekommen.«

Clara blätterte durch die Zeitungsseiten. »Ich fasse es nicht. Gibt es eine Zeitung, die nicht darüber berichtet hat? Da sind sogar Zeitungen, von denen ich bis jetzt noch nie etwas gehört habe. Die besondere Arbeit eines Viererteams, und das in Köln!«

Clara lachte und blätterte weiter. »Ach du grüne Neune.« Sie las den letzten Satz laut vor. »›Eine erstaunliche Tatsache, dass so etwas sogar unter der Leitung eines unfähigen Wichtigmachers wie Hans Müller möglich war, der offensichtlich nicht wusste, was sein Team geleistet hatte.‹ Aber wie kamen sie auf Hans?«

»Du hast das Theater von Hans gestern im ZDF verpasst«, antwortete Michael. »Ich habe es mir noch am Abend in der Mediathek reingezogen. Hans hätte sich wenigstens ein paar Details von uns davor anhören sollen. Er hatte keine Ahnung, und dann, peinlicher hätte es kaum sein können, erwähnte er die Ehre, einen Herrn wie Cober einmal persönlich kennengelernt zu haben.«

»Da siehst du, wohin falsche Eitelkeit führt.« Clara kicherte. Ihr Bürotelefon läutete, und sie nahm ab.

»Endlich, du bist wirklich nicht zu erreichen. Wir haben es schon den ganzen Morgen auf deinem Handy versucht.«

»Hallo, Papa, bitte entschuldige, es war zu viel los.«

»Du musst dich nicht entschuldigen. Wir wollen dir gratulieren. Wir sind sehr stolz auf dich, eine unglaubliche Leistung.«

»Hast du gerade ›wir‹ gesagt?«

»Na ja, ich meinte ...«

»Ist gut, ich habe es verstanden und freu mich, dass du es gut findest. Schicke dir alles Liebe, und vielleicht sagst du Mutter, dass wir alle unser Schicksal haben und meins so ist, wie es ist. Hoffentlich bis bald.«

»Schicksal hin oder her, was machen wir im Fall Plitter?«, wollte Ludwig wissen, als Clara aufgelegt hatte.

»Hast du deinen Kontakt in Dénia schon erreicht?«, fragte Michael, und als Johannes verneinte, wandte er sich an Ludwig. »Und wir zwei fahren jetzt noch mal in die Uniklinik und schauen, ob wir Herrn Schreugen inzwischen sprechen können.«

»Und ich muss nach Ossendorf.« Clara stand auf. »Bewacher brauch ich jetzt keinen mehr. Ich bin mir sicher, dass man sich jetzt erst einmal zurückhalten wird.«

Clara stellte sich neben Johannes an den PC, als Ludwig und Michael verschwunden waren. »Du bist so still. Geht es dir nicht gut?«

Johannes reagierte nicht. War er wieder bei einem Brennpunkt gelandet?

Clara ließ ihn in Ruhe und fuhr mit einem Dienstwagen in die JVA. Was sie dort erwartete, war wie immer deprimierend. Eine Fünfzehnjährige, die Clara während des Prozesses betreut hatte, hatte in der Nacht entbunden. Für den Säugling musste eine Bleibe gefunden werden. Die junge Mutter war fix und fertig und wiederholte immer wieder, dass ihr Baby auf keinen Fall zu ihr nach Hause dürfe. Auch wenn sie sich weigerte, den Grund zu nennen, spürte Clara, dass mehr dahintersteckte, und versprach dem Mädchen, sich um deren Baby zu kümmern.

Clara fuhr deprimiert ins Präsidium, veranlasste alles Nötige und fuhr dann mit der Straßenbahn nach Hause. Dort angekommen, überfiel sie eine bleierne Müdigkeit, und sie verkroch sich, ohne irgendetwas zu essen, ohne ein Glas Wein, ohne Musik, in ihrem Bett. Kurz vor Mitternacht wachte sie auf, weil sie Hunger hatte. Auf dem Weg in die Küche checkte sie ihre Telefone: keine Nachricht von Johannes, weder auf ihrem Handy noch auf ihrem Anrufbeantworter.

***

Es ist noch dunkel, und ich habe mir Schoko-Cornflakes gemacht. Ist schon irre, wie wir uns im Moment vollstopfen. Ich habe einen Trommelbauch – hab heute Nacht noch eine ganze Schachtel Käsechips in mich reingestopft. Höre Richi und muss aufhören. Ich will ihn nicht wecken. Es ist unglaublich, was er alles für mich auf sich nimmt. So etwas kenne ich gar nicht.

Samstag, 28. Februar

Clara wachte um fünf Minuten nach sechs auf. Kein Johannes. Wo war er, und hatte sein Abtauchen etwas mit Valencia zu tun? Die Idee, mit ihm dorthin zu fliegen, war verführerisch. Warum lehnte er es ab? Hatte er dort eine Ehefrau und verschwieg sie? Andererseits war es auch besser, in Köln und damit in Julias Nähe zu bleiben. Clara trödelte herum, das Handy immer bei sich. Sogar im Badezimmer lag es griffbereit auf dem Waschbeckenrand und schwieg.

Sie zog sich an und beschloss, ins Agnesviertel zu fahren. Johannes' Wohnung lag in der Sudermanstraße, nur die Hausnummer wusste sie nicht. Einmal hatte sie vorgeschlagen, sich bei ihm zu treffen, doch er hatte diesen Vorschlag geschickt umgangen. Warum hatte sie nicht nachgehakt? Sie war verhext von ihm. Er musste sie nur berühren, und alles um sie herum wurde unwichtig.

Als Clara in die Bahn stieg, vermisste sie ihr Auto sehr, vor allem weil ihr beim Umsteigen am Rudolfplatz die Bahn zum Ebertplatz gerade vor der Nase wegfuhr. Hunger meldete sich, und sie beschloss, sich auf der Neusser Straße noch etwas zu essen zu besorgen. Der Duft von Croissants, der aus einem neu eröffneten französischen Café kam, verführte sie. Sie gönnte sich eins, und es schmeckte so köstlich, dass sie noch zwei weitere verschlang. Den Apfelküchlein konnte sie ebenfalls nicht widerstehen und kaufte vier zum Mitnehmen. Sie verließ das Café, um Richtung Sudermanstraße zu gehen, und in diesem Moment kam Johannes mit einer älteren Frau aus dem Supermarkt gegenüber. Sie hing an seinem rechten Arm, und er kämpfte mit den drei vollgepackten Tüten. Sie redete so intensiv auf ihn ein, dass sie beinahe mit zwei Fußgängern zusammenstießen. Clara folgte ihnen.

Samstagmorgen waren viele Leute unterwegs, und die Gefahr, entdeckt zu werden, war gering. Plötzlich drehte Johannes sich um. Hatte er sie gespürt? Eine seiner Tüten fiel auf den Boden. Seine Begleiterin ließ ihn nicht los, und er musste sich mit einigem Widerstand von ihr lösen. Er hob die Tüte auf, und tatsächlich: Er hatte Clara erblickt, denn jetzt kam er direkt auf sie zu.

»Was für eine Überraschung«, stellte er fest, wirkte aber sichtlich unwohl.

Die ältere Frau war ihm gefolgt, und noch ehe Clara etwas erwidern konnte, zeterte sie streng los. »Johannes, wer ist das? Ich will nach Hause!«

»Mutter, darf ich dir Clara Ahrweiler, eine Kollegin, vorstellen?«

»Nein, keine Straßenbekanntschaften! Ich will nicht jedem, den du auf der Straße kennst, vorgestellt werden. Wir gehen nach Hause, und das sofort!«

»Mutter, bitte, ich bringe dich sofort nach Hau–«

»Was du möchtest, interessiert mich nicht«, unterbrach sie ihn. »Du bist dauernd unterwegs, angeblich immer Arbeit, und deshalb finde ich, dass die kurze Zeit, die du mit mir verbringst, ausschließlich mir gehört. Und jetzt komm, sonst werde ich wirklich wütend!«

Johannes machte Clara ein Zeichen, ihm zu folgen, und in der Sudermanstraße verschwand er mit seiner Mutter in einem der schönen alten Häuser. Das war also das Geheimnis. Eine strenge Mutter. Warum ließ er sich das gefallen? Im zweiten Stock wurde ein Fenster geöffnet. Johannes beugte sich heraus.

»Hast du heute Abend um zehn Uhr Zeit für mich? Wenn möglich, hier gegenüber.« Er zeigte auf den Italiener, und als Clara ihm ihr Einverständnis signalisiert hatte, stellte er das Fenster auf Kipp und verschwand.

Clara fuhr nach Hause. Sie musste nachdenken, und das konnte sie am besten beim Aufräumen. Die Küchenschränke hatten es nötig. Um halb zehn bestellte sie ein Taxi und nahm ihre Jacke vom Haken. Da sie ungeduldig wurde, beschloss sie, draußen zu warten.

Beim Italiener herrschte Hochbetrieb. Es war Samstagabend, und Clara hoffte, dass Johannes einen Tisch reserviert hatte. Sie erkundigte sich beim Kellner, der sie an einen Tisch in der Ecke führte. Sie bestellte sich ein Glas Weißwein. Johannes kam verhetzt eine Viertelstunde später.

»Bitte entschuldige, ich wollte dich wirklich nicht warten lassen.«

»Ist schon okay. Komm, setz dich, oder kannst du nicht bleiben?«

Er schob einen Stuhl so, dass er die Fenster von gegenüber im Auge hatte. In einem ging das Licht an. Johannes sprang auf. Nach zwei Sekunden ging das Licht wieder aus, und er setzte sich.

»Clara, es gibt viel, das ich dir erzählen möchte, doch für heute Abend ist es zu viel.«

Der Kellner kam, und Johannes bestellte sich ein Wasser.

»Wasser? Was ist das denn?«, fragte Clara erstaunt.

»Sie riecht alles, und wenn sie in der Nacht aufwacht, dann kontrolliert sie mit ihrer sehr guten Nase, ob ich getrunken habe.« Er schwieg einen Moment. »Darf ich vielleicht einen Schluck von dir haben?«

»Jeden.« Clara schob ihm das Glas hin. Johannes nahm wirklich nur einen Schluck und genoss ihn wie einen Luxuswein. Das Licht gegenüber ging wieder an. Johannes sprang auf. »Bitte verzeih. Ich melde mich, sobald ich kann.«

Im Laufschritt verließ er das Lokal.

Sonntag, 1. März

Erste Sonnenstrahlen kitzelten sie. Joggen ohne Johannes? Nein, es war besser, im Bett zu lesen. Warum ließ Johannes sich von seiner Mutter so tyrannisieren? Wenn es nicht so erschreckend wäre, hätte sie laut losgelacht.

Das Telefon unterbrach Clara in ihren Gedanken. Sie zögerte. Mit ihrer Mutter wollte sie nicht telefonieren, aber es war Michael.

»Was treibst du? Maja findet, dass wir uns in letzter Zeit überhaupt nicht mehr gesehen haben.«

»Ich hätte für euch französische Apfelküchlein als spätes Frühstück!«

Die servierte sie auf ihrem Kräuter-Küchenbalkon, und Maja war begeistert von diesem Sonntagsfrühstück.

Clara war Michael dankbar, dass er sie nicht nach Johannes fragte. Er schien zu spüren, dass irgendetwas nicht stimmte, und hielt sich taktvoll zurück.

Er ist eben ein guter Kriminaler mit einer grandiosen Spürnase, dachte Clara.

Als Maja und Michael aufbrachen, drückte er sie nur fest an sich. Clara fühlte sich getröstet.

Der Nachmittag zog sich in die Länge. Clara wühlte in ihren Bücherstapeln, konnte sich nicht konzentrieren, zappte sich durch die Fernsehprogramme und landete mit einem Glas Rotwein im Bett.

***

Was ist mit mir los? Es gibt Schneeregen, und ich habe kalte Füße, bin eine Meckertante, und die Vögel haben meine schlechte Laune gemerkt. Die sind abgehauen. Und wo ist Richi eigentlich heute Morgen? Einkaufen geht doch nicht – es ist noch viel zu früh und außerdem Sonntag. Ich bin nicht glücklich. Und wem verdanke ich diesen Scheiß eigentlich? Wer will mir da immer an den Kragen? Papa ist es bestimmt nicht. Hoffentlich geht es ihm wenigstens besser.

Montag, 2. März

»Clara, einen schönen guten Morgen. Du bist ja heute geradezu auffallend pünktlich.« Michael setzte sich neben sie. »Übrigens habe ich etwas Neues über Mister P. – besprechen wir gleich beim Cappuccino.«

In der Sitzung wurden sie ignoriert. Nach einer guten Viertelstunde unterbrach Ludwig Hans.

»Ewig kann diese Ignoranz nicht dauern. Hans, wärst du so gnädig und würdest das Alte begraben und einen Neuanfang akzeptieren? Es gibt einiges, was erledigt werden muss.«

Stille. Alle schauten gespannt auf Hans, der mit seinen Autounfällen fortfuhr.

»Auf diese Zeitverschwendung verzichte ich gern.« Michael stand auf.

»Es reicht«, reagierte Hans wütend. »Und ich möchte nicht noch einmal unterbrochen werden. Macht eure Arbeit wie wir alle und nicht mit diesen Allüren, die ihr euch neuerdings angelegt habt.«

Clara und Ludwig erhoben sich ebenfalls. An der Tür drehte sich Ludwig noch einmal um. »Nur zu deiner Information, Hans, wir haben einen sehr brisanten Fall, der dringend gelöst werden muss, und ich wünsche einen guten Tag.«

In Claras Büro legte Michael dann los.

»Maja und ich waren gestern Abend bei einem alten Freund und Kollegen eingeladen. Wir haben zusammen die Ausbildung gemacht, und immer wenn wir uns sehen, landen wir in der Vergangenheit. Gestern wurde er euphorisch, als er ein technisches Genie aus der JVA Ossendorf erwähnte. Er lernte Fritz Hofer bei seinem Praktikum dort kennen und hat ihn bis heute nicht vergessen.«

»Fritz Hofer?«, wiederholte Clara fragend.

»Ich sehe schon, dein Kopf ist im Moment ganz woanders. Fritz Hofer, unsere Nummer eins auf der Liste! Bitte sag mir jetzt nicht, dass du alles, was Johannes über ihn herausgefunden hat, vergessen hast?«

»Erwischt«, gab Clara zu, »ich hatte ihn als Plitter in meinem Hirn gespeichert.«

»Okay, Plitter war in der JVA, als Karl ein Praktikum dort machte.«

Michael schlürfte den letzten Rest aus seiner Tasse. Clara stand auf und nahm ihm die Tasse aus der Hand. »Ich mach dir noch einen. Scheint keine lange Nacht gewesen zu sein.«

»Da hast du mal wieder recht. Zurück zu Plitter/Hofer. Er bekam während seiner Bewährung einen Platz in der Autowerkstatt Gricht in Ehrenfeld. Und jetzt kommt's.« Michael schlürfte genüsslich an seinem Cappuccino, und Ludwig und Clara hingen an seinen Lippen. »Plitter stellte sich schon damals als ein absolutes Genie in Sachen Autotechnik heraus. Mein Freund Karl konnte gestern Abend gar nicht aufhören, von ihm zu erzählen. Wortwörtlich: Dieser Jugendliche konnte jedes Auto umwandeln, jeden Motor verändern. Der Chef der Werkstatt hat dann auch nicht gezögert, ihn trotz Bewährung sofort als festen Mitarbeiter einzustellen. Ich möchte noch heute Vormittag dorthin. Zum Glück gibt es den Laden noch. Ich habe schon die Adresse, und wenn wir noch mehr Glück haben, sind wir heute Abend ein Stück weiter.«

Das Unternehmen in Ehrenfeld war groß. Michael und Clara wiesen sich beim Pförtner mit ihren Ausweisen aus. Sie wurden in den ersten Stock geschickt. Eine junge Sekretärin kam ihnen entgegen, um sie zum Geschäftsführer zu bringen. Auf dem Weg in dessen Büro erklärte sie ihnen stolz: »Wir sind nur noch eine Zweigstelle von München. Unser Hauptsitz ist jetzt dort.« Sie lachte. »Wir haben uns in dieser Zeit mehr als verdoppelt.«

»Wer hatte davor hier die Leitung?«, wollte Michael wissen.

Sie überlegte einen Moment. »Ich fürchte, da kann ich Ihnen

nicht weiterhelfen. Ich weiß, dass die Leitung auf jeden Fall gewechselt hat.«

»Es gibt doch sicher noch irgendwelche Akten. Ob Sie uns die heraussuchen könnten?«

»Ist alles in unserer Zentrale gelandet. Aber halt, wir haben einen älteren Mitarbeiter. Er ist kurz vor der Pensionierung und weiß sicher einiges. Ich rufe ihn. Vielleicht nehmen Sie in der Zwischenzeit draußen Platz.« Sie deutete auf zwei bequem aussehende Ledersessel in einer Nische des Flurs.

Ein älterer Mann kam zu ihnen in den Wartebereich und reagierte aufgeregt, als sie ihn nach Fritz Hofer fragten.

»Sie meinen sicher das Genie Fritz. Er ist nach einem Jahr gegangen, obwohl ihm ein gigantisches Gehalt angeboten wurde. Er konnte wirklich alles nach vier, vielleicht übertreibe ich jetzt, aber sicher nicht mehr als fünf Wochen. Es gab kein Modell, das er nicht im Griff hatte. Wir sind immer alle zu ihm gegangen, wenn wir nicht weiterkamen. Ich bin außerdem immer wieder zu ihm, wenn ich nichts zu tun hatte, um ihm zuzuschauen. Mich würde wirklich interessieren, was aus ihm geworden ist. Solche Genies gibt's nur alle hundert Jahre!«

»Wer war damals hier der Chef?«, fragte Michael. »Wir bräuchten noch einige detailliertere Informationen.«

»Das war Konrad ›Konny‹ Buschmann, der ist allerdings schon lange tot. Und dann wurden wir mehrmals verkauft. Zu viele Wechsel und sowieso andere Zeiten. Mit der Firmenspitze gab es nie wieder so engen Kontakt wie zu Beginn zu Konny. Wir sind hier jetzt nur noch kleine Rädchen im Getriebe.« Der Mann lachte über seinen eigenen Witz, und Clara sah die vielen Lachfältchen um seine Augen. Er fuhr fort. »Nur Fritz wurde jeden Tag nach oben gerufen. Erzählt hat er uns nichts. Er gehörte nach oben und nicht zu uns hier unten.«

Das Gespräch mit dem Geschäftsführer ergab nicht viel Neues. Friedrich Plitter alias Fritz Hofer hatte bereits nach einem Jahr die Firma wieder verlassen.

Als sie wieder im Auto Richtung Präsidium saßen, hingen

beide ihren Gedanken nach. Erst kurz vor der Ankunft teilte Clara mit, was sie beschäftigte.

»Mir geht einfach ein Gedanke nicht aus dem Kopf, Michael.« Sie machte eine Pause. »Friedrich Plitter ... wenn der wirklich so ein Genie ist ... und dann die Autobombe mit dem unscheinbaren Auslöser ... Das passt doch irgendwie alles zusammen. Was, wenn er Julias Porsche präpariert hat? Nur was hat er mit Julia zu tun? Für mich gibt es da nur eine Verbindung, und das ist Frau Schreugen.«

Ohne ein Wort zu sagen, drehte Michael den Wagen vor dem Präsidium wieder um.

»Was machst du?«, fragte Clara erstaunt.

»Wir fahren in den Hahnwald zu Gisela Schreugen«, antwortete er und gab Gas.

***

Bin deprimiert, bin traurig, bin verzweifelt. Mag das hier langsam nicht mehr. Muss hier mal raus, muss ...

Dienstag, 3. März

Claras Wecker klingelte schon um sechs Uhr früh. Sie war alles andere als ausgeschlafen, denn sie hatte sich noch lange hin und her gewälzt. Zu viel war ihr im Kopf herumgegeistert.

Die Befragung Gisela Schreugens hatten sie vertagen müssen. Die gute Frau war weder zu Hause noch telefonisch erreichbar gewesen.

Anschließend hatte sich Clara ihren Aktenbergen gewidmet und einen Erfolg verbuchen können: Das Baby der jungen Mutter aus der JVA konnte in einer sehr lieben Pflegefamilie untergebracht werden.

Aber da war noch Johannes, der sich seltsam verhielt …

Schnell schob Clara den Gedanken beiseite, schwang sich aus dem Bett und machte sich fertig. Um zwanzig nach acht war sie im Präsidium.

Johannes musste sie gespürt haben, als sie an seinem Büro vorbeiging. Seine Tür ging auf. Er stürmte heraus, stellte sich vor sie und schaute sie ohne ein Wort an. Dann nahm er sie in den Arm. Clara konnte nicht anders, sie musste die Umarmung erwidern. Sie hielten sich fest, bis Michaels Stimme sie auseinanderriss.

»Da ist ja unser Vierter. Endlich! Ein dreiblättriges Kleeblatt ist leider kein vierblättriges, und jetzt Schluss mit lustig, jetzt wird gearbeitet.«

Sie beschlossen, nur noch abwechselnd zur Morgensitzung zu gehen, bis Hans seine Ignoranz aufgab. Die jeweils anderen wollten ihre Energie lieber in die Ermittlungsarbeit stecken. Gut voran kamen sie allerdings nicht. Erst gegen Mittag schob Johannes seine Papiere zusammen und kam in Claras Büro.

»Mein Kontakt aus Dénia hat sich gemeldet.« Er machte eine Pause, in der er sich nervös durch die Haare fuhr, bevor er weitersprach. »Ich glaube, es ist an der Zeit, dass ich dir einiges erkläre. Das möchte ich aber lieber heute Abend und in Ruhe machen. Wie wäre es, wenn ich heute Paella bei dir koche? Dann fühlen wir uns wenigstens etwas wie in Valencia.«

Clara stimmte zu. Sie wusste zwar nicht, was Johannes ihr offenbaren würde, und hatte auch ein bisschen Angst davor, aber immerhin würde sie heute Abend Gewissheit haben.

Den Rest des Nachmittags konnte sie sich kaum mehr auf ihre Arbeit konzentrieren, und sie war froh, als sie das Präsidium endlich verlassen konnte.

Zu Hause wühlte Clara verzweifelt durch ihren Schrank. Was sollte sie anziehen? Du doofe Kuh, schalt sie sich selbst. Wahrscheinlich wird Johannes dich gleich kalt abservieren – und du machst dir Sorgen, gut auszusehen.

Es klingelte, und Clara zog das Nächstbeste an, was ihr in die Hände fiel: eine graue Jeans und ein graues T-Shirt. Na, ganz so farblos musste es nun auch nicht sein, dachte Clara, als ihr Blick in den Flurspiegel fiel und sie die Tür öffnete.

Johannes hatte nicht nur alle Zutaten für die Paella gekauft, sondern auch gleich den passenden spanischen Wein dazu. Während er kochte und sie den Tisch deckte, tranken sie das erste Glas davon. Dann endlich war das Essen fertig.

»Hast du Angst, ich könnte verhungern?«, lachte Clara, als sie den vollgehäuften Teller sah, den Johannes vor sie hinstellte.

»Hast du etwa keinen Hunger?«, erkundigte er sich.

»Und wie, Johannes, doch jetzt gibt es nur eins, und das bist du. Ich weiß nichts über dich!« Clara schwieg einen Moment. »Ich denke, du bist mir einige Antworten schuldig. Und bitte kein übliches geschicktes Ablenken, sonst ist der Abend schnell beendet.«

Johannes füllte ihre Gläser und trank seines in einem Zug fast leer. Er sah verzweifelt und traurig aus, aber Clara wollte nicht nachgeben.

»Johannes, ich warte!«

»Ich ... ich weiß einfach nicht, wo ich anfangen soll. Ich ...« Er stockte. »Ich habe noch nie darüber geredet.«

Sie schwiegen beide, und Johannes wollte sich schon ein neues Glas einschenken, als Clara ihm die Flasche wegzog.

»Clara, ich ... ich bin der Mörder meines Vaters!« Er schwieg und suchte nach Worten. »Nicht mit einer Waffe, sondern mit meiner, ja wie soll ich es bezeichnen? Mit meiner von Ehrgeiz getriebenen Übereifrigkeit habe ich ihn umgebracht. Er war ein wichtiger Mann beim Secret Service, und ich war durch ihn dort in der Ausbildung und ...«

Johannes versuchte, an den Wein zu gelangen. Clara stand auf, setzte sich neben ihn und strich sanft über seine zitternden, ineinander verkrallten Hände.

»Ich ... ich habe in einem Bereich herumgewühlt, wo ich absolut nichts zu suchen hatte, und dort habe ich eine bis dahin unbekannte wichtige Tatsache gefunden. Ich habe diese dann sofort aus Eitelkeit weitergegeben – ohne mit Vater darüber zu sprechen. Sie haben Vater ...« Johannes schwieg einen Moment. »Sie haben ihn noch am selben Nachmittag in seinem Auto erschossen. Meine Mutter hat es mir nie wirklich verzeihen können. Sie ist aus dem großen Haus, das wir in der Marienburg bewohnten, ausgezogen, hat jeden Kontakt dort abgebrochen und darauf bestanden, mit mir in die Wohnung in der Sudermanstraße zu ziehen. Du hast sie kennengelernt ... Sie tyrannisiert mich, und ich verstehe es. Ich habe ihr Leben zerstört!«

Clara nahm ihn in den Arm und spürte Tränen an ihrer Schulter. Sie hatte sich bereits gewundert, warum ein gestandener Mann wie Johannes sich so von seiner Mutter herumkommandieren ließ. Jetzt verstand sie: Es war keine Angst, sondern Schuldgefühle.

»Ich ertrage sie nicht dauernd. Deshalb flüchtete ich in den Außendienst, flüchtete mit schlechtem Gewissen in Arbeiten außerhalb Kölns und jetzt zu ...«, ein Lächeln schlich sich über sein trauriges Gesicht, »... nein, zu dir flüchte ich nicht. Bei dir kann ich zum ersten Mal vergessen.«

Er zog sie an sich und küsste ihre Schläfe, küsste sie hinter dem Ohr, ihren Nacken und wollte sie gar nicht mehr loslassen.

»Wollen wir nicht langsam mal essen?«, lachte Clara, als Johannes' Haare sie im Nacken kitzelten. »Wäre doch schade um die gute Paella.«

Der Safranreis mit verschiedenem Gemüse, Fleisch und Muscheln schmeckte nach Land, nach Meer und nach Sonne. Sie aßen so viel, dass Clara das Gefühl hatte, sie würde gleich platzen. Und dann landeten sie in Claras Bett. Johannes schaffte es wie immer, alle ihre Gedanken zu vertreiben – nur noch ihn und sich selbst zu spüren. Unter der gemeinsamen Dusche erzählte Johannes ihr dann von seiner Schwester.

»Sie lebt in Dénia, ist mit einem Spanier verheiratet und hat mir noch immer nicht verziehen. Ich habe versucht, mit ihr Kontakt aufzunehmen, aber sie hat nicht reagiert.«

Clara überzeugte ihn von einem Anruf bei seiner Schwester.

»Oder meinst du, es ist für heute zu spät?«

»Das bestimmt nicht. Sie ist mit einem Spanier verheiratet. Da wird nicht vor zweiundzwanzig Uhr zu Abend gegessen.«

»Johannes, bitte komm, es klingelt«, sagte Clara, nachdem sie die Verbindung aufgebaut hatte.

Johannes rührte sich nicht.

»Möchtest du, dass ich erst mit ihr spreche?«, wollte Clara wissen, und er nickte nur. In diesem Moment wurde abgenommen, und eine Jungenstimme meldete sich.

»¿Hola, quién es?«

»Guten Abend, leider spreche ich kein Spanisch. Ich würde gern mit Anna Lopez sprechen.«

»¿Mario, quién es?«, hörte Clara eine Frau im Hintergrund fragen. Die Schritte kamen näher, und schließlich wurde der Hörer übergeben, und die Frau meldete sich.

»Entschuldigen Sie bitte die späte Störung. Ich bin Clara Ahrweiler und rufe aus Köln an.«

»Es ist doch hoffentlich nichts mit meiner Mutter? Ich habe doch vorgestern noch mit ihr telefoniert.«

»Nein, aber …« Clara stockte und beschloss, ehrlich zu sein. »Johannes steht neben mir, und es macht mich traurig, wie sehr er unter seiner Familiensituation leidet. Ich habe ihn zu diesem Anruf gezwungen! Es war meine Idee. Bitte entschuldigen Sie …«

Eine ganze Weile hörte sie nichts durch den Hörer als ein Atmen. Clara sah, wie nervös Johannes war. Er schien kurz vorm Weglaufen, als sie ein leises »Johannes?« aus dem Hörer vernahm. »Moment, ich reiche Sie weiter«, sagte Clara und hielt Johannes das Telefon hin. Unendlich erleichtert zog sich Clara in die Küche zurück und machte sich ans Aufräumen.

Das Gespräch zwischen den beiden Geschwistern dauerte sehr lang. Johannes entschuldigte sich für sein Tun in der Vergangenheit und bat Anna um Verzeihung. Und obwohl sie der Verlust ihres Vaters immer noch sehr schmerzte, war sie stark genug, ihrem Bruder am Ende des Gesprächs zu verzeihen.

Dann wollten Annas Kinder auch mit dem Tío-Onkel Johannes aus Deutschland sprechen, und Johannes rief sie ebenfalls dazu und stellte den Lautsprecher an. Das Gespräch wurde ein lautstarkes spanisch-deutsches Durcheinander, bis die Kinder müde wurden. Anna versprach, noch einmal anzurufen, wenn sie eingeschlafen wären.

Johannes hatte Clara gerade alles von der Versöhnung erzählt, als der Rückruf aus Dénia kam.

»Die Kinder schlafen«, sagte Anna. Sie machte eine lange Pause, eh sie weitersprach. »Ich würde jetzt gern wissen, warum ihr wirklich angerufen habt. Ich habe den Eindruck, da ist noch etwas …«

»Du hast recht«, sagte Clara. »Wir sind auf der Suche nach einem Professor F. Plitter.«

Anna war irritiert. »Ihr meint doch nicht unseren Friedrich? Warum ruft ihr nicht in Siegburg an?«

»Nicht Friedrich Plitter«, mischte sich Johannes ein.

»Das hätte mich auch gewundert. Unserem Freund Friedrich verdanken wir, dass wir es hier so schön haben. Mein Mann Esteban ist einer der leitenden Angestellten von Seat. Sein Gehalt war nicht sehr ausgiebig, und nur durch unseren Professor hat sich alles geändert. Esteban lernte ihn bei einer Tagung von Seat kennen. Er war der Ehrengast, und seine Vorschläge in der Verbesserung der Seat-Motoren wurden hoch honoriert. Meinen Mann, er kann ganz gut Deutsch, hat man dann für die Betreuung des besonderen Gasts eingeteilt. Wir haben ihm Valencia nahegebracht.« Anna überlegte einen Moment. »Seine damalige Freundin Gisela habe ich allerdings schon eine Weile nicht mehr gesehen. Ich muss allerdings zugeben, vermisst habe ich sie nicht. Sie ist … wie soll ich das beschreiben?« Anna kicherte. »Sie ist für mich ein aufgeblasenes Huhn! Friedrich fand Valencia dann so schön, dass er sich hier eine Wohnung eingerichtet hat. Er ist nicht mehr oft hier, allerdings arbeitet Esteban noch mit ihm. Schade, dass er ausgerechnet heute nach Barcelona musste, sonst hättet ihr auch mit ihm sprechen können.«

Den Rest des Abends wirkte Johannes sehr nachdenklich, und erst als Clara zu ihm ins Bett krabbelte, wo er sich unter der Bettdecke verkrochen hatte, und ihm sanft über den Kopf strich, setzte er sich auf und schaute sie verzweifelt an.

»Clara, nicht noch einmal. Ich kann nicht. Nein, nein.« Er schüttelte den Kopf. »Ich kann nicht. Ich ziehe mich sofort aus diesem Fall zurück.«

»Ich verstehe dich.« Clara strich ihm sanft über die Wange. »Wir müssen Esteban schützen.« Und leise ergänzte sie: »Vor einem weiteren Methadon-Autocrash.«

»Und jetzt? Soll ich meiner Schwester und ihrer Familie wieder alles zerstören, was sie sich aufgebaut haben?«

»Wir werden schon einen Weg finden. Und wir werden Plitter bekommen. Ein Glück, dass Valencia nur eine seiner vier

Anlaufstellen ist. Und übrigens, die Freundin Gisela kommt mir ebenfalls bekannt vor.«

***

Richi war heute einkaufen und hat versucht, mit Clara zu telefonieren. Er hat sie nicht bekommen. Komisch, hoffentlich ist da nichts Schlimmes passiert, und hoffentlich hat es nichts mit Papa zu tun. Hier vergisst man viel. Platz für meine Paukerei und für die Vögel … und natürlich für Richi.

Mittwoch, 4. März

Johannes hielt sie umfangen, als sie aufwachte. Ein wunderschönes Gefühl und ein Grund, sich nicht zu rühren, sondern stattdessen noch einmal einzuschlafen. Um kurz vor acht weckte Johannes Clara dann mit Küssen, und die hörten erst nach der gemeinsamen Dusche auf.

Als Claras Blick beim Anziehen auf ihre Funkuhr auf dem Nachttisch fiel, erschrak sie. »Johannes! Wir sind viel zu spät! Ich höre schon Hans' Gezeter, wenn wi–«

»Alles gut, Liebes, ich habe schon im Präsidium Bescheid gegeben, dass wir im Homeoffice sind, und dahin gehen wir jetzt auch«, sagte Johannes und setzte sich an seinen Laptop. Auch Clara schaltete daraufhin ihren Rechner ein, und beide arbeiteten den Vormittag schweigend vor sich hin.

»Ach, das ist ja interessant«, sagte Johannes auf einmal. »Plitter war bis Oktober in Spanien und ist jetzt in Cartagena in Kolumbien. Das hat bestimmt etwas mit Carmen Rosello, seiner kolumbianischen Frau, zu tun. Ich werde mich mal mit den dortigen Behörden in Verbindung setzen.«

***

Richi muss mich mitnehmen. Ich will und muss heute mal mit Clara reden. Mir fällt hier langsam die Decke auf den Kopf. Ich liebe Richi, aber selbst er geht mir langsam auf die Nerven, und ich vermisse meine Kleider. Immer dasselbe anziehen ist schrecklich, und alles ist schmuddelig. Schrubben hilft da jedenfalls nicht mehr. Ich habe mein Luxusleben gehasst, doch jetzt vermisse ich es. Ich muss Feuer machen …

Donnerstag, 5. März

Pünktlich um halb neun traf sich das Viererteam in Claras Büro.

»Wir haben einiges über unseren Kontakt erfahren. Plitter hat in Valencia gute Kontakte zu Seat. Außerdem ist er mit Johannes' Schwager Esteban befreundet, der allerdings nichts von dessen Machenschaften weiß. Wir müssen ihn unbedingt beschützen lassen«, berichtete Clara und fügte hinzu: »Und Johannes hat gestern in den Tiefen des Internets geforscht und einiges herausgefunden.«

»Plitter wird bedroht, und dafür braucht er schon seit geraumer Zeit dringend Geld«, übernahm Johannes das Wort. »Ich muss in dieser Richtung noch weitergraben. Es ist leider sehr verschlüsselt. Aber haltet euch fest: Gisela Schreugen und Friedrich Plitter waren mindestens drei Jahre ein Paar, bis sie Schreugen heiratete.«

»Ob Herbert Schreugen das weiß?«, überlegte Clara laut. »Ich habe ein schlechtes Gewissen, weil ich mich nicht um ihn gekümmert habe. Ich hoffe, es geht ihm besser?«

»Es geht ihm besser, nur muss er noch eine Weile im Krankenhaus bleiben«, mischte sich Ludwig ein. »Da ist er wenigstens sicher. Wir haben etwas auf ihn aufgepasst. Michael hat das vorgeschlagen.«

Michaels Handy klingelte und wollte nicht aufhören.

»Ludwig, wir müssen los. Wie wäre es, wenn wir heute Mittag zusammen die Kantine stürmen?«

»Gute Idee.« Clara stand auf. »Johannes, du musst heute in die Morgensitzung, und ich werde nach Herbert Schreugen schauen. Bin spätestens um zwölf Uhr wieder hier. Darf ich vielleicht dein Auto haben? Irgendwann habe ich hoffentlich meins wieder.«

»Na gut, pass nur auf dich auf. Hier sind die Autoschlüssel.«

Die Tiefgarage des Bettenhauses der Uniklinik war voll. Clara musste ins vierte Untergeschoss fahren und fand erst in der hinteren rechten Ecke einen Parkplatz.

Herbert Schreugen lag in einem Einzelzimmer am Ende des Gangs. Schmal und blass richtete er sich auf und schenkte Clara ein Lächeln.

»Kommen Sie mit einer guten Neuigkeit? Entschuldigung, jetzt habe ich nicht einmal Guten Tag gesagt, aber –«

»Darf ich mich hierhin setzen?«

Clara zeigte auf den Stuhl direkt neben seinem Bett. Er nickte, und Clara setzte sich. Schweigend schauten sie sich eine Weile an.

»Warum bin ich mir so sicher, dass Sie wissen, wo mein Kind ist?«

Er schwieg wieder, und nach einigen Minuten versuchte er, Claras Hand zu erreichen. Clara gab sie ihm.

»Geht's ihr gut?«

»Ja, es geht ihr gut. Wir haben sie außerhalb von Köln versteckt, bis alles geklärt ist. Sie hat übrigens große Sehnsucht nach Ihnen.«

»Ich auch. Wir hatten eine wunderbare Zeit in Venedig. Wir haben uns gefunden. Es ist erstaunlich, was für Gedanken mir dieser Aufenthalt hier gebracht hat.« Herbert Schreugen lächelte. »Das geht schon damit los, dass ich jetzt einer Kommissarin erzähle, was ich sonst verschweige. Julia behauptete mit Recht, dass ich eigentlich nur konventionelles Blabla von mir gebe. Mit meinen sogenannten Freunden wie Paul Steinmeyer und Friedrich Plitter rede ich nur über Golf, die Jagd und gemeinsame Bekanntschaften – wobei ich zugeben muss, dass sich Friedrich sehr besorgt um mich zeigt. Hier im Bett werden Golfen und Jagen plötzlich unwichtig. Mein Kind ist anders. Sie ist ein Geschenk, das ich erst jetzt bekommen habe, und dafür bin ich sehr dankbar.«

»Es gibt sicher bald ein Wiedersehen. Sie erwähnten eben Friedrich Plitter. Sind Sie schon lange mit ihm befreundet?«

»Nein, keineswegs, wir haben ihn auf unserer Karibikreise kennengelernt. Das heißt, er hat Gisela, die zu wagemutig war, vor einem Sturz bewahrt. Und dafür war Gisela ihm sehr dankbar, und so hat sich diese Freundschaft entwickelt. Ich bin froh darüber, denn jetzt ist er ihr eine wirkliche Stütze. Ist es nicht ein schöner Zufall, dass er ebenfalls in Köln wohnt?« Er schaute Clara an. »Ich möchte Ihnen von Herzen danken. Sie beschützen das Liebste, das ich besitze. Keine Sorge, ich werde mit niemandem darüber reden, dass Sie hier waren. Ich bin …« Er brauchte eine Atempause. »Liebe Frau Ahrweiler, ich bin sehr erleichtert, dass es Sie gibt. Und über ein Wiedersehen würde ich mich freuen.«

Er schenkte ihr zum Abschied noch ein Lächeln, und dann schloss er erschöpft die Augen. Clara machte sich auf den Weg.

Clara löste ihr Parkticket und wartete auf den Lift. Überall waren Menschen. Das Bettenhaus konnte sich nicht über zu wenig Betrieb beschweren. In der Tiefgarage ging es dagegen schon ruhiger zu. Clara kramte in ihrer Tasche nach dem Autoschlüssel. Dabei fand sie ihr Handy. Ein Blick darauf zeigte ihr, dass der Akku leer war. Ein silberner Porsche Cayenne hatte sehr eng neben ihr geparkt, obwohl es in dieser hinteren Ecke noch freie Parkplätze gab. Clara ärgerte sich. Sie musste zur Beifahrertür, um einsteigen zu können.

Da traf sie ein Hieb auf dem Hinterkopf und dann noch einer. Jemand riss sie an ihren Haaren zurück, packte in der nächsten Sekunde ihre Arme und fesselte sie auf dem Rücken. Sie wollte schreien, aber in diesem Moment wurde ihr ein Klebeband über den Mund gezogen. Sie versuchte, sich mit den Beinen zu wehren, ebenfalls ohne Erfolg. War das eine Pistole, die sich jetzt in ihren Rücken bohrte und sie zu dem offenen Kofferraum des Cayenne schob? Mit zwei Hieben wurde sie hineingestoßen. Die Beine, die noch draußen hingen, wurden gewaltsam hinterhergequetscht, und dann wurde der Kofferraum zugeknallt. Keine Fahrgeräusche, das Fahrzeug blieb geparkt.

Trotz stechender Kopfschmerzen rief Clara sich das Geschehen vor Augen. Ein Rollstuhlfahrer, der drei Viertel des Lifts blockierte, zwei Frauen waren mit ihr nach unten gefahren. Alle drei verließen den Lift im zweiten Untergeschoss. Unten warteten nur ein älterer Mann und eine junge Frau, die es eilig hatte. Wer kannte Johannes' Mietauto? So weit wie möglich drehte sie ihren höllisch schmerzenden Kopf zur Seite, um mehr Luft zu bekommen. Aufgefallen war ihr niemand, auch nicht, als sie zum Auto ging. Dennoch musste sie jemand beobachtet haben und ihr gefolgt sein.

Zitternd versuchte sie, sich noch ein bisschen weiter zu drehen. Erfolglos. Benommen fing sie zu zählen an. Ein Trick, der ihr zu Hause immer wieder beim Einschlafen half.

Ihre rechte Schulter knallte gegen etwas Hartes. Wie lange hatte sie geschlafen? Verließen sie gerade die Tiefgarage? Clara hatte jedes Zeitgefühl verloren.

Über eines war sie sich sicher, ihre Unterhaltung mit Herbert Schreugen war mitverfolgt worden. Stechende Kopfschmerzen. Das Atmen fiel ihr schwer, und ihre Bewegungsunfähigkeit machte sie wahnsinnig. Zitternd sehnte sie sich nach einer Ohnmacht und fing wieder zu zählen an.

Johannes hatte dem Computer den Rücken gekehrt und schaute alle fünf Minuten auf sein Handy. Es war Viertel vor eins, und selbst Michael machte einen nervösen Eindruck. Noch immer keine Clara. Nach weiteren zehn Minuten stand er auf.

»Komm, Johannes, wir fahren in die Uniklinik und schauen, was da los ist! Ludwig, es ist doch okay, wenn du hier die Stellung hältst?«

Unterwegs versuchten sie es immer wieder auf Claras Handy, doch jedes Mal meldete sich ihre Mobilbox.

Im Bettenhaus erwischten sie die Oberschwester auf dem Gang.

»Der Besuch Ihrer Kommissarin hat Herrn Schreugen offensichtlich gutgetan, was man von dem Besuch seiner Frau nicht gerade behaupten kann.«

»Ist sie noch da?«, wollte Michael wissen.

»Nein, sie hatte es eilig. Sie kam so fünfzehn Minuten nach der Kommissarin und war höchstens eine Viertelstunde hier.«

»Johannes, komm, lass uns nachschauen, ob dein Auto noch irgendwo hier geparkt ist.«

Sie fanden das Auto mit geöffneter Beifahrertür. Auf dem Rücksitz lag Claras Anorak, aber weder Autoschlüssel noch eine Tasche.

Michael verständigte die Spurensicherung, dann wandte er sich an Johannes, der ganz blass im Gesicht geworden war. »Wir fahren jetzt sofort zu den Schreugens.«

Als sie die Tiefgarage verlassen hatten, schaltete Michael das Blaulicht an und stieg aufs Gas. Johannes probierte alle fünf Minuten, Clara auf dem Handy zu erreichen. Die Fahrt verlief schweigend. Beide Männer machten sich schwere Vorwürfe.

Im Hahnwald angekommen, stand das Tor an der Zufahrt zum Anwesen der Schreugens offen. Vor dem Haus parkte ein Mercedes. Die Haushälterin Frau Jakobs verstaute gerade mit Herrn Sebald Gepäck im Kofferraum.

Michael stellte den Motor ab und sprang aus dem Auto. »Wir müssen mit Frau Schreugen sprechen.«

»Die gnädige Frau ist am Packen. Sie wird heute noch verreisen. Ich habe meine Zweifel, ob sie bereit ist, mit Ihnen zu sprechen, doch ich werde es versuchen.«

»Sie wird bereit sein«, erwiderte Johannes und folgte mit Michael der Haushälterin in die Villa.

»Warten Sie hier«, befahl sie ihnen und machte sich auf den Weg in den ersten Stock. Nach einigen Minuten kam sie wieder.

»Es tut mir leid. Die gnädige Frau lässt ausrichten, dass Sie sich, wenn es etwas zu besprechen gäbe, mit ihren Anwälten in Verbindung setzen sollen.«

»Nein, so nicht.« Johannes, eben noch blass, bekam einen

roten Kopf und stürmte an der Haushälterin vorbei in den ersten Stock.

Michael baute sich vor der Haushälterin auf, die Johannes hinterhereilen wollte.

»Sie bleiben hier und beantworten mir ein paar Fragen. Wohin will die gnädige Frau?«

»Soviel ich weiß, fliegt sie mit dem Professor zu einer besonderen Veranstaltung nach … war's Sizilien? Sicher weiß ich's nicht.«

Michael ließ die verdutzte Frau Jakobs stehen, ging nach draußen und versicherte sich, dass keiner ihm zuhören konnte. Dann wählte er eine Nummer auf seinem Handy.

»Ludwig, mach dich sofort auf nach Siegburg zu Friedrich Plitter und nimm einen oder zwei Kollegen mit. Haltet ihn auf jeden Fall davon ab, zu verreisen, und melde dich, wenn ihr ihn habt. Ach ja, und kannst du dich um Hausdurchsuchungsbeschlüsse für Plitter und die Schreugens kümmern?«

Johannes fand Gisela Schreugen in ihrem Ankleideraum. Mehrere Glastüren der riesigen Schrankwand standen offen. Sie stand vor dem deckenhohen Spiegel. Als sie Johannes' Spiegelbild darin erblickte, drehte sich zu ihm um.

»Was haben Sie hier zu suchen?«, fuhr sie ihn wütend an. »Wie sind Sie hier überhaupt hereingekommen? Ich werde sofort die Polizei verständigen!«

»Das brauchen Sie nicht: Kripo Köln.« Johannes hielt ihr seinen Ausweis hin. »Wo waren Sie heute Morgen?«

»Das geht Sie zwar nichts an, aber wenn Sie es wirklich wissen möchten, ich habe meinen Mann in der Uniklinik besucht.«

»Wann war das genau?«

»Was soll das? Ich werde Sie wegen Hausfriedensbruch anzeigen.« Sie schaute auf ihre goldene Armbanduhr. »Außerdem verweigere ich jegliche Aussage. Immerhin ist mein Mann das Opfer. Und wenn Sie jetzt nicht gleich verschwinden, schlage ich Alarm.«

Sie öffnete ihm die Tür zum Schlafzimmer und ging voraus zum Treppenhaus. »Agathe, diese Herrschaften müssen jetzt sofort verschwinden, sonst werde ich einen Großeinsatz fordern. Bring sie hinaus und dann komm wieder. Ich brauche dich!«

Michael fügte sich nur widerwillig. Er wusste, dass er ohne Beweise keine Chance hatte. Am Ausgang wandte er sich noch einmal an Frau Jakobs.

»Gestatten Sie mir noch eine Frage: Wann ist die gnädige Frau heute Morgen weggefahren?«

»Das weiß ich zufällig genau. Es war acht Uhr dreiundvierzig, und sie hatte es sehr eilig. Sie müssen verstehen, ihr Mann liegt ihr sehr am Herzen, und sie hat Zweifel, ob sie jetzt überhaupt eine Reise antreten kann.«

Michael und Johannes fuhren zurück zur Uniklinik – selbst bei Stau waren das nicht mehr als dreißig Minuten Fahrzeit. Dort erfuhren sie, dass Frau Schreugen um fünfundzwanzig Minuten vor elf auf die Station gekommen war. Die Stationsschwester wusste das so genau, weil Frau Schreugen den Professor sprechen wollte, und das sofort. Nachdem das nicht möglich war, wurde sie laut und empfand es als Zumutung, als Angehörige eines Privatpatienten so behandelt zu werden.

Ludwig überlegte. »Bei normalem Tempo hätte Gisela Schreugen um circa neun Uhr dreizehn in der Uniklinik eintreffen müssen, zwanzig nach, wenn man den Weg vom Auto noch einplant.« Er sah Michael an. »Wo war sie, bevor sie um zehn Uhr fünfunddreißig auf der Station auftauchte? Und was hat sie gemacht?«

Michael kam nicht zu einer Antwort, denn in diesem Moment klingelte sein Handy. Es war Ludwig, der sich aus Siegburg meldete. »Plitter haben wir nicht mehr erwischt. Er ist einige Minuten vor uns abgebraust.«

»Bitte bleibt da. Wir kommen nach Siegburg. Ich weiß nicht, warum, aber irgendwie glaube ich, dass wir Clara dort finden …

Und informiere bitte die Kollegen von der Bundespolizei am Flughafen. Wir müssen wissen, wohin und wann Gisela Schreugen und Friedrich Plitter fliegen.«

Ludwig hatte einen der Spürhunde samt Hundeführer nach Siegburg bestellt, um mit Hilfe von Claras Anorak die Fährte aufzunehmen. Ludwig wartete vor dem herrschaftlichen Einfahrtstor, als Michael und Johannes vorfuhren. »Der Hausmeister hat mich rausgeschmissen. Dass ich von der Polizei bin, hat ihn nicht interessiert. Er wollte den Durchsuchungsbeschluss sehen.«

Johannes stieg aus und klingelte – ohne Erfolg. Auf die Telefonanrufe reagierte nur ein automatischer Anrufbeantworter. Johannes öffnete, ohne lange zu diskutieren, das Tor. »Gefahr in Verzug«, sagte er nur knapp auf Ludwigs fragenden Blick hin.

Michael fuhr langsam den breiten Kiesweg zur Villa entlang. Ein Mann kam wütend über einen schmalen Fußpfad neben der Rhododendronhecke.

»Was machen Sie hier? Ich rufe die Polizei«, brüllte er.

»Wir sind die Polizei«, sagte Ludwig, der dem Wagen folgte, und zog seinen Ausweis aus der Jackentasche. Michael parkte vor der Tür und stieg aus.

»Nix da, ohne die Erlaubnis des Herrn kann ich es nicht zulassen.«

Es folgte ein spanischer Redeschwall in sein Handy, das er daraufhin Michael hinhielt.

Michael übernahm es.

»Weide, Kriminalkommissar. Herr Plitter? Wir sind uns bei Frau Schreugen begegnet und haben die Anweisung, in Ihrem Haus eine Hausdurchsuchung vorzunehmen.« Er hoffte, dass sie die spätestens morgen bekämen. Dass noch gar keine vorlag, musste er Plitter nicht auf die Nase binden. Immerhin ging es um ihre Kollegin Clara. Da heiligte für ihn der Zweck die Mittel.

»Ich werde meinen Anwalt verständigen, und er wird Ihnen das Haus öffnen – natürlich nur mit einem offiziellen Hausdurchsuchungsbeschluss.«

Johannes und der Hundeführer verschwanden mit dem Hund, der sehr gezielt eine Spur hinter der rechten Hausecke aufgenommen hatte.

Ludwig beendete ein Telefonat.

»So ein Mist«, sagte er wütend. »Ich habe keine gute Neuigkeit. Staatsanwalt Hopstein ist ein Schleimscheißer. Als er den Namen Friedrich Plitter hörte, bestand er auf handfeste Beweise. Solange diese nicht vorlägen, könne er nichts für uns tun. Nur dann sei er zur Ausstellung eines Hausdurchsuchungsbeschlusses bereit. ›Man kann doch nicht mit Mutmaßungen angesehene Bürger belästigen! Wo kommen wir da hin?‹«, äffte er den Staatsanwalt nach.

Michael überlegte einen Moment. Dann wählte er die Nummer von Staatsanwalt Horst Meynhoff. Michael hatte ihn als harten, aber fairen Mann kennengelernt, der bei Unrecht keine Standesunterschiede kannte. Während es bei Meynhoff klingelte, bat er ihn innerlich um Entschuldigung für die Notlüge. Immerhin war er der zweite Staatsanwalt, den sie einschalteten.

Endlich nahm Meynhoff ab. Als Michael ihm per Kurzfassung sein Anliegen und die Notwendigkeit erklärte, sagte er nur knapp:

»Ich bin spätestens in dreißig Minuten mit einem Hausdurchsuchungsbeschluss da.«

Johannes und der Hundeführer blieben mit dem Hund in dem großen Garten verschwunden. Der Hausmeister stellte sich vor Michael.

»Ich darf Sie hier nicht herumlaufen lassen. Ich kann meine Stellung nicht in Gefahr bringen. Ich habe eine große Familie in Venezuela, und die leben alle von mir. Meine Aufenthaltserlaubnis ist immer nur drei Jahre gültig und fast zu Ende, und wenn ich diese Stellung verliere, ist es aus. Bitte bleiben Sie hier bei mir, bis der Anwalt kommt.«

»Beantworten Sie mir erst ein paar Fragen, und zwar ehrlich«, drohte Michael dem Mann, der ihm insgeheim leidtat. »Sonst hilft Ihnen Ihre Anstellung auch nicht mehr. Was haben Sie heute Vormittag gemacht?«

»Ich bin nur der Hausmeister und kümmere mich um die Haustechnik, die Autos, um Besorgungen, wenn der Fahrer nicht da ist, und ab und zu bin ich Aushilfe im Garten. Heute Morgen war ein besonderes – wie heißt das in Deutsch? – Chaos!«

»Chaos, wieso?«

»Die Haushälterin ist schon gestern nach Valencia geschickt worden. Der Butler ist heute sehr früh nach Venezuela, und die Putzfrau hat bis nächste Woche frei. Ich war der Einzige und musste nach Köln, wichtige Papiere in der Kanzlei abholen. Die kamen erst um ... ja, so um zehn Uhr dreißig. Der Chef war wütend, dass es so lange gedauert hat. Ich konnte doch nichts dafür. Dann musste ich sofort noch einmal weg in die Firma. Da war noch etwas abzuholen.«

»Wer war sonst noch außer Ihrem Chef heute Vormittag hier?«

»Na ja, außer Pedro, er ist der Chauffeur, niemand.«

»Wo ist Pedro jetzt?«, wollte Michael wissen.

»Er ist, glaub ich, ja ... ziemlich sicher ist er mitgefahren.«

Ein Porsche fuhr mit großer Geschwindigkeit vor den Eingang. Ein Vierzigjähriger in dunklem Zweireiher stieg aus und kam zu Michael.

»Ich habe gehört, Sie wollen eine Hausdurchsuchung. Wo ist der Hausdurchsuchungsbeschluss?«

»Der ist unterwegs«, antwortete Michael. Er mutmaßte, dass es sich um Plitters Anwalt handelte. »Wir werden dieses Haus durchsuchen, und zwar in der nächsten Stunde, und davon wird uns nichts und niemand abhalten.«

»Das werden wir ja sehen«, reagierte der Anwalt cool. Er setzte sich wieder in seinen Porsche, um zu telefonieren.

Horst Meynhoff kam nach zweiundzwanzig Minuten und

brachte einen schriftlichen Hausdurchsuchungsbeschluss. Jetzt konnte selbst der Anwalt diese Aktion nicht mehr verhindern.

»Ich werde für Sie die Alarmanlage ausschalten. Vielleicht sind Sie so freundlich und erklären mir, um was es eigentlich geht? Ist ja ein ziemlicher Zirkus, den Sie hier veranstalten, und das mit drei, nein halt – gehören die beiden und der Hund etwa auch zu Ihnen? –, mit fünf Mann.«

»Wir gehen davon aus, dass hier –«

»Der Hund«, unterbrach Johannes, »hat auf der Rückseite des Hauses reagiert, aber es gibt dort keinen Zugang ins Haus.«

»Alles klar, dann fangen wir am besten im hinteren Teil des Hauses an.«

Widerwillig musste der Anwalt den Weg ins Innere freigeben.

Der Hausmeister blieb wie eine Galionsfigur am Hauseingang stehen.

»Ist Ihnen ein Notausgang von der hinteren Seite des Hauses bekannt?«, erkundigte sich Michael bei ihm.

»Nein.« Dann schien ihm plötzlich doch etwas einzufallen, trotzdem schwieg er.

Michael spürte dessen Zögern. »Sind Sie sich sicher? Unterlassene Hilfeleistung ist strafbar. Sie sollten uns helfen.«

»Ich weiß, aber meine Stellung …« Er zögerte erneut und überlegte.

»Kommen Sie schon, da ist doch noch etwas«, bohrte Michael weiter.

»Mein Vorgänger ist von einem Tag zum anderen weg.«

»Was heißt weg?«, löcherte Michael und schaute ihn eindringlich an.

»Na ja, mir wurde mitgeteilt – ich war gerade eine Woche in der Firma –, dass ich sofort hier anfangen muss. Es war sehr schwierig. Ich hatte doch niemanden, der mich in die Technik dieses Hauses einführen konnte.« Er schwieg wieder einen Moment. »›Weg‹ heißt fristlose Entlassung, das weiß ich von der Putzfrau, die es damals noch gab.«

Er schwieg wieder. »Es ist nicht erwünscht oder vielmehr absolut unerwünscht, dass wir über irgendetwas hier reden – weder untereinander und schon gar nicht mit Fremden. Das mit meinem Vorgänger wissen Sie nicht von mir.«

»Bleibt unser Geheimnis.«

»Gut. Es gibt einen Notausgang. Kommen Sie.«

Er führte Michael durch den Küchenausgang. Hinter der Zypressenhecke, die das Grundstück nach vorn abgrenzte, befand sich der Neubau einer Garage für zwanzig Fahrzeuge. Der Hund schlich dort schon völlig unbeteiligt zwischen den Autos herum.

»Der Herr hat viele Autos und …« Der Hausmeister stockte.

»Und gibt es dazu noch etwas zu sagen?«, wollte Michael wissen.

»Ja, es gibt noch eine Tiefgarage. Sie ist geheim, ich weiß nicht, wo diese Ausfahrt ist.« Er schüttelte den Kopf. »Komisch, ich muss gestehen, ich hab nie darüber nachgedacht. Ich weiß nur, dass da zwei Oldies stehen, und einer von ihnen, ein Mercedes, musste einmal zu einer Ausstellung, und da durften wir alle die Küche nicht verlassen, bis dieses Auto auf dem Hof war. Der Herr erklärte uns dann, dass diese beiden Autos ein so großes Vermögen wert seien, dass es aus Sicherheitsgründen geheim bleiben müsse, wo sie stehen. Und außerdem ginge es uns sowieso nichts an! Ich durfte das Auto dann allerdings mit Wattebauschen und ganz sanft wie ein Baby waschen, bevor es abgeholt wurde.« Er überlegte wieder einen Moment. »Der letzte Chauffeur des Herrn, ein sehr netter Kerl … schade, dass der vor zwei Jahren plötzlich weg war. Er hat mir irgendwann erzählt, dass es von dieser Garage einen Notausgang ins Haus gibt.«

Michael trommelte alle zusammen. Diese Information war eine neue Möglichkeit, und nachdem der Hund nirgendwo im Haus angeschlagen hatte, hoffentlich das Richtige.

Zu viert suchten sie intensiv nach einer Garageneinfahrt

oder einem Garagentor an allen Außenwänden des Hauses. Ludwig suchte auf der Straße und der Nebenstraße nach einer versteckten Einfahrt. Ergebnislos. Sie fanden auch im gesamten Gartenbereich keine Möglichkeiten, in eine Tiefgarage zu gelangen.

»Vielleicht ist es nur ein Märchen?«, meinte Ludwig.

»Nein, dann wäre der Hund anders«, erklärte der Hundeführer. »Clara Ahrweiler muss hier sein – oder war es. Der Hund hat eindeutig angeschlagen.«

»Wir suchen weiter«, entschied Michael und ging los. »Mir ist übrigens vorhin noch ein Gedanke gekommen: Herbert Schreugen wird eindeutig abgehört. Clara war bei ihm, und er hat ihr sehr wahrscheinlich etwas Maßgebendes erzählt.«

Sie ließen nichts aus. Überall, wo sie auch nur im Entferntesten einen versteckten Durchgang vermuteten, wurde geräumt und der Betonfußboden, der sich durch den ganzen Keller zog, sehr genau in Augenschein genommen. Der gut bestückte Weinkeller mit erlesenen sortierten Flaschen verwandelte sich in ein Chaos. Alles umsonst, keins der Regale ließ sich bewegen, um dahinter eine versteckte Tür zu offenbaren. Neben dem Weinkeller befand sich die Waschküche. Eine professionelle Waschmaschine mit Trockner beanspruchte die gesamte Wand neben der Tür. Gegenüber befanden sich zwei Schränke. Einer war gefüllt mit Reinigungsmitteln und Waschutensilien. Der zweite mit einer Klapptür war verschlossen. Ludwig brach ihn auf. Außer einem elektronischen Schaltgerät, das an einem Haken an der Schrankrückwand hing, war er leer. Er drückte versuchsweise alle Knöpfe, und plötzlich schoben sich die Klappwände zusammen und gaben einen Durchgang frei. Dieser führte in einen größeren Raum mit zwei Mercedes-Oldtimern.

»Baujahr zweiundfünfzig, Baujahr achtundvierzig«, schätzte der Hundeführer und ließ seinen Hund an dem zwei Meter hohen Stahlschrank in der rechten Ecke schnüffeln. Doch er zeigte nichts an.

»Da muss es jemand sehr eilig gehabt haben.« Horst hob den Schlüssel auf, der davor auf dem Boden lag. Er öffnete den Schrank. »Wir haben Glück. Für dieses Schloss hätten wir einen Spezialisten holen müssen«, sagte er und reichte Ludwig eine kleine Stahlkiste mit mehreren elektronischen Geräten und einem Öffner.

»Aber wo ist die Ausfahrt für diese Garage?«, fragte Ludwig.

Alle schauten sich um. Der Boden war durchgehend aus Beton. Johannes hob den Blick nach oben. »Es gibt nur eine Möglichkeit. Bitte seht euch diese Decke an.«

»Wieso die Decke?«

»Sieh genau hin, Horst, sie besteht aus lauter Stahlrechtecken in der Größe von fünf mal sechs Metern.«

»Autosammler sind meistens ziemliche Spinner«, sagte Ludwig. »Aber ich will nicht lästern. Ich habe einen Freund, der schwärmt ebenfalls dafür, kann es sich allerdings nicht leisten.« Er untersuchte den Inhalt der Stahlkiste aus dem Schrank. Ein Gerät inspizierte er genauer.

»Unglaublich, die Anzahl von Schaltknöpfen.« Ludwig drückte auf den obersten, und Johannes riss Michael gerade noch rechtzeitig zur Seite, als die Stahldecke über ihnen in Bewegung geriet und eine Rampe herunterkrachte.

Das war es. Eine auszuziehende Stahlzufahrt von der oberen Garage. Oben war diese Technik durch die geparkten Autos nicht erkennbar gewesen.

Allerdings … von Clara fehlte noch immer jede Spur. Johannes kniete sich zu dem Hund, dem der Hundeführer gerade eine Pause gönnte. »Na, Hundchen, willst du uns endlich zeigen, wo wir suchen sollen?«

Sie gingen zurück. Der Hund reagierte nicht. Weder im Weinkeller, den sie noch einmal gründlich durchsuchten, noch in der Waschküche war etwas.

»Wir finden sie.« Michael spürte, wie sein Kollege immer mehr verzweifelte. Er konnte es ihm nicht verdenken. Ihm ging es ähnlich, wenn er daran dachte, dass irgendwer Clara etwas angetan ha–

»Hier ist was!« Die Worte des Hundeführers rissen Michael aus seinen Gedanken, und er eilte sofort in die Richtung, aus der sie kamen.

Den Hund zog es Richtung Heizungskeller, und als ihm sein Herrchen endlich die Tür geöffnet und ihn von der Leine gelöst hatte, stürmte er hinein und kroch hinter die zwei deckenhohen Öltanks.

Ludwig öffnete einen Bedienkasten der Heizungen, der rechts neben dem Eingang war.

»Johannes, das ist was für dich, unseren Technikspezialisten. Schau dir diesen Kasten mal an.«

Horst hatte sich neben dem Hund auf den Knien zwischen die zwei Tanks gequetscht. Mit rotem Kopf tauchte er wieder auf. »Der rechte Öltank steht auf einer Schiene. Ich glaube, darauf lässt sich dieses Monster zur gegenüberliegenden Wand bewegen!«

Ludwig war jetzt neben ihm und bestätigte es. Sie versuchten, den Tank zu verschieben. Er bewegte sich nicht.

Johannes studierte die Hebel und Knöpfe genau. Nicht dass sie noch so ein Chaos wie den herunterstürzenden Mercedes verursachten. Von der Logik her konnte es nur einer der zwei untersten Knöpfe sein. Er bewegte den rechten – nichts. Der linke reagierte ebenso wenig. Erst als er die beiden gleichzeitig drückte, begann sich der Riesentank zu verschieben.

Er schob sich in Richtung Wand. Dahinter befand sich die Schiebetür eines Doppelschranks mit unendlich vielen Akten, und auf der linken unteren Seite lag ein dunkles, zusammengeschnürtes Bündel. Johannes und Michael zogen es vorsichtig heraus, und während Ludwig ins Erdgeschoss eilte, um den Notarzt und die Spurensicherung zu informieren, lösten sie die Seile.

Johannes zitterte vor Erleichterung, als er seine Clara endlich in seinen Armen hielt. Sie war bewusstlos. Er spürte einen

Schmerz wie nie zuvor. Ihre wilden Locken, die er liebte, waren von einer Wunde am Hinterkopf blutverschmiert. Und auch ihre Unterlippe war aufgeplatzt.

»Bitte, mein Liebling, lass mich nicht allein. Du kannst jetzt nicht gehen. Du bist das Wunderbarste, das mir je passiert ist«, flüsterte er.

Sie rührte sich nicht. Zu dritt trugen sie Clara vorsichtig nach oben. Auf dem Weg spürte Johannes ein leises Zucken.

Schweigend warteten sie alle gemeinsam auf den Notarzt, der bald erschien. Clara wurde erstversorgt und in den Krankenwagen geschoben. Johannes quetschte sich trotz Protests des Arztes dazu.

Der Anwalt war nicht mehr da. Horst war eisern entschlossen, so lange an diesem Fall mitzuarbeiten, bis Plitter, dieses Ungeheuer, sein verdientes Lebenslänglich bekam. Während der Hundeführer mit seinem Hund in den wohlverdienten Feierabend fuhr, gingen die anderen mit der inzwischen eingetroffenen Spurensicherung wieder in den Keller. Unter der Aufsicht von Thomas Happer begannen sie, alles aus dem Aktenschrank sicherzustellen. Sie brauchten fast drei Stunden dafür.

Ludwig drückte Happer den kleinen Stahlkasten aus dem Stahlschrank in die Hand.

»Bitte schön«, sagte er. »Ich bin zwar kein Profi, aber ich bin mir dennoch ziemlich sicher, dass wir hiermit all unsere fraglichen Autounfälle klären. Das dürfte mit Sicherheit genug Material sein, um dieses Schwein lebenslang hinter Gitter zu bringen.«

Clara war noch immer bewusstlos, als sie von dem Notarzt und einer Schwester in den für Besucher untersagten Bereich der Notaufnahme des Siegburger Klinikums gebracht wurde. Johannes hielt es auf den Stühlen nicht aus und rannte immer wieder nervös über den Gang. War nicht der Tod seines Vaters genug Strafe? Dann tauchte endlich ein Arzt auf.

»Sind Sie der Begleiter der jungen Frau, die bei uns eingeliefert wurde?«

Johannes nickte.

»Sind Sie ein Angehöriger?«, fragte der Arzt. »Es müssen einige Anmeldeformulare ausgefüllt werden.«

»Ich bin ihr Freund. Aber was soll jetzt der Papierkram?« Johannes wurde laut. »Wie geht es ihr? Was haben die Untersuchungen ergeben?«

»Beruhigen Sie sich bitte.« Der Arzt stellte sich vor ihn und schaute ihn an. »Eine halbe Stunde später wäre es zu spät gewesen. Wir konnten ihr gerade noch helfen. Es könnten allerdings bleibende Schäden auftreten.«

»Wann kann ich zu ihr?«, wollte Johannes aufgebracht wissen.

»Geben Sie uns noch eine halbe Stunde. Nutzen Sie die Zeit, sich zu beruhigen und die Anmeldung durchzuführen«, antwortete der Arzt und verschwand wieder.

Johannes ging ans Fenster und rief Michael an.

»Dich wollte ich auch gerade anrufen«, sagte dieser. »Wie sieht's aus bei dir? Soll ich vorbeikommen?«

»Mach das. Wir können allerdings noch nicht zu Clara. Ich hänge hier die ganze Zeit nur auf den Gängen rum«, erklärte er. »Aber ich muss sie anmelden. Kannst du ihre Daten mitbringen? Und sollten wir ihre Eltern informieren?«

Johannes hockte sich auf einen Stuhl. Am liebsten hätte er wie ein kleines Kind losgeheult. Warum hatte er nicht besser auf sie aufgepasst? Er wusste doch seit der Manipulation an Julias Porsche, dass sie in Gefahr war. Und plötzlich musste er an seine Großmutter denken. Er hatte sie geliebt, und es war furchtbar gewesen, als sie vor sieben Jahren gestorben war. Humorvoll und sanft hatte man ihr immer alles beichten können, was geheim bleiben sollte. Bei Problemen hatte sie immer eine Lösung gehabt, und ihr besonderer Tipp hatte stets gelautet: »Du musst mit ihm da oben reden, wenn du etwas Besonderes willst.« Dabei zeigte sie in den Himmel. »Er wird dir helfen.« Dieser Satz war plötzlich da. Eine Schwester kam und führte ihn endlich zu Clara.

Johannes war auf den Anblick nicht vorbereitet: Überall hingen Schläuche mit Flüssigkeiten und für die künstliche Beatmung, doch ihre linke Hand gehörte ihm, und da fiel ihm endlich ein Gebet ein.

Freitag, 6. März

Michael weckte Johannes, der zusammengesunken neben Claras Bett hockte.

Johannes schreckte auf. Schlaf hatte ihn überfallen. Claras Hand war in seiner. Michael zog ihn hoch. »Du brauchst eine Dusche, ein Frühstück, und dann bring ich dich wieder her. Es wird auf sie besonders aufgepasst, und dieses Krankenhaus hat einen guten Ruf. Sie ist in besten Händen.«

Widerstandslos ließ sich Johannes zu Michael nach Hause fahren. Dort duschte er und bekam ein sauberes Hemd. Maja machte ihm ein großes Frühstück mit Spiegelei und allem, was dazugehörte.

»Möchtest du die jüngsten Neuigkeiten erfahren?«, wollte Michael wissen, als Johannes sich den letzten Rest des Spiegeleis in den Mund schob. »Plitter ist mit Gisela Schreugen nach Sizilien. Von dort ist sie sofort wieder zurück nach Köln geflogen. Wohin er ist, haben wir ohne dich noch nicht herausgefunden. Valencia ist es nicht und Venezuela noch ein Fragezeichen. Wir wollen jetzt die zuständigen Behörden unterrichten, denn es liegt ein Haftbefehl gegen ihn vor.«

Michael ließ Johannes die Nachricht erst einmal verdauen, dann fuhr er fort. »Außerdem haben wir erste Ergebnisse von der Spurensicherung. Thomas Happer und seine Leute haben nicht nur den Keller untersucht, sondern das ganze Haus auf den Kopf gestellt. In einem der Kleiderschränke mit Smokings und Fracks konnte man die Rückwand verschieben, und dort fanden sie einen großen Vorrat an Giften und Explosionsmitteln.«

Clara wachte am späten Vormittag auf und wunderte sich. Das Ende, das sie sich zwischendurch sehnlichst gewünscht hatte, war es das? Vorhänge, die sie einschlossen? Erbärmliches Stöhnen aus nächster Nähe. Die warme Hand, die ihre linke Hand sanft umschloss, war sicher nur ein Traum. Der Papierknäuel im Mund war verschwunden, aber dafür hing ein undefinierbares Teil über Mund und Nase.

Mühsam drehte sie ihren Kopf. Flaschen an einem Tropf, Schläuche in ihrem rechten Arm. Jetzt träumte sie schon von einem Krankenhaus. Wo war sie, und was war da neben ihrem linken Ellbogen? Sie drehte weiter ihren schmerzenden Kopf. Johannes. War das jetzt ein Traum im Himmel?

Clara biss sich auf die Lippe, versuchte, ihre umschlossene Hand zu bewegen. Keine Reaktion. Es war doch nur ein Traum. Sie probierte, die linke Hand spürbarer zu bewegen. Johannes schreckte hoch. Sie sahen sich an, und er fing zu weinen an.

Erst nach einiger Zeit kam ein kaum zu verstehendes Flüstern.

»Du bist wieder da … bist tatsächlich wieder da … wieder da.« Johannes streichelte sanft über ihre Wange. Dann sprang er auf.

»Ich soll die Schwester rufen. Sie wollten das Beatmungsgerät entfernen, sobald du wach würdest.«

Clara schlief wieder ein. Immer wenn sie aufwachte, war Johannes neben ihr und hielt sie zart in seinen Armen. Ein Traum, aus dem Clara nicht aufwachen wollte.

Samstag, 7. März

Um sechs Uhr zweiundvierzig kam Michael und klopfte Johannes auf die Schulter.

»Pause, mein Freund! Du brauchst mal wieder eine Dusche und eine Mahlzeit. Ich werde hier solange deine Stellung übernehmen. Heute Morgen gibt es keine Widerrede. Keine Angst, ich werde aufpassen wie ein Luchs. Maja wartet unten auf dich. Sie hat sogar schon ein Frühstück für dich vorbereitet. Zum Schlafen bringen wir dich eh nicht.«

Clara fixierte Michael schweigend.

»Ist doch kein Traum«, murmelte sie und schloss die Augen. Beim nächsten Aufwachen versuchte sie ein Lächeln, und dann kam ein leises »Danke«.

Nach einer guten Stunde wachte Clara wieder auf.

»Michael, du bist ja immer noch da. Ich habe eigentlich schon ...« Sie brach ab.

Michael rückte den Stuhl, auf dem er saß, näher an ihr Bett heran.

»Clara, ich glaube, du wirst professionelle Hilfe brauchen, um das Erlebte zu verarbeiten. Auch für uns wird es eine Weile dauern, bis wir diesen Alptraum überwunden haben.«

»Michael, ihr wart ...«, sie stockte, »... unfassbar gut. Ich ... ich war mir sicher, dass es mein Ende ...« Sie schloss die Augen. »Ich bin so müde ...«, kam es noch flüsternd, bevor sie erneut einschlief.

Als Johannes vom Frühstück wiederkam, zog Michael ihn auf den Gang.

»Clara war kurz wach, und wir konnten miteinander reden. Sie klang gar nicht gut, und ich werde mich, sobald ich im Büro bin, um einen guten Psychologen kümmern.« Er klopfte

Johannes auf die Schulter. »Wir haben wirklich Glück gehabt. Es wird alles wieder gut!«

Um acht Uhr zehn war Michael im Kommissariat in der Stolkgasse, und es zog ihn in Claras Büro. Ludwig und Horst ackerten noch immer durch Stapel von Papierkram.

Horst stand auf und streckte sich.

»Hier sind vier Drohbriefe aus Bogotá … neueren Datums und erschreckend«, begrüßte er Michael. »Das ist leider alles, obwohl Ludwig und ich die Nacht hier verbracht haben. Mit diesem Gerümpel können wir nichts anfangen. Nur dieser Auszug einer Computernachricht scheint mir wichtig, aber entschlüsseln konnte ich ihn leider nicht.«

»Wirklich seltsam, dass wir keinen Computer gefunden haben«, ergänzte Ludwig. »Wir müssen noch mal nach Siegburg. Seinen Laptop hat Plitter sicher mitgenommen. Ich gehe davon aus, dass wir wenigstens USB-Sicherungskopien finden. Den Aktenkrempel, der nichts gebracht hat, nehmen wir wieder mit.« Ludwig fixierte Michael aufmerksam. »Ich trau mich gar nicht zu fragen: Gibt es etwas Neues?«

»Gute Nachricht: Ich komme gerade aus Siegburg und konnte mich sogar kurz mit Clara unterhalten. Noch was … wenn ihr jetzt nach Siegburg fahrt, sucht nach Terminkalendern.«

Horst zog seine Jacke an. »Auf geht's! Je schneller wir diesen Alptraum auflösen, desto besser.«

Das Tor stand offen, als die drei ankamen. Sie fuhren aufs Grundstück, und sofort tauchte der Hausmeister auf.

»Gut, gibt es hier etwas Neues?«, fragte Ludwig.

»Nein, der Chef hat sich nur noch einmal gestern Abend gemeldet.«

»Wissen Sie zufällig, von wo er sich gemeldet hat?«

»Nein, er war sehr kurz angebunden, und ich soll weiter meinen Job tun, bis ich von ihm oder seinem Anwalt höre.«

»Hier ist meine Mobilnummer. Bitte verständigen Sie mich sofort, wenn Sie etwas von ihm hören.«

Sie gingen zur Haustür. Dort angekommen, drehte Michael sich noch einmal um. »Wissen Sie zufällig, wo Ihr Chef am 22. Januar war?«

»Nein – oder halt ... in der Hauptgarage gibt es einen Kalender, in den immer alle Fahrten eingetragen werden.«

Michael folgte ihm ums Haus in die Garage, während Horst und Ludwig das Haus betraten. In der Garage befanden sich in einem sonst leeren Regal direkt neben der Einfahrt zwei graue Schachteln. Eine war gefüllt mit Tankstellenquittungen, Parkzetteln und einem Heft mit den Eintragungen der Fahrzeuginspektionen. In der zweiten Schachtel gab es einen zusammengehefteten Stapel von bestätigten Fahrten und einen Kalender, den Michael durchblätterte. Die Fahrten wurden alle mit genauer Uhrzeit und den dafür benutzten Fahrzeugen eingetragen, am häufigsten Flughafen Köln/Bonn, Köln-Innenstadt, Marienburg, Hahnwald und Düsseldorf. Michael suchte den 22. Januar. Da stand: »AF/Düsseldorf, 11.25, 23. Januar: AK/Köln, 19.10/21.35«.

Er zeigte es dem Hausmeister.

»›AF‹ ist Abflug, ›AK‹ ist Ankunft, geplant um neunzehn Uhr zehn, aber dann erst um einundzwanzig Uhr fünfunddreißig gelandet. Das ist notwendig für die Abrechnungen der Parkgebühren. Der Chef rechnet jeden Cent ab und kontrolliert die Parktickets«, erklärte der Hausmeister.

»Und was, wenn eine Fahrt plötzlich ausfällt?«

»Dann ... sehen Sie, hier haben wir es schon ... ein Schrägstrich und darüber ›storniert‹.«

Horst und Ludwig hatten im Haus nichts Brauchbares gefunden. Außer Briefpapier, noch in Originalverpackung, und einem unbeschriebenen Adressbuch war der Schreibtisch leer.

»Wir haben wirklich in den letzten Winkeln gekramt. Es gibt nur noch eine Hoffnung, und die ist, dass Johannes etwas im

Internet findet. Mit den vielen Identitäten, die Plitter hat, ist es wahrscheinlich das Beste, alle Daten mit sich herumzuschleppen.«

Sie wollten gerade durch den Nebeneingang ins Präsidium, als Jörg mit einem Unbekannten auftauchte.

»Hier, diese Kollegen.« Er deutete auf Michael. »Hut ab.« Jörg schaute auf seine Designerarmbanduhr. »Kommen jetzt nach zwei Stunden und achtundfünfzig Minuten aus der Mittagspause. Freizeit, so viel wie möglich, und dann tut man so, als ob. Das müssen wir ändern.«

Sie ignorierten Jörg. Es war zu lächerlich. Aber sie ließen ihn lieber in seinem Glauben. Diese Ermittlung musste strengstens geheim bleiben.

Vor Claras Bürotür zögerte Horst. »Mich macht das traurig, wenn sie nicht da ist. Warum treffen wir uns nicht morgen mal unten im –«

»Nein«, unterbrach Michael Horst. »Ich finde, wir treffen uns weiter hier. Außerdem wird es bestimmt nicht mehr allzu lange dauern, dann bekommen wir endlich wieder unseren Cappuccino«, versuchte er, sich und den Kollegen Mut zu machen. »Und jetzt zu meinen wichtigen Neuigkeiten – wir sollten die Daten noch einmal offiziell überprüfen. Plitter scheidet als Verdächtiger am 22. Januar aus. Er war nicht in Köln, und die Vergiftung von Herbert Schreugen ordne ich, im Gegensatz zur Manipulation des Porsches, nicht ihm zu. Das heißt, es bleibt eigentlich nur noch Gisela Schreugen übrig.«

»Wie bekommen wir sie? Sie hat doch ein Alibi«, fragte Ludwig.

Die Diskussion, die sie dann hatten, wurde durch einen Notruf unterbrochen. Agnesviertel. Ludwig machte sich mit einem Kollegen auf den Weg. Michael beschloss, Johannes eine Weile im Krankenhaus in Siegburg abzulösen, und Horst entschuldigte sich. Er musste nach Hause. Eines seiner drei Kinder hatte

Geburtstag, und alle bestanden darauf, dass ihr Papa einmal Zeit für sie hatte.

Clara war auf die Innere in ein Einzelzimmer verlegt worden. Als Michael eintrat, stand Johannes auf und zog ihn mit sich vor die Tür, die er leise schloss.

»Es geht ihr gut, aber sie hatte heute einige sehr anstrengende Untersuchungen, und jetzt braucht sie ein bisschen Schlaf.«

»Ich wollte dich ablösen!«

»Danke, Michael, das ist auch notwendig. Ich brauche dringend eine Dusche, und Clara bat mich, in ihrer Wohnung Nachthemden und Sonstiges zu holen. Sie hat mir sogar einen Zettel geschrieben, damit ich nicht die Hälfte vergesse!«

»Alles klar. Ich will dich zunächst mal auf den neuesten Stand bringen. Und vielleicht könntest du für uns noch mal was im Internet recherchieren?«

»Klar, ich habe mir vorgenommen, Claras Laptop mitzubringen. Ohne bin ich wirklich nur eine halbe Portion!«

»Für Plitter brauchen wir keine Beweise mehr, nur seine Flüge vom 22. Januar, Rückkehr am 23. Januar, müsstest du noch einmal verifizieren.«

»Michael, ich glaube sowieso, dass er mit der Vergiftung von Herbert Schreugen höchstens gedanklich, aber praktisch nichts zu tun hatte.«

»Stimmt. Bleibt nur noch Gisela Schreugen, und ich Idiot hab mich deswegen bei Clara noch darüber lustig gemacht.«

Schon auf dem Weg drehte Johannes sich noch einmal um. »Michael, hast du eigentlich eine Ahnung, wie es Herbert Schreugen geht? Wenn Plitter und Gisela Schreugen ein krummes Ding drehen, ist er doch genauso in Gefahr.«

»Da hast du recht. In dem ganzen Spektakel haben wir ihn wirklich vergessen. Kannst du gleich eine Bewachung organisieren, und vielleicht duschst du kürzer und schaust bei ihm vorbei?«

Michael setzte sich neben Clara. Außer ihren blauen Flecken am Kinn, an der rechten Hand und dem Verband an der linken sah es gut aus. Sie machte die Augen auf.

»Hallo, Michael. Hast du meinen Superbewacher zum Duschen geschickt?«

»Ja, wurde Zeit«, sagte Michael grinsend.

»Hat er gemuffelt? Das hab ich gar nicht bemerkt.« Clara fasste sich an die Nase. »Obwohl meine Nase doch noch dran ist.«

»Gott sei Dank, mir fällt ein Stein vom Herzen ... und nicht nur mir – es sind viele Steine, und damit können wir Plitter hoffentlich erschlagen!«

»Erschlagen, nein! Das ist viel zu gnädig. Lebenslang ist da schon besser, und jetzt, wo der ganze Zirkus vorbei ist, könnte ich doch, sobald ich hier draußen bin, Julia und Richi holen.«

»Clara, bitte jetzt mal langsam, noch bist du hier nicht draußen.«

Clara sah ihren Freund und Kollegen eindringlich an. »Mein Kopf funktioniert wieder perfekt, und du verlässt dieses Zimmer nicht, ohne es mir zu sagen.«

»Es ist nichts«, versuchte er auszuweichen.

»Hör auf! Dazu kenne ich dich zu gut. Ich lass dich nicht gehen. Notfalls lauf ich dir in diesem Krankenhaushemd hinterher bis auf die Straße!«

»Nachdem ich diesen Dickschädel kenne, bleibt mir nichts anderes übrig. Plitter war in der Nacht vom 22. Januar nicht in Köln, und wir gehen jetzt davon aus, dass für diese Tat –«

»Nur noch Gisela Schreugen in Frage kommt«, vervollständigte Clara. »Und habt ihr mal nach Herbert Schreugen geschaut?«

»Johannes organisiert eine Wache.«

»Ich bestehe darauf, sofort ins Bettenhaus in die Uniklinik verlegt zu werden!« Clara klingelte. Eine Schwester kam.

»Was kann ich für Sie tun?«

»Ich brauche den diensthabenden Arzt. Es ist dringend.«

»Geht es Ihnen nicht gut?«

»Nein, es geht mir gut, ich muss nur verlegt werden.«

»Verlegt? Fühlen Sie sich hier schlecht betreut?«

»Keineswegs, bitte holen Sie den Arzt!«

Michael schüttelte nur den Kopf. Typisch Clara; wenn sie etwas im Kopf hatte, dann gab es kein Halten. Das machte sie auch dem Stationsarzt so vehement klar, dass er gar nicht unglücklich war, sie los zu sein.

Sie wurde mit dem Krankenwagen abgeholt und mit Michael als Begleitung in die Uniklinik verlegt. Horst, der einen engen Freund in der Uniklinik hatte, konnte alles Notwendige organisieren. Er wartete in der Einfahrt der Notaufnahme und begleitete sie zu seinem Freund Professor Peter Weiß in die Innere.

»Ich bin entsetzt. Horst hat mir alles erzählt. Wir werden gut auf Sie aufpassen«, versicherte der Professor Clara. »Wir haben uns außerdem überlegt, dass es vielleicht sinnvoll wäre, Sie umzutaufen. Was wäre ein Lieblingsname?«

»Rosa Dickschädel.« Clara grinste. »Fände ich ganz passend.«

Horst und Michael brachen in Gelächter aus.

»Hör auf zu lachen, Michael«, beschwerte sich Clara. »Sag mir lieber, wo Herbert Schreugen ist?«

»Er wird in der nächsten Stunde in das Zimmer dir gegenüber verlegt.«

»Super, aber wie erklärt sich der Bewacher auf dem Flur?«

»Der dient seiner Sicherheit. Immerhin ist ein Giftanschlag auf ihn verübt worden. Da wird auch Frau Schreugen einsehen, dass eine Bewachung notwendig ist.«

»Na, seid ihr schon wieder an der Arbeit?« Johannes stand in der offenen Tür.

Clara streckte ihm ihre Arme entgegen, zog ihn an sich, als er zu ihr kam, und hielt ihn einen Moment fest. Sein Herzklopfen tat gut.

»Schön, dass ihr alle da seid«, sagte Clara. »Lasst uns am

besten keine Zeit verlieren. Ihr setzt euch hier an mein Bett, und wir überlegen gemeinsam, wie es jetzt weitergehen kann. Mein Instinkt hat mich schon am Anfang vor Gisela Schreugen gewarnt! Sie ist wirklich eine hervorragende Schauspielerin.«

»Du hast ja recht, aber leider gibt es für Madame noch immer keine Beweise! Nichts, mit dem wir sie überführen könnten.«

»Michael, bei diesem Fest im Maritim gab es einen Empfang und viele Gäste in zwei Räumen. Wenn wir von zwanzig Uhr fünfundfünfzig als Tatzeit ausgehen … wie lange braucht man mit dem Auto vom Maritim bis zum Bebelplatz und zurück?«, überlegte Clara laut. »Und wie könnte man das dann beweisen?«

»Die reine Fahrzeit hin und zurück dürfte so fünfzehn Minuten betragen, wenn es sich auf der Brücke nicht staut«, rechnete Michael.

»Plus maximal fünfzehn bis zwanzig Minuten für Ein- und Aussteigen sowie die Schießerei …« Clara unterbrach sich und überlegte. Dann stellte sie die entscheidende Frage: »Kann Gisela Schreugen die Veranstaltung rund vierzig Minuten verlassen haben, ohne dass es jemandem aufgefallen ist?«

Michael rieb sich nachdenklich das Kinn. »Ludwig hat doch seinerzeit einem Mitarbeiter im Maritim Julias Foto gezeigt, auf dem er sie eindeutig identifiziert hat. Der konnte sich doch gut an die drei erinnern. Wir –«

»Michael, das ist es!«, unterbrach ihn Clara aufgeregt. »Den müssen wir befragen. Wenn er sich so gut erinnern kann, weiß er vielleicht, ob Frau Schreugen immer vor Ort war. Lass uns sofort ins Maritim fahren.«

»Genau das wollte ich gerade vorschlagen«, lachte Michael, »nur mit dem Unterschied, dass du schön hierbleiben wirst.« Er stand auf und griff zum Telefon, um Ludwig zu benachrichtigen.

»Das kannst du mir nicht antun«, protestierte Clara.

»Und ob ich das kann«, erwiderte Michael und verabredete alles Weitere mit Ludwig, der sich am Telefon gemeldet hatte.

Clara musste der Versuchung widerstehen, beleidigt zu schmollen. Allerdings schwirrten ihr dazu viel zu viele Gedanken im Kopf herum.

»Wir müssen außerdem beweisen, dass Julia mit der Vergiftung ihres Vaters nichts zu tun hatte. Denn das scheint mir der Dreh- und Angelpunkt zu sein: Es ging immer wieder darum, Julia loszuwerden.« Clara machte eine Pause. »Michael, kennen wir die Hausapotheke der Schreugens? Vielleicht können wir dort herausfinden, wer das Digoxin verschrieben bekam und wer es abgeholt hat.«

»Unsere Clara ist wieder fit.« Horst stand auf. »Ich mach mich sofort auf die Socken.«

Michael ergänzte: »Wir klären das mit dem Mittel. Und ich treffe mich mit Ludwig.« Er schaute auf seine Uhr. »Johannes, holst du Julia morgen früh?«

Den restlichen Tag verbrachte Clara damit, immer wieder auf ihr Handy zu starren und es zu beschwören, endlich eine Nachricht von sich zu geben. Doch bis auf eine WhatsApp ihrer Eltern blieb es still. Erst nach dem Abendessen klingelte es erneut, und der sehnlichst erwartete Name im Display leuchtete auf.

»Was hat er gesagt?«, rief Clara anstelle einer Begrüßung ins Telefon.

»Nichts«, antwortete Michael und wollte zu einer Erklärung ansetzen, wurde aber von Clara unterbrochen.

»Wie? Nichts? Das kann doch nicht sein! Habt ihr ihn denn richtig befragt? Ich will selbst mit ihm spre–«

»Jetzt beruhige dich mal«, rief Michael so laut, dass sogar Johannes, der neben Clara saß, ihn hören konnte. »Herr Gierke hat gerade Urlaub und ist nicht erreichbar. Die gute Nachricht ist allerdings: Er kommt morgen zurück.«

Clara ließ sich in ihre Kissen fallen. Wieso wurden ihnen so kurz vor dem Ziel so viele Steine in den Weg gelegt? Sie seufzte. »Und die Apotheke? Habt ihr die gefunden?«

»Leider nein. Beziehungsweise: Wir haben noch einmal mit

dem Hausarzt gesprochen. Er hat niemandem der Schreugens ein Medikament mit Digoxin verschrieben. Allerdings habe ich schon eine Hausdurchsuchung bei den Schreugens beantragt. Irgendwo müssen ja die Reste des Medikaments geblieben sein, die noch in seinem Reisegepäck waren.« Er machte eine Pause. »Allerdings wird das vor morgen nichts mehr.«

Nachdem sie das Telefonat beendet hatten, spürte Clara auf einmal, wie unendlich müde sie war. Das Ganze kostet mich wirklich mehr Kraft, als ich zugeben möchte, dachte sie.

Johannes half ihr ins Badezimmer. Sanft wusch er ihren Rücken, bevor sie ihm den Waschlappen abnahm. Zart versuchte er, ihr Haar zu kämmen. Dann nahm er sie auf, trug sie zurück in ihr Bett und deckte sie bis unters Kinn zu. Er schob sich den Stuhl neben das Bett, nahm wie schon die ganzen letzten Tage ihre Hand in seine, und so schliefen sie beide ein. Für einen Polizisten drückten die Schwestern ein Auge zu und ließen ihn bei Clara übernachten.

Sonntag, 8. März

Sieben Uhr zehn. Ein Pfleger kam zum Fiebermessen. Clara hatte die ganze Nacht durchgeschlafen. Johannes stand auf und streckte sich gähnend, als Ludwig als Ablösung hereinkam.

Er berichtete, dass der Kellner noch immer nicht aus dem Urlaub zurück war. Nachdem Clara noch mehrere Stunden geschlafen hatte, fühlte sie sich am Nachmittag fit genug, um aufzustehen. Schnurstracks steuerte sie auf ihre Zimmertür zu, und ehe Ludwig sie aufhalten konnte, öffnete Clara, ohne anzuklopfen, die Tür des gegenüberliegenden Zimmers.

Herbert Schreugen saß in seinem Bett und las.

Clara blieb in der offenen Tür stehen. »Bitte entschuldigen Sie diesen Überfall, Herr Schreugen.«

Er schaute auf. »Was für eine Überraschung! Aber bitte, Sie sind mir immer herzlich willkommen. Gibt es etwas Neues?«

Clara nickte, zeigte auf ihre zusammengepressten Lippen und auf den Flur, und bevor sie seine Tür schloss, winkte sie ihm nach draußen.

Auf dem Flur sagte sie zu Ludwig, der ihr gefolgt war: »Pass du auf den Stationseingang auf. Wenn Frau Schreugen kommt, pieps mich an und halte sie auf, bis jeder von uns wieder in seinem Bett ist.«

Herbert Schreugen kam im Schlafrock auf den Klinikflur. Clara ging ihm voraus in ihr Zimmer. Er fixierte sie.

»Sie scheinen mein Schicksal zu teilen. Was ist passiert?«

Clara schob den zweiten Stuhl so, dass sie sich gegenübersaßen.

»Frau Ahrweiler, ich bin etwas verwirrt. Was ist Ihnen passiert? Was sollte das Schweigezeichen? Wir hätten doch auch gemütlich in meinem Zimmer reden können.«

»Sie werden von mir alles erfahren, aber es ist eine lange und unerfreuliche Geschichte, und wir haben wenig Zeit.« Clara blickte Herrn Schreugen fest in die Augen. »Julia war und ist in Lebensgefahr. Sie musste deshalb von uns unauffindbar versteckt werden. Die Kontaktaufnahme mit Ihnen muss absolut geheim bleiben!«

»Selbstverständlich, aber warum das?«

»Unter anderem wird sie verdächtigt, Ihnen falsche und für Sie tödliche Medikamente untergejubelt zu haben.«

Herbert Schreugen wurde blass. »Wer hat Julia verdächtigt, mich vergiftet zu haben? Das ist doch die Höhe!«

»Dafür gab es eine offizielle Anzeige zu einem Zeitpunkt, als der Tatbestand noch gar nicht eruiert war. Einer der Rettungsärzte, der Sie aus Venedig zurück nach Köln geflogen hat, hat sie gestellt.«

»Warum konnten wir das alles nicht in meinem Zimmer besprechen?«

»Können Sie sich noch an meinen Besuch am 3. März erinnern?«

»Natürlich!«

»Unser Gespräch muss abgehört worden sein. Als ich dann zu meinem Auto in der Tiefgarage ging, wurde ich ...« Clara stockte. »Ich wurde überfallen und ...«

»Und dann?«, hakte Herbert Schreugen nach.

»Ich bin entführt worden. Es ist ein Wunder, dass ich jetzt hier sitze und mit Ihnen reden kann.«

»Das ist ja schrecklich!«, erwiderte Schreugen. »Wie geht es Ihnen jetzt? Und was heißt ›abgehört‹?«

»Wie ich schon sagte: Sie scheinen abgehört worden zu sein. Und da in Ihrem alten Zimmer nichts gefunden wurde, scheint das Abhörgerät irgendwo an Ihrem Bett montiert zu sein. Es zeichnet noch immer alle Gespräche auf.«

»Aber warum und wer?«

»Das ist eine längere Geschichte. Ich werde mit Fritz Cober und der Firma Cober anfangen.«

»Was hat der denn mit der Sache zu tun?« Schreugen war irritiert.

»Ihn haben wir als einen der größten Rauschgifthändler Deutschlands entlarvt. Friedrich Plitter hat eng mit ihm zusammengearbeitet!«

»Sie meinen doch nicht unseren neuen Freund?«

»Leider ja, und das ist der Grund, warum es ein absolutes Stillschweigen über Julia geben muss.« Clara machte eine Pause, bevor sie fortfuhr. »Was ich Sie eigentlich fragen wollte: Können Sie sich erinnern, ob Ihre Frau während der Veranstaltung im Maritim am 22. Januar immer bei Ihnen war? Oder ist es möglich, dass sie die Party zwischendurch verlassen hat?«, erkundigte sich Clara.

Herbert Schreugen überlegte kurz, bevor er antwortete »Wir haben immer mal wieder mit unterschiedlichen Leuten geredet. Außerdem fand die Veranstaltung ja in mehreren Räumen des Maritim statt. Ob sie das Hotel verlassen hat, das kann ich Ihnen beim besten Willen nicht sagen. Warum fragen Sie?«

Claras Piepser meldete sich, und sie stand auf, ohne ihm zu antworten.

»Herr Schreugen, wir müssen unser Gespräch unterbrechen. Bitte vertrauen Sie mir.« Clara schob Herbert Schreugen Richtung Tür. »Ich werde Ihnen später weiterberichten. Bis dahin bitte absolutes Stillschweigen, vor allem Ihrer Frau gegenüber. Und kein Wort von mir!«

Fünf Minuten später tauchte Ludwig auf. »Das ist ja gerade noch einmal gut gegangen. Wir haben ihn noch in seinem Zimmer verschwinden sehen, und Frau Schreugen hat sich aufgeregt, dass er unterwegs war.«

Durch die geschlossene Tür drangen lautstarke Wortfetzen; worüber genau sich das Ehepaar stritt, konnten sie allerdings nicht verstehen. Nach einer Weile knallte eine Tür, und es kehrte Ruhe ein. Gisela Schreugen hatte die Station verlassen.

Clara hatte nicht gemerkt, dass sie eingeschlafen war. Als sie aufwachte, spürte sie, wie sich zwei Arme um sie legten. Julia. Johannes hatte sie und Richi aus Heseln geholt.

»Clara, was ist passiert? Nachdem Johannes mir nichts erzählen wollte, musst du das tun!«

»Natürlich werde ich dir alles erzählen. Es ist sogar wichtig, denn bis wir diesen Fall abgeschlossen haben, sind wir in Lebensgefahr. Du mindestens so wie ich!«

Ein leises Klopfen an der Tür, dann öffnete sie sich langsam. Julia, die sich umgedreht hatte, sah ihren Vater und stürzte zu ihm. Und dann standen die beiden bewegungslos voreinander. Herbert Schreugen zitterte leicht, und Julia zögerte, bevor sie ihn in die Arme nahm. Richi war dezent in der Ecke geblieben.

»Papa, das ist Richi, mein Lebensretter und mein strenger Professor!«, stellte Julia ihn vor, nachdem sie sich aus der Umarmung gelöst hatte. »Wenn du wüsstest, was er mir alles in der Zeit in Heseln beigebracht hat. Dank ihm werde ich das Abitur sogar ohne Schulbesuche mit links schaffen. Die verpasste Vorabiklausur in Englisch kann ich nämlich am Mittwoch, die Deutschklausur am Donnerstag nachholen.«

»Das finde ich hervorragend.« Schmunzelnd ergänzte er: »Und das ist die immer wieder erwähnte ›Freundin‹ Richi. Jetzt wird mir einiges klar …« Herbert Schreugen streckte Richi seine Hand hin. »Ich hoffe, wir werden Freunde. Aber zuerst möchte ich wissen, was hier vor sich geht.«

Richi nahm die Hand, aber nur kurz. Dann zog er seine Jacke an. »Ich muss los … ich muss zu meinen Professoren. Sie bleibt doch jetzt erst einmal hier? Und was ist heute Abend?«

»Ich bin hier und pass auf die zwei Frauen auf«, sagte Johannes.

Julia nahm die Hand ihres Vaters und zog ihn zu zwei Stühlen an Claras Bettende. »Komm, setzen wir uns.« Julia lachte. »Dann hab ich euch beide, nah! Ich habe euch so vermisst in Heseln.«

»Da komme ich ja genau richtig zur Wiedersehensparty«, sagte Michael, der soeben ins Zimmer gekommen war. »Und ich bringe euch ein tolles Geschenk mit.«

»Da sind wir gespannt!«, sagte Clara. »Könntet ihr Stühle für alle besorgen?«

Es war eng, als Ludwig, Johannes, Michael sowie Julia und ihr Vater um Claras Bett herumsaßen und sie anschauten. »Ich freu mich. Unser Kleeblatt ist zusammen und wird jetzt endgültig –«

»... diesen Fall lösen«, unterbrach Michael sie. »Doch bevor ich euch mein Geschenk überreiche, muss ich etwas weiter ausholen und Herrn Schreugen in Kenntnis setzen.« Michael wandte sich an Herbert Schreugen. »Es fällt mir nicht leicht, aber ich fürchte, ich muss Ihnen einiges mitteilen, das ...«, Michael zögerte, »... nicht leicht zu ertragen sein wird.«

»Ich bin bereit«, erwiderte Herbert Schreugen.

»Am besten, ich fange mit dem 22. Januar an. Die Todeszeit von Max Happ war nicht, wie zuerst angenommen, nach Mitternacht, als die Schüsse fielen und Ihre Tochter in der Wohnung gefunden wurde, sondern zwischen zwanzig Uhr zehn und zwanzig Uhr fünfundfünfzig. Dies konnte die Spurensicherung eindeutig belegen. Dazu fällt mir spontan eine Frage ein: Waren Sie bei dem Empfang vor dem Essen mit Ihrer Frau zusammen?«

Herbert Schreugen überlegte.

»Wir haben sehr viele Bekannte, und man verstrickt sich in manches Gespräch ohne den anderen, nur was hat das mit ihr zu tun?«

»Gut, lassen wir das im Moment«, fuhr Michael fort, ohne auf Schreugens Frage einzugehen. »Kommen wir zu Ihrer Vergiftung. Leider konnten wir Ihr Gepäck erst viel später überprüfen –«

»Bitte, was soll das?«, unterbrach Herbert Schreugen. »Worauf wollen Sie hinaus?«

»Ich werde mich kurzfassen«, nahm Michael seinen Bericht wieder auf. »Friedrich Plitter, die angebliche Schiffsbekanntschaft, war drei Jahre lang der Lebensgefährte Ihrer Frau. Er ist uns leider nach Kolumbien entwischt, aber die dortige Polizei ist schon eingeschaltet.«

»Das muss ein Irrtum sein.« Herbert Schreugen stand auf. »Unvorstellbar!«

»Leider gibt es dafür Beweise. Die Manipulation an Julias Porsche … der Wagen war vor Claras Haus geparkt. Und Ihr Fahrer brachte Clara nach Hause und hat die Adresse weitergegeben.«

»Was meinen Sie mit Manipulation? Es war doch ein Unfall.«

»Leider nicht. Wir kamen selbst erst durch ähnliche Unfälle darauf. Diese endeten immer tödlich und kamen dann als Autounfälle in die Akten. Außerdem geht auch noch eine Entführung auf sein Konto.«

Clara ergriff das Wort. »Wie ich Ihnen schon erklärte, Herr Schreugen, wurde unser Gespräch abgehört. Ich weiß zwar bis heute nicht, was an diesem Gespräch so gravierend war, doch um es kurz zu machen: Ich ging dann sofort zu meinem Auto, das im vierten Untergeschoss parkte. Dort wurde ich erwartet und …«, Clara stockte, »… entführt.«

Johannes streichelte ihr sanft über den Arm und fuhr fort. »Wir haben sie wirklich im allerletzten Moment im Haus von Friedrich Plitter gefunden.«

Alle schwiegen.

»Sie … sie erwähnten vorhin, dass meine Frau mit Friedrich Plitter liiert war?« Schreugen schaute Michael an.

»Ja, die beiden lebten drei Jahre lang zusammen. Zum Teil in Valencia und Bogotá. Sie begleitete ihn immer auf seinen Reisen. Aber noch einmal zurück zum Donnerstag, dem 22. … eins ist eindeutig: Julia bekam, bevor sie das Fest im Maritim verließ, Morphium und K.-o.-Tropfen in ihr Glas. Die Ration war so genau vorausberechnet, dass man sie mit der Pistole als Täterin am Tatort fast bewusstlos zurücklassen konnte, und Ihre Frau hat sie hingefahren. Wir konnten feststellen, dass Friedrich Plitter in einer großen finanziellen Krise war und ist, was sich seit der Festnahme von Cober verschlimmert hat. Der gemeinsame Drogenhandel ›Bogotá‹ ist keine Einnahmequelle mehr.«

Michael ließ Herrn Schreugen einen Moment, die Nachrichten zu verdauen. Der saß blass und schweigend neben Julia.

»Papa, ich weiß, es ist ein Alptraum, aber –«

»Ist schon gut«, unterbrach er sie. »Ich überlege gerade krampfhaft, wie ich so dumm sein konnte, und das schon zum zweiten Mal … es wird immer schlimmer! Wie konnte ich mich so blenden lassen?«

»Du warst nicht dumm. Sie ist eine hervorragende Schauspielerin.«

»Glauben Sie mir, es gibt Menschen, die kein Entkommen zulassen, wenn sie sich etwas vorgenommen haben«, sagte Clara.

Herr Schreugen schüttelte verzweifelt den Kopf. »Was können wir jetzt machen?«

»Mir weiter zuhören«, sagte Michael lächelnd. »Wie ich schon ankündigte, habe ich ein kleines Geschenk. Und zwar ist es ein Hausdurchsuchungsbeschluss für Ihre Villa im Hahnwald.«

»Aber –«

Michael ließ Herrn Schreugen nicht zu Wort kommen. »Die Spurensicherung war schon heute Morgen vor Ort und hat Interessantes im Ankleidezimmer Ihrer Frau gefunden. Unter anderem ein Medikament mit dem Wirkstoff Digoxin.«

»Das ist ja großartig«, freute sich Clara. »Damit kriegen wir Frau Schreugen dran.«

»Zumindest muss sie einiges erklären, was Ihre Vergiftung angeht«, dämpfte Ludwig die Freude. »Bewiesen ist ihre Beteiligung zwar noch nicht, genauso wenig, was die Schießerei angeht.«

Julia war enttäuscht in sich zusammengesunken. Ihr Vater tröstete sie. »Sei nicht traurig, Liebes. Ich glaube fest an deine Unschuld.«

»Das können Sie auch«, fuhr Michael fort, und Clara konnte ihm anmerken, dass er noch nicht fertig war mit seinem Bericht. Gespannt hörte sie zu. »Ich habe mit Herrn Gierke gesprochen.«

»Und was sagt er? Mensch, Michael, mach es doch nicht so

spannend, auch wenn ich dir die fünf Minuten Aufmerksamkeit gönne. Es geht schließlich um Mord!«, beschwerte sich Johannes, der es hasste, auf die Folter gespannt zu werden.

»Herr Gierke hat seine Aussage bestätigt, dass Stiefmutter und Stieftochter die Veranstaltung gemeinsam verlassen hätten und Frau Schreugen allein zurückgekehrt sei. Danach hatte Ludwig ihn ja schon befragt.« Michael machte eine Pause. »Er wusste aber noch mehr zu berichten, nämlich dass Frau Schreugen ebenfalls zwischen acht und neun fort war –«

»Genau zur Tatzeit«, fiel ihm Ludwig ins Wort.

»... und deshalb als Täterin in Frage kommt«, vollendete Michael seinen Satz. »Tja, lieber Ludwig, hättest du ihn mal besser sofort danach gefragt«, neckte er seinen Kollegen nun.

In der allgemeinen Erleichterung machte Johannes mit einem Räuspern auf sich aufmerksam. »Ich will euch ja nicht die Freude verderben, aber ein guter Anwalt hat unsere Beweise ruck, zuck in der Luft zerrissen. Denn dass Frau Schreugen die Veranstaltung verlassen hat, heißt ja nicht, dass sie am Bebelplatz wild geschossen hat.«

»Da hast du recht«, bestätigte Michael, »aber mein Geschenk ist noch nicht vollständig. Ihr entschuldigt mich bitte kurz?« Er stand auf, ging zur Zimmertür und rief in den Krankenhausflur: »Kommst du bitte herein?«

Clara traute ihren Augen kaum, als sie die Person erkannte, die zaghaft in ihr Krankenzimmer trat.

»Vera Horn!« Hatte sie in diesem Fall nicht schon öfter das Gefühl gehabt, dass die Fäden immer wieder bei der jungen Frau zusammenliefen? Doch was hatte sie mit Gisela Schreugen zu tun? Clara musste nicht lange auf Antworten warten, denn Michael fuhr fort.

»Ich bekam heute früh im Präsidium Besuch von dieser jungen Dame hier, die eine Zeugenaussage machen wollte. Vera«, er wandte sich direkt an sie und schob ihr seinen Stuhl hin, »möchtest du vielleicht selbst erzählen, was du zu Protokoll gegeben hast?«

Vera wirkte sehr verschüchtert, vor allem als sie ihre Erzrivalin Julia sah. Clara fiel auf, dass sie ihr kaum in die Augen blicken konnte. »Es wird dich keiner verurteilen, Vera«, versuchte sie, ihr Mut zu machen.

Vera setzte sich und begann mit leiser Stimme zu sprechen. »Es tut mir alles so unendlich leid … Ich wollte doch nicht, dass das alles passiert. Es sollte doch nur ein Denkzettel für …« Sie stockte. »… für Julia sein.«

»Heißt das, du hast auf Max und Richi geschossen?«, fragte diese erbost und wollte schon aufspringen, doch Michael hielt sie zurück.

»Setz dich, Julia, und höre dir an, was Vera zu sagen hat.«

Vera atmete tief durch und begann zu erzählen. »Ich sollte Richi und Max ja Tüten vorbeibringen. Dann gab es den Streit, weil ich zu wenig gebracht hatte. Ich war total sauer und habe die beiden angeschrien. Dann habe ich ein schlechtes Gewissen bekommen und bin noch mal zurück. Das muss so zwanzig nach acht gewesen sein. Das weiß ich noch, da ich mich nicht reingetraut habe, sondern etwas versteckt am Bebelplatz stand und die Tür beobachtet habe.«

Vera machte eine Pause. Die anderen gaben keinen Mucks von sich, so gespannt waren sie auf das, was kommen würde.

»Irgendwann habe ich meinen ganzen Mut zusammengenommen und wollte gerade los, da kam eine Frau in großer Eile aus dem Haus. Das war so gegen halb neun. Sie trug ein schwarzes Cape und lief zu einem Golf, der in der Straße parkte. Dort zog sie das Cape aus und verstaute es im Kofferraum. Darunter trug sie ein dunkelrot glitzerndes Abendkleid und eine goldene Kette mit einem riesigen Stein.«

»Das Rubincollier, das ich Gisela zur Hochzeit geschenkt habe«, sagte Herbert Schreugen leise.

»Ich bin reingegangen, und dann sah ich Richi und Max da liegen.« Vera brach in Tränen aus. »Es tut mir so leid. Max war schon tot, ich habe seinen Puls gefühlt. Und danach bin ich weggerannt.«

»Warum hast du denn nicht den Notarzt und die Polizei verständigt?«, hakte Julia nach.

»Ich … ich weiß nicht. Ich war so schockiert. Außerdem hatte ich Angst, man würde mich verdächtigen, das arme Mädchen aus der Gosse. Das haben die doch schon die ganze Zeit.« Vera nahm das Taschentuch, das Clara ihr hinhielt, und schnäuzte sich.

»Als Sie dann Julia …«, jetzt schaute Vera Julia das erste Mal an, »als du verhaftet wurdest, war ich erst einmal schadenfroh. Ich dachte mir, das geschehe dir recht und dass du auch einmal erleben sollst, wie das ist, wenn alle auf dir rumhacken und dir dein vieles Geld nichts mehr nützt.« Leise fügte sie hinzu: »Bitte verzeih mir.«

Clara konnte auf Julias Gesicht diverse Gefühle ablesen: Wut, Ärger, Trauer – bis sich ihre Gesichtszüge schließlich entspannten.

»Unter einer Bedingung«, sagte sie schließlich und ging auf ihre alte Erzrivalin zu. »Du musst mir genauso verzeihen.«

Die beiden Mädchen lagen sich in den Armen und weinten, und auch Clara spürte Tränen aufsteigen.

»Was Vera übrigens noch nicht wusste: Wir haben daraufhin die Videoaufzeichnungen der Hotelgarage überprüft und den Golf gefunden: Er wurde nachmittags hinein-, um kurz nach zwanzig Uhr herausgefahren und um zwanzig vor neun wieder dort abgestellt. Am Steuer sieht man eindeutig Gisela Schreugen. Später kommt sie dann mit Julia und Julias Porsche wieder aus der Garage. Wie wir wissen, hat sie Julia zum Bebelplatz gebracht. Dann muss sie auch den zu hörenden Schuss abgegeben haben und schnell verschwunden sein.«

Sonntag, 8. Juli

Liebes Tagebuch, es tut mir leid, ich habe dich sträflich vernachlässigt. Es war einfach viel zu viel los die letzten Wochen. Stell dir vor: Ich habe mein Abitur!!!! Dank Richis Hilfe konnte ich in den Vorabiklausuren noch mal ordentlich Punkte sammeln für meine Zulassung zu den Abiprüfungen. Gestern gab es die Zeugnisse, und alle meine neuen Freunde waren da: Clara und Johannes, Michael und Maja und Ludwig. Abends haben wir den Abiball gefeiert. Ich habe die ganze Nacht mit Richi durchgetanzt. Es war wunderschön! Ich bin so glücklich! Am glücklichsten hat es mich gemacht, dass Papa dabei war. Und Vera – meine neue Freundin. Wir haben uns ausgesprochen und verstehen selbst nicht mehr, wieso wir so gemein zueinander waren. Sie hat ihr Abi ebenfalls geschafft. Jetzt wollen wir studieren. Papa hat versprochen, sie zu unterstützen. Und weißt du, was ich werden will? Kommissarin! Ich will auch dafür sorgen, dass so Leuten wie Gisela das Handwerk gelegt wird. Sie wollte erst mich und dann Papa aus dem Weg räumen, um das ganze Erbe für sich und ihren Friedrich Plitter einzukassieren. Aber da hat sie nicht mit Clara gerechnet!